Silvia Gössinger

Die neun Stufen

Eigenverlag Silvia Gössinger

1. Auflage März 2011

Kontakt: maxy64@gmx.at

Umschlaggestaltung: Ronald Böhme
Druck und Bindung: digiDruck, 1100 Wien

ISBN-Nr.: 978-3-200-02163-1

Lebe das Leben,

glaube an das Gute,

öffne Deine Augen und Dein Herz

für die Schwachen,

dann wirst du die wahre Liebe kennen lernen.

... ich widme dieses Buch meinem geliebten Mann, der mich immer unterstützt und meinen Katzen Tiger, Goody, Maxy, Felix, Thomas, Benjamin,

Daisy und Miezi.

KAPITEL 1

DIE WAHRE LIEBE

Ein trüber Tag, schon seit einer Woche regnet es fast unaufhörlich, der Herbst naht in großen Schritten. Anny ist dies nicht sehr sympathisch, denn vor genau einem Jahr hatte sie die schlimmste Erfahrung in ihrem Leben gemacht, die ein Mensch nur machen konnte.

Mit Tränen in den Augen stand Anny vor seiner Urne, die Kommode geschmückt mit den Lieblingsfotos von ihrem Maxi, zündete wieder eine Kerze an und ihre Hände berühren das Foto, auf dem er so glücklich aussah. Dieses Licht wird nie erlöschen, sagte sie mit weinender Stimme und die Bilder waren wieder da, wie ein Alptraum, der kein Ende nahm.

Sieben Jahre ist er nur alt geworden. Sieben schöne Jahre hatte sie mit ihm verbracht, bis er eines Tages nicht mehr nach Hause kam. Maxi ist von einem Auto erfasst und getötet worden und diesen Tag wird Anny nie im Leben vergessen. Es war, als ob ihr jemand das Herz aus ihrem Leibe gerissen hätte und sie leer und hilflos da stand. Nichts konnte sie mehr für ihren geliebten Maxi tun, in seinem Körper war kein Leben mehr, so hilflos und verloren fühlte sie sich noch nie in ihrem Leben, er war einfach tot!

Kein Spielen, kein Toben durch die Wohnung, kein Schnurren, wenn sie sich schlafen gelegt hatte, kein lästiges Miauen, wenn er raus wollte, keiner, der ihr die Türe aufmachte und den Nachbarn einen freien Blick in die Wohnung verschaffte, kein Schmusen im Badezimmer, wenn sie sich die Zähne putzte, kein Maxi mehr da. Ein Jahr ist das jetzt her, seit sie bei seiner Urne Tag und Nacht eine Kerze brennen hat und der Schmerz, der ihr die Kehle zuschnürt, ist immer noch sehr groß. Maxi ist zwar ein Kater gewesen, aber Anny war seelisch mit Maxi verbunden, sie hatte gewusst, wenn sie ihm in die Augen sah, ob er traurig, hungrig, nervös oder verspielt war. Die Liebe zu Maxi war so stark, dass, wenn sie ihn angeschaut hatte, ihr Herz voller Freude und Glück war.

Anny hat noch drei andere Katzen die sie auch sehr liebt und um sie zittert, dass ihnen nichts passiert. Wenn sie krank wären, kann sie Anny behandeln, aber wenn sie vom Auto getötet werden, dann kann sie ihnen das Leben nicht mehr zurückgeben. Maxi wollte immer nur raus auf die Felder, sie dachte, dass er nicht so weit gehen wird und ließ ihn täglich raus. Dass Maxi schaute weiter die Daten von Familie Domani an. Die wohnen nicht weit von hier. Ich sage immer, wenn ein Mann schön ist, ist er entweder verheiratet oder schwul, dachte sie, als sie den Namen Claudia gelesen hatte.

Schade, dachte sie enttäuscht, nahm den Telefonhörer in die Hand und hatte zwei Nummern zur Auswahl, die Erste war Hr. Domani und die Zweite gehörte zu Claudia. Anny überlegte und wählte die Nummer von Claudia, die sich am anderen Ende meldete: „Claudia Domani, was kann ich für sie tun?" sagte eine unsympathische Stimme. „Hier spricht Doktor Anny Kristen. Fr. Domani, die Operation von ihrem Hund Niko ist zu Ende und der ist in ungefähr einer Stunde abholbereit." sagte Anny. „Ja tut mir leid!" sagte Frau Domani überrascht, aber ich kann jetzt hier nicht weg, ich sitze hier im Büro bis fünf Uhr, rufen sie bitte meinen Mann an, er soll ihn abholen und legte den Hörer auf.

Anny dachte, "was für eine blöde Kuh", sie hat nicht einmal gefragt, wie es dem Kleinen geht. „Und solche Frauen bekommen die besten Männer", ärgerte sie sich fürchterlich, da kam Patrick herein. „Was ist los schönste Frau?" fragte er fröhlich. „Du weißt, warum ich dich heute gebeten habe, mir zu helfen", fragte sie mit nervöser Stimme. „Ja ich weiß es, weil du eine dringende Operation hattest", erwidert er. „Du hättest den armen Hund sehen sollen Patrick, er sah erbärmlich aus, jetzt habe ich seine Besitzerin angerufen, und was denkst du, was sie gemacht hat!?" Patrick sah sie ahnungslos an und fragte: „Was?"

„Diese dumme Frau hat gesagt, ich soll ihren Mann anrufen und gleich aufgelegt! Ohne zu fragen, wie es dem Kleinen geht. Verstehst du solche Menschen Patrick?", ärgert sie sich über die Frau. „Nein, das verstehe ich auch nicht, aber ruf den Herrn an, vielleicht war sie im Stress, als du sie angerufen hast", beruhigte sie Patrick. „Na gut", sagte sie und wählte Domani´s Nummer. Auf der anderen Seite meldet sich eine angenehme Stimme: „Ja Bitte?" „Hr. Domani, hier spricht Doktor Anny Kristen, ich wollte ihnen sagen, dass ihr Hund in ungefähr einer Stunde abholbereit ist", sagte Anny mit sympathischer Stimme. „Danke Frau Doktor Kristen für ihren Anruf, ich habe schon darauf gewartet. Sagen sie bitte, wie geht es Niko?" fragte er besorgt. „Ja Hr. Domani, gebrochen ist nichts, er schläft jetzt, aber die Wunden sind gereinigt und genäht, alles weitere erzähle ich ihnen wenn sie da sind", sagte sie erleichtert. „Kann ich ihn früher abholen?" fragte Marco. „Ja wenn sie wollen, er schläft jetzt, aber theoretisch können sie ihn holen", sagte Anny beruhigt. Patrick stand neben ihr und hat das Gespräch mit verfolgt.

„Na bitte, er war freundlicher als seine Frau, er hat sich um seinen Hund Sorgen gemacht“, sagte Patrick, um sie zu beruhigen. Anny schaute Patrick an, als ob sie ihm etwas mitteilen will. Patrick hat das gemerkt und fragte: „Was willst du mir sagen Anny?“ „Ach ich denke gerade nach. Die schönsten Männer haben die dümmsten Frauen“, sagte sie noch immer verärgert. „Wie kommst du darauf“, fragte er neugierig? „Na schau, er brachte den kleinen Hund heute Morgen und du hättest sehen sollen, wie er um den Hund besorgt war. Angefleht hat er mich, ich soll den Kleinen retten. Weißt du, wie der Mann ausschaut, so etwas habe ich noch nie in meinen Leben gesehen, nicht nur das er so gut ausgeschaut hat, er war auch voller Liebe und diese Augen...“, fiel sie ins Schwärmen, bevor Patrick sie unterbrach: „Von was redest du bitte!?“, weil er kein Wort verstand, was sie damit meint.

„Ich wette mit dir, dass er eine hässliche Frau hat“, ärgert sie sich. „Ich verstehe“, sagte Patrick mit einem Lächeln im Gesicht, „der Herr Domani gefällt dir, hab ich recht Prinzessin?“ „Er war so lieb, so fürsorglich und so schön, wieso muss er verheiratet sein“, antwortete sie mit einem enttäuschten Blick. In diesen Moment kam Sabine herein, und fragte: „Kann ich Herrn Domani rein bitten oder seid ihr beschäftigt?“ und während sie fragte, schaute sie Patrick direkt in die Augen und lächelt.

Patrick erwiderte ihren Blick, wohl wissend, dass das nur ein Spiel ist, während Anny Herrn Domani am Bildschirm beobachtet. „Ja Sabine, bitte ihn herein“, sagte sie etwas nervös und gleichzeitig erfreut. Patrick war neugierig auf das Gesicht von Marco. Er kam durch die Tür und schaute Anny direkt in die Augen, streckte ihr die Hand entgegen und bedankte sich bei ihr und bei Patrick: „Das war ein Alptraum heute, so viel Angst hatte ich noch nie gehabt, ich dache, dass der große Hund ihn in Stücke zerreißt. Niko hat erbärmlich gejault, so etwas geht einem durch und durch“, sagte Marco mit einer traurigen Stimme, während ihn die Bilder von heute Morgen einholten und er den Blick nach unten senkte.

Anny sah Patrick an, so als ob sie sagen wollte, „siehst du, was dies für ein gutmütiger und gut aussehender Mensch ist. Ich habe nicht übertrieben, als ich dir von ihm erzählt habe“, aber das konnte sie nicht in Anwesenheit von Marco, stattdessen lächelte sie Patrick an und konzentrierte sich wieder auf Marco. „Ja, das ist schlimm, ich kann nachfühlen, was sie in dieser Minute durchgemacht haben, aber der Kleine hatte wirklich großes Glück, es hätte viel schlimmer kommen können“, sagte Anny mit freundlicher Stimme, während Patrick Anny lobt und meinte: „Sie haben ihren Hund in die besten

Hände gegeben, so eine gute Ärztin finden sie nicht so leicht".

Marco schaute Anny wieder mit diesem verführerischen Blick an und meint: "Ich habe gleich gemerkt, als ich sie gesehen habe, dass sie eine sehr gute Ärztin ist", und lächelt sie an. Anny geriet in Verlegenheit und sagt: „Ich bin ein ganz normaler Mensch, aber Patrick ist ein guter Tierarzt".

Marco schaute Beide etwas unsicher an, und dachte „Wer hat jetzt Niko operiert?". Patrick bemerkte diese indirekte Frage und sagte: „Ich habe nur ausgeholfen, du hast Niko operiert, es ist deine Praxis, und ich muss mich nun verabschieden, die Kollegen warten schon auf mich". Er streckte Marco die Hand entgegen, um sich zu verabschieden und Anny gab er einen Kuss auf die Wange. Anny sah ihn dankbar an und sagte: „Danke Patrick, du weißt nicht, wie viel du mir hilfst". Patrick lächelt und meint: „Es ist mir eine Ehre, so einer Schönheit zu helfen", schaute dabei Marco an und meinte: „Ist sie nicht die Schönste?"

Marco lächelt entzückt und nickt. Anny war etwas verlegen, war aber erfreut, als Marco Patrick bestätigte, trotzdem sagte sie: „Jetzt raus hier du Schleimer", und schob Patrick lachend aus der Tür. Marco lachte verlegen mit. Anny konnte sich nicht zurückhalten und fragte Marco: „Sagen sie Hr. Domani, wie steht denn ihre Frau zu Niko, akzeptiert sie ihn auch?" Marco sah sie fragend an und fragte zurück: „Was meinen sie damit Fr. Doktor?"

Sie erzählte die Geschichte von vorhin am Telefon. Marco entschuldigt sich und versuchte, Claudia zu verstehen: „Wissen sie Fr. Doktor, meine Frau ist wenig feinfühlig, aber sie meint es nicht so, wahrscheinlich hat sie viel Stress in der Arbeit gehabt. Es war Claudias Idee, dass wir Niko aus dem Tierheim geholt haben. Nein, sie hat das sicher nicht so gemeint".

Anny war beruhigt, sie kassierte nur die Hälfte für die Operation und gab ihm noch Medikamente mit und in ein paar Tagen muss Marco mit Niko noch einmal zur Kontrolle kommen. Marco wickelte Niko in eine Decke, bedankte sich noch einmal bei Anny und ging durch die Tür hinaus. Anny schaute ihm nach und dachte, „so ein netter Mensch". Irgendein angenehmes Gefühl schlich sich in ihrem Herzen ein, ein Gefühl, welches sie bisher nicht kannte. Das brachte sie dazu ständig, an diesen netten und sehr attraktiven Mann zu denken.

Niko war noch unter Narkose, als ihn Marco nach Hause gebracht hat, wachte langsam aber sicher aus seinen Tiefschlaf auf und wollte gleich aufstehen, als er einen Schritt machte und wieder niederfiel. Aber er gab nicht auf und kämpfte, um das Gleichgewicht zu behalten. Marco musste lachen, er streckte die Hände und nahm ihn vorsichtig zu sich. „Du darfst jetzt nichts essen Niko, hat die hübsche Doktor Kristen gesagt“, sagte er zu Niko, während er ihm einen Kuss auf den Kopf gab. Marco hat seinen kleinen Hund sehr lieb und war froh, dass ihm nichts Schlimmeres passiert ist.

An diesem Tag nahm er sich von seiner Arbeit frei, um bei ihm zu bleiben. Sein Arbeitgeber war nicht sehr begeistert, dass Marco zu Hause blieb, aber Marco war auch nicht von der Arbeit begeistert. Seit ungefähr einem Jahr ist Marco dort beschäftigt, aber an den Stress hat er sich noch immer nicht gewöhnt. In Wahrheit suchte er eine neue Arbeit, die ihm mehr Spaß macht, als für ein pharmazeutisches Unternehmen hin und her zu fahren, wo Tiere im Versuchslabor missbraucht werden.

Marco ist Italiener und dort haben die Menschen eine andere Zeitauffassung als in Wien. In Italien gibt es keine Hetzerei, alles geht langsam und gemütlich, so nach dem Motto, „Vergiss nicht zu Leben“. In Wien heißt es, „Zeit ist Geld“ und das gefiel ihm gar nicht, aber da er mit Claudia freiwillig nach Wien kam, ist dies seine Schuld gewesen.

Er lernte sie in einem Hotel in der Toskana kennen. Dort hatte Marco als Kellner gearbeitet. Deutsch konnte er sehr gut, weil er die Hotelfachschule absolvierte. Claudia und Marco verbindet ein gemeinsames Schicksal. Von Beiden sind die Eltern ums Leben gekommen.

Die von Claudia starben bei einem Hausbrand im eigenen Haus, während Claudia und ihre jüngere Schwester Jennifer mit leichten Rauchgasvergiftungen im Spital behandelt werden konnten. Das Haus war nicht mehr zu retten.

Marcos Eltern hatten einen schweren Autounfall. Sie sind in der Nacht bei starkem Regen von der Straße abgekommen und beide verunglückt. Marco ist seit seinem achten Lebensjahr bei seinen Großeltern geblieben und hat sein Schicksal gemeistert. Den Augenblick, als man ihm mitteilte, dass seine Eltern tot sind, wird Marco nie vergessen. Dieser Augenblick hatte sein ganzes Leben geprägt, wie ein Schlag in den Magen traf ihn die Nachricht. Seine Kindheit hatte er ab diesen Tag verloren, geistig ist Marko doppelt so alt geworden.

Angstzustände in der Nacht packten seinen unschuldigen Körper, Schweißausbrüche im Schlaf weckten ihn statt der Stimme seiner Mutter. Niemand, der ihn vom Fußballplatz abholen kam, denn sein Vater war tot, und sein Großvater zu alt. Keiner holte ihn von der Schule ab. Alle Kinder erzählten, was sie mit ihren Eltern unternommen haben, aber Marco hatte keine Eltern mehr. Als Einzelkind hatte Marco alles, was ein Kind haben konnte, aber mit acht Jahren war es vorbei. Seine Großeltern gaben ihm ein Zuhause, zu Essen und finanzierten ihm die Schule, mehr hatten sie selber nicht.

Marcos Liebe zu anderen Menschen war erloschen. Außer Mitleid und Pflicht kannte er nichts. Claudias Schicksal brachte ihn dazu, sein Herz wieder zu öffnen, doch Liebe spürte er nicht. Marco dachte, dass das, was er spürte, Liebe war, aber das war's nicht. Immerhin brachte sie ihn bis zum Traualtar, was anderen gutaussehenden Damen nicht gelungen ist.

Seine Freunde nannten ihn Casanova, denn Marcos Herz konnte keine Frau erobern. Die Frauen verloren ihr Herz an Marco, aber nicht, weil er das so wollte, sondern weil Marco nicht lieben konnte. Die Frauen haben sich gegenseitig die Haare gerauft, wem er gehört, aber er verlies beide Frauen und die Dritte wartete schon. Voller Neid waren die Männer, wenn Marco auftauchte, alle Frauen wollten ihn haben. Die anderen Männer hatten wenige Chancen bei den Damen gehabt, bis er sich entschloss, dem ein Ende zu setzen und Claudia mit 27 Jahren heiratete. Jetzt sind sie seit einem Jahr verheiratet.

Für Claudia ist Marco die Liebe ihres Lebens, sie ist besessen von ihm und auf jede Frau, die Marco anschaut, eifersüchtig. Täglich sagt sie ihm, wie sehr sie ihn liebt, aber er hatte die Worte „Ich liebe Dich“ noch nie gesagt, das kann Marco nicht. Als ihn Claudia gebeten hatte: „Sag es mir, bitte sag, das du mich liebst“, antwortete er immer: „Was soll ich dir sagen, reicht es dir nicht, das ich dich geheiratet habe. Ich habe dich sehr gerne Claudia, wie oft willst du das noch hören!?“ Claudia sagte: „Das ist nicht dasselbe Marco. Ich habe dich gern ist nicht dasselbe wie... Ich liebe Dich!“ Aber er suchte schnell ein anderes Thema und blockte ab. An diesem Tag in der Ordination bei Anny sah er eine Frau, wo er das Gefühl bekam, das er sie kannte.

Marco macht das Abendessen für sich und Claudia. Niko schläft im Wohnzimmer in seinem Korb, er hatte den Radio aufgedreht und beim Zuhören schnitt er Zwiebel für die Lasagne. Diese Frau heute war so nett, also so eine habe ich noch nie getroffen, aber sie kommt mir sehr bekannt vor. Ihre Augen, „Mama Mia“, die waren so schön und die Stimme, so beruhigend, so freundlich, so eine Frau habe ich noch nie gesehen. „Ob sie verheiratet ist? Schade, das ich sie nicht früher getroffen habe“, dachte Marco und schneidet die Zwiebeln mit Tränen in den Augen. Seine Gedanken fingen an, um Anny zu kreisen, aber was er nicht wusste, war, dass es Anny genau so gegangen ist wie ihm.

Anny kam nach Hause, ziemlich müde von der Arbeit. An der Türe begrüßen sie wie jeden Tag ihre drei Kater, sie schmusen und schnurren, bis sie nicht genug Aufmerksamkeit und ihr Fressen bekamen, dann legten sie sich zufrieden im Garten auf die Lauer oder im Wohnzimmer vor dem Kamin und Anny kann endlich in ihren Whirlpool steigen und eine Stunde genießen. Im Badezimmer hatte sie den Sternenhimmel aufgedreht, der ein sehr gemütliches Licht gab. Bei Entspannungsmusik ließ sie den stressigen Tag vorübergehen und als sie die Augen zumachte, sah sie das Gesicht von Marco. „So ein hübscher Italiener“ waren die ersten Gedanken, „dunkle Haare, nicht sehr groß, nicht sehr klein, die Proportionen stimmen auch, sehr gut gekleidet, so eine Mischung aus sportlich und elegant. Und die Augen...diese wunderschöne Augen... ein Traum Typ, schade nur das er verheiratet ist“.

Sie fiel ins Schwärmen, als ihr Handy läutete und sie aus ihrem Traum erweckte: „Hallo!“ sagte sie etwas unhöflich, weil man sie aus dem Traum rausriss. „Anny ich bin's, Sandra. Störe ich dich etwa?“ Sie setzte sich aufrecht und versuchte höflich zu sein. „Nein, ist schon gut, ich liege gerade im Whirlpool, der Tag heute war sehr stressig“. „Ich wollte dich fragen, ob du zu meinem Geburtstag am Samstag kommst?“ fragte Sandra. „Am Samstag, ja klar komme ich, wo findet die Feier statt?“ Sandra antwortet: „Ich habe für fünfzehn Personen beim Italiener einen Raum reserviert.“ Anny lachte: „Beim Italiener, wenn das kein Zeichen ist!“ „Warum lachst du? Ist es nicht gut. Dir gefällt doch immer, wenn wir zum Italiener gehen. Du weißt, unser Stammlokal“, sagte Sandra überrascht. „Nein ich habe das nicht so gemeint, natürlich komme ich. Ich musste lachen, weil heute ein Herr mit seinem Hund zu mir in die Praxis kam und er ist auch Italiener“, erzählte ihr Anny. Sandra dachte, warum dies komisch sei, aber sie hat in ihrer Stimme eine kleine Freude gehört und fragte: „Sag Anny, was war das für ein Mann? Einer, der dir vielleicht gefallen hat“. Anny lachte wieder aus ganzem Herzen und sagte: „Ja, das kann man wohl sagen!“

Sandra wurde neugierig und fragte: „War das dein Prinz auf dem weißen Pferd?“ Anny mit leicht trauriger Stimme: „Ich glaube schon, aber er hat einen großen Nachteil, leider“. Sandra wurde noch neugieriger: „Was denn für ein Nachteil? Lass mich raten. Er ist nicht tierlieb!“ Anny gefiel das Ratespiel und ließ Sandra raten. „Nein!“ „Hm... er kann kein Deutsch!?“ Anny lacht wieder: „Nein!“ „Er... ist arm!?“ Anny: „Vielleicht, weiß ich nicht, aber das wäre kein Problem.“ Sandra: „Dann weiß ich nicht, sag es endlich!“

Anny etwas traurig: „Er ist verheiratet!“ „Ach du Scheiße, das ist tatsächlich ein Problem, und er war heute das erste Mal bei dir?“ „Ja, heute habe ich ihn zum ersten Mal gesehen.“ „Und das war Liebe auf dem ersten Blick?“ fragte Sandra überrascht.

Anny nachdenklich: „Las mich überlegen... Na ja, er gefällt mir schon als Mann, aber Liebe ist das noch nicht. Ich habe nur über ihn nachdenken müssen. Er ist sehr süß und lieb und wenn er nicht verheiratet wäre, dann könnte ich mir schon mit ihm etwas vorstellen.“ Sandra gab ihr hunderte Ratschläge, wie sie trotzdem mit Marco eine Affäre haben kann, aber Anny will das nicht. Sie möchte, wenn sie den Richtigen gefunden hat, ihn nicht mit anderen Frauen teilen.

Sandra ist mit Anny seit der ersten Volksschulklasse befreundet. Die Zwei sind wie Schwestern, sie wissen alles voneinander und sie sind sich ziemlich ähnlich, nur dass Anny dunkelhaarig und Sandra blond ist. Bis vor ein paar Jahren waren sie Tag und Nacht zusammen, bis sie ihre eigenen Wohnungen bezogen haben und jede von ihnen einen Freund hatte. Die Eltern von ihnen sind auch wegen ihnen zwangsbefreundet gewesen.

Felix, der Bruder von Anny, hatte es ziemlich genervt, dass die Zwei ständig kicherten und tuschelten, sodass er sich mit seinem Freund Streiche ausgedacht hatte, um Sandra und Anny zu trennen. Aber das ist ihm nicht gelungen, denn wenn sie gestritten haben, dann war dies höchstens für eine halbe Stunde, danach haben sie sich gegenseitig tausendmal entschuldigt und waren wieder wie vorher.

Sandra ist im Gastgewerbe als eine erfolgreiche Hotelmanagerin tätig. Sie hat ihren Freund Peter dort kennengelernt und ist seit zwei Jahren glücklich mit Peter. Felix, der Bruder von Anny, heiratet seine Freundin Susanne im Mai. Alle Bekannten von Anny, außer Patrick, sind verlobt oder die Hochzeit steht vor der Türe, nur Anny hat den Richtigen noch nicht gefunden.

Aber sie wollte die perfekte Liebe, die bedingungslose Liebe und nicht irgendwen, nur um nicht alleine zu sein. Nein, sie will lieben, so stark, dass sie nahezu jeden Fehler von ihrem Partner in Kauf nimmt. So stark, dass ihr Herz vor Liebe wehtut, wenn sie den Mann anschaut, so stark, dass sie bereit wäre, ihr Leben für ihn zu riskieren. Ja, das wollte sie. Aber so einen Mann zu finden war nicht leicht. Bei jedem, den sie kennengelernt hatte, fand sie schnell heraus, dass er nicht der Richtige war, denn die Gefühle waren wie ein Strohfeuer sehr schnell wieder aus, und sie war froh, wieder alleine zu sein. Aber dieser Marco, der hat etwas an sich, was sie ständig zum Nachdenken brachte, er hatte etwas in seinen Augen, was sie faszinierte. Ein Blick zum Verlieben, aber sie müsste sich ständig sagen: „Anny, der Mann ist verheiratet und wer weiß vielleicht hat er auch Kinder".

Claudia ist nach Hause gekommen. Müde zieht sie sich den Mantel und die Schuhe aus. „Hallo Marco, bist du da!?" ruft sie aus dem Vorzimmer nach ihm. Er hatte das Essen schon fertig und wartete im Wohnzimmer mit gedecktem Tisch auf sie. „Ja! Ich bin zuhause". Sie kam herein und war total überrascht, als sie den gedeckten Tisch sah. „ Marco... das ist so nett, danke!" Sie umarmte ihn fest und gab ihm einen Kuss. „Wo ist denn mein kleiner armer Niko" und beugte sich, um Niko vorsichtig aus seinen Korb zu nehmen.

„Er ist immer noch benommen", sagte Marco mit bedauernder Stimme. „Darf er jetzt essen?" fragte Claudia, während sie ihn vorsichtig im Arm hält und streichelt. „Ja, er darf essen. Dr. Kristen hat gesagt, dass er bis sechs Uhr nichts essen darf, aber jetzt ist es dreiviertel, das wird schon gehen. Ich habe ihm Hendl gekocht und kleingeschnitten." Marko holte aus der Küche die Schüssel mit dem Fleisch und nahm ihn zu sich, legte ihn vorsichtig zur Schüssel runter und sagte: „Du darfst endlich essen, mein Kleiner." Niko verschlang das Fleisch, so als ob er drei Tage nichts zum Essen bekommen hatte, sie lachten Beide, während sie den kleinen Niko beim Essen beobachteten.

„Setzt dich Claudia, ich bringe uns das Essen", sagte Marco. Claudia nahm an dem gedeckten Tisch Platz und war neugierig, was er wieder zum Essen gezaubert hat. „Ach! Lasagne! Das liebe ich!" Während sie essen, fing Claudia über den heutigen Tag zu reden an: „Das war ein Tag heute, in der Früh ist das mit Niko passiert, am Nachmittag ist in der Firma die Hölle los gewesen, weil unser System ausgefallen ist, das Telefon hat nicht aufgehört zum Klingeln. Ich habe das Gefühl gehabt, als ob alle Kunden gleichzeitig eine Auskunft haben wollten, aber jetzt bin ich froh, bei dir zu sein mein Liebster", sagte Claudia und streichelte Marco über Gesicht.

„Das mit Niko war ein Schock für mich, du hättest sehen sollen, wie der wahnsinnige große Hund auf unseren Niko losgegangen ist. Wie ein Wilder, dann bin ich mit ihm zu unserem Doktor gelaufen, aber der hat geschlossen gehabt, und durch Zufall sagte mir eine Dame die mich mit Niko gesehen hatte, dass nicht weit von hier eine sehr gute Tierärztin ist und nannte mir die Adresse. Ich bin dann zu Fuß hingerannt, weil Niko stark geblutet hatte, die Frau Doktor war so nett und hat sich so um Niko gekümmert, ich will jetzt immer dort hingehen", sagte Marco überzeugt. Claudia sah ihren Mann an und fragte: „Ist sie jung?" Marco antwortete unüberlegt: „Ja, sehr jung sogar!" „Ist sie auch noch hübsch?", fragte sie frech. „Ja, hübsch ist sie auch, warum?", fragte Marco, nichtwissend, was auf ihn zukommt. „Dann gehen wir nicht mehr dorthin", antwortete Claudia eifersüchtig. „Also Claudia! Ich denke dass dir Niko wichtiger sein sollte als deine blöde Eifersucht! Wann wirst du damit aufhören, Claudia!", ärgert sich Marco, und hat aufgehört zu essen. „Was! Willst du sagen, dass ich übertreibe?", sagte sie streng. „Du bist auf jede Frau, welche einen Rock an hat, eifersüchtig Claudia, das ist doch krank. Vielleicht ist es am besten, wenn du mich in eine Vitrine einsperrst und nur du mich bewunderst, na was sagst du dazu? Das wäre doch das Beste für dich, damit mich keine andere Frau anschaut!", sagte Marco ziemlich genervt von Claudias Eifersucht.

Sie hörte auch zum Essen auf und sagte drauf: „Ich bin doch nicht blind, ich sehe es den Frauen doch an, dass du ihnen gefällst, am liebsten würden sie mit dir ins Bett gehen wollen, wenn ich nicht dabei wäre. Was passiert, wenn ich nicht dabei bin? Ich möchte nicht wissen, wie viele Angebote du schon von so dummen Kühen am Tag bekommst." „Dr. Kristen ist doch eine intelligente Frau, glaubst du, dass sie es auf so einen wie mich abgesehen hat? Was hast du nur für eine Fantasie!", versuchte Marco sich zu rechtfertigen. Claudia wurde noch mehr verunsichert, weil ihr Mann sie als intelligent bezeichnet hatte, war das eine Bestätigung, dass ihm diese Tierärztin gefallen hat,? Und was heißt das bitte, „...eine wie die, die es auf so einen wie mich abgesehen hat...", das musste sie jetzt wissen und fragte weiter: Was heißt bitte eine wie sie? Wie ist sie denn, ist sie so gutaussehend, das es dir die Sprache verschlagen hat, und du dich so klein fühlst? Was bedeutet, einen wie mich!?" „Ich mache mich nicht klein, aber das ist eine Frau, die nicht mit jedem Typen ins Bett steigen würde, so wirkt sie auf mich jedenfalls", erklärte Marco, ohne zu wissen, dass die Eifersucht von Claudia noch größer wurde. „Okay... das reicht, du gehst nicht mehr zu dieser Tierärztin", sagte sie nervös und stand auf, um den Tisch abzuräumen.

Im Magen hatte sie einen Krampf, weil sie eine kleine Veränderung gespürt hatte, einige Gedanken gehen ihr durch den Kopf, er hat noch nie eine Frau so gelobt wie diese Tierärztin, sie gefällt ihm ganz bestimmt, ich lasse ihn nicht mehr zu ihr gehen, aber dann fiel ihr ein, dass Niko noch zu Kontrolle muss, wie kann sie das verhindern? Sie fragte Marco noch einmal: „Du gehst nicht mehr zu ihr, oder?" Er schaute sie etwas unhöflich an: „ Natürlich gehe ich mit Niko zu ihr, sie ist eine gute Ärztin, und sie hat ihn operiert, also muss sie die Behandlung zu Ende führen!" „Das kann ich auch erledigen, du kannst nicht immer von deiner Arbeit wegbleiben, ich gehe mit Niko zur Kontrolle“, sagte sie mit sicherer Stimme. Marco schaute sie an, und dachte, sie wird sich bis dorthin beruhigen und damit er seine Ruhe hat, bestätigte er sie: „Wenn du glaubst, dann gehe du mit Niko, du wirst sehen, wie nett sie ist.“

Marco stand auf, ging ins Vorzimmer und nahm seine Jacke aus der Garderobe. Claudia rannte ins Vorzimmer, nervös fragte sie: „Wohin gehst du jetzt Marco!?“ „Ins Fitnesscenter! Schon vergessen?“ antwortete er schon genervt. „Immer musst du irgendwo weg, nie bist du bei mir, mir kommt es vor, als ob du mich nicht mehr liebst. Warum kannst du nicht einmal meinetwegen auf deine Fitness verzichten, fünf Mal in der Woche muss du dort hin!“, jammerte sie, während Marco sich die Schuhe zubindet. „Vergiss nicht, mit Niko Gassi zu gehen“, sagte er und gab ihr einen kalten Kuss, machte die Tür auf und war fort. Sie stand da und weinte fast vor Wut, aber es blieb ihr nicht anderes übrig, als zu akzeptieren. Sie merkte aus lauter Liebe zu ihm nicht, dass sie übertrieb, und dass Marco ziemlich genervt war von ihrer Eifersucht.

Marco blieb dann absichtlich länger als notwendig, er kam um etwa elf Uhr nach Hause, meistens ging er noch mit den Fitnesskollegen ein Bier trinken. Claudia wartete, bis er nach Hause kam, dann war sie überglücklich. Immer, wenn sie so einen Eifersuchtsanfall hatte, redete sie mit ihrer Freundin und jammerte sie zu Tode. Sie erzählte ihr, wie viel Angst sie hatte, dass sie Marco nicht verlässt. Martina tat das Ohr schon weh vor lauter zuhören. In Wirklichkeit war Claudia sehr arm, denn als ihre Eltern damals als sie vierzehn Jahre alt war starben, bekam sie ein riesigen Schock, sie hatte große Angst vor Verlusten. Marco hatte auch seine Eltern verloren, aber das machte ihn stärker und härter, und vor anderen Menschen unabhängiger, Claudia dagegen war zerbrechlicher. Sie brauchte jemanden, den sie besitzen konnte, den sie ganz alleine für sich hatte. Um Marco hatte sie immer Angst, dass sie ihn nicht an andere Frauen verliert und sie konnte sich nach einem Jahr sehr schwer ein Leben ohne ihn vorstellen. Claudia brauchte ihn wie die Luft zum Atmen, er war für sie ihr Vater und ihre Mutter, sie wollte es nicht einsehen, dass sie übertrieb. Es war ein wenig egoistisch, denn sie meinte, „ich habe ihn geheiratet und das verbindet uns ein ganzes Leben lang, er gehört nur mir“.

Bei Anny läutet es wieder mal an der Türe, sie hatte Mühe aufzustehen, weil sie drei Kater belagert haben und sie im Bademantel die Nägel machte, als Tierärztin musste sie immer kurze Nägel haben. Bis sie bei der Türe war, läutet es schon Sturm, sie schaute durch den Türspion und sah nur einen riesigen Strauß rote Rosen, und als sie die Türe öffnet, stand Michael vor ihr. Sie dachte, er gibt nie auf, aber höflich wie sie ist, fragte sie: „Michael! Was kann ich für dich tun?" Er fast mit weinender Stimme: „Anny, ich konnte es nicht mehr aushalten. Bitte verzeihe mir, ich musste dich sehen, deshalb habe ich bei deinen Nachbarn geläutet, um ins Haus zu kommen".

Michael schaute so erbärmlich aus, dass es Anny fast leid getan hatte, aber sie dachte, jetzt ist wirklich genug. Zwei Monate ist er hinter ihr her, das muss ein Ende haben. Anny ging zur Seite und bat ihn herein, sie muss im reinen Wein einschenken und ihm die Wahrheit sagen, damit er sie nicht mehr belästigt. „Du hast neue Vorhänge, die Möbel stehen auch anders, schön ist es hier, sehr gemütlich, wie immer, du hast schon immer einen guten Geschmack gehabt, oh Gott, ich vermisse dich so, komm zu mir", und lies den Blumenstrauß auf den Tisch fallen, streckte ihr beide Hände entgegen, damit sie ihn umarmt. Anny will ihn loswerden und nicht umarmen. Sie wich ihm aus und sagte: „Setz dich Michael, ich muss dir etwas sagen". Er schaute sie mit großen Augen an, so als ob er sagen wollte: „Bitte nicht, bitte sag nicht, dass du mich nicht mehr liebst", denn dieses Gefühl bekam er, aber trotzdem setzte er sich auf das Sofa, das mitten im Raum stand. Anny setzte sich neben ihn, nahm seine Hand und schaute ihm in die Augen: „Schau Michael, du bist lieb, und ich bin dir nicht böse, dass ich dich vor zwei Monaten mit der Frau im Caféhaus gesehen habe, es ist nur so... weißt du... ich... ich empfinde nichts mehr für dich, ich liebe dich nicht, und es ist mein Ernst, wir können Freunde bleiben, du kannst mich jederzeit anrufen, aber wir passen nicht zusammen. Bitte verstehe mich, ich will uns Beide nicht belügen, tut mir leid!"

Michael senkte den Blick nach unten, die Augen füllten sich mit Tränen, aber er hat es verstanden. Nach ein paar Minuten schaute er ihr wieder in die Augen und sagte: „Freunde können wir nicht bleiben, denn ich empfinde sehr viel für dich, du bist zu hübsch, um meine Freundin zu sein, die Zeit mit dir werde ich nie vergessen, und ich werde dich immer lieben Anny. Eine Bitte habe ich noch an dich, ich hoffe, dass du sie mir erfüllst", sagte er mit unsicherer Stimme. Er tat Anny wirklich leid und sie wollte ihm diesen Wunsch erfüllen. „Was hast du für eine Bitte? Ich werde mich bemühen, sie zu erfüllen." Er stand auf, nahm ihre Hand und fragte: „Würdest du mir zum Abschied noch einen letzten Kuss geben?" Sie stand auf, schaute ihn an und lachte. „Natürlich gebe ich dir einen Kuss", und küsste ihn auf die Lippen wie ihren Bruder. Michael bewegte den Kopf zur Seite und meint: „Nein Anny, nein, nicht so einen Kuss. Den Kuss, unseren ersten Kuss, als du in mich verliebt warst.“ Sie dachte, das ist zu viel, aber Bitte, wenn ich von dir danach Ruhe habe, dann soll es so sein, sie atmete tief ein, näherte sich Michael, umfasste seinen Kopf mit beiden Händen, zog ihn zu ihren Mund und gab ihm einen Kuss, dass sich der ganze Raum um ihn drehte. „War dieser Kuss richtig?“

Michael konnte fast nicht reden, nach einer halbe Minute sagte er: „Nie wieder wird mich eine Frau so küssen wie du Anny, nie wieder werde ich eine Frau wie dich lieben können, danke für das schönste Jahr meines Lebens, danke für deine Liebe, ich werde dich nie vergessen“, und als die Tränen aus seinen Augen kamen, lief er einfach davon, zog die Türe hinter sich zu und verschwand auf nimmer wiedersehen. Anny setzte sich wieder nieder und dachte, hoffentlich habe ich jetzt Ruhe von ihm.

Am Wochenende war Anny wieder bei ihren Eltern, jede zweite Woche findet ein Familientreffen statt. Anny freute sich immer, wenn ihre Mutter kochte, denn das war das beste Essen der Welt für sie. Obwohl Maria viel Arbeit hatte, weil sie auch Ärztin war, verwöhnte sie ihre Kinder regelmäßig. Die ganze Familie waren Ärzte - ihr Vater Manfred war Praktischer Arzt, ihre Mutter Maria Gynäkologin, ihr Bruder Felix Psychiater. Nur eine kleine Ausnahme ist die Freundin von Felix, Susanne, sie ist Krankenschwester.

Es ist schon Tradition, dass Mutter Maria ihre Liebsten jede zweite Woche verwöhnen musste, in ihrem Elternhaus oben am Berg im neunzehnten Bezirk war es für Anny und Felix immer ein Erlebnis, wieder nach Hause zu kommen, ihre Kinderzimmer sind unverändert geblieben und es war jedes Mal, als würden sie in ihre Kindheit zurückkommen, wenn sie bei den Eltern auf Besuch waren.

Das Haus war geräumig, im Inneren konnten drei Familien Platz finden, es war mehr eine kleinere Villa als ein Haus, der Garten mit verschiedenen Blumeninseln, ein Rosengarten und weiße Gehwege, riesige weiße Fenster und Türen, mit Freitreppen geschmückt von runden Buchsbäumen in weißen Blumentöpfen. Das war ihr Heim, dort wuchs Anny auf, wohlerzogen und keine Ahnung von Armut, nie hatte sie Leid und Elend kennengelernt, aber trotzdem ist sie gutherzig geblieben, eine gute Seele, eine Frau, die alle, ob Tier oder Mensch, verstanden hat. Jeden Schmerz fühlte Anny mit ihnen.

In ihrem monatlichen Budget waren bereits die Spenden an Kinder in Not und Tierheime berücksichtigt. Aber auch ihre Eltern und ihr Bruder schmückten sich nie mit ihrem Reichtum. Die Leute bemerkten Anny aber nicht, weil sie reich war, sondern weil sie eine hübsche junge Dame war. Sie konnte einen Kartoffelsack anziehen und damit ausgehen, sie würde als positiver und sehr attraktiver Mensch auffallen, ihre dunklen langen Haare, ihr Körper und die blitzblauen Augen, ihr strahlendes Lächeln waren wie ein Licht in der Dunkelheit. Jedes Mal, wenn sie mit ihren Freundinnen ausgegangen ist, hatte sie drei bis vier Getränke, die sie nicht bestellt hatte und die Blicke der Männer spürte sie hinter ihr. Leider war keiner dabei der ihr wirklich gefallen hatte, oder besser gesagt“ Selten“ einer gefallen hatte, und wenn dann nur für eine kurze Zeit, denn einen Prinzen fand sie dort nie.

In der nächsten Zeit hatte Anny viel zu tun, immer mehr Kunden kamen zu ihr in die Praxis, sie musste sich um mehr Personal umschauen. Zuerst braucht sie einen Tierhelfer/in, dann einen guten Tierarzt/in, an der Eingangstür von der Praxis hat sie ein Zettel aufgehängt:

„Dringend Tierhelfer/in für ganztags gegen gute Bezahlung gesucht, Voraussetzungen sind Tierliebe und freundliches Auftreten.“

Für den Tierarzt/in hatte sie eine Spezialanzeige im Internet und in Fachzeitschriften veröffentlicht, denn sie wollte den oder die Beste haben.

Sabine war erleichtert, dass sie einen zweiten Tierhelfer aufnimmt, denn sie wollte schon aufgeben. In der Tierpraxis hatte sie so viel Arbeit, dass sie nicht einmal in die Mittagspause gehen konnte, daher ist es die beste Lösung gewesen, eine Verstärkung einzustellen, die Einnahmen waren sehr gut durch den Kundenzuwachs.

Marco musste am nächsten Tag zur Arbeit, auf Niko passte eine Nachbarin auf, die Wunden mussten 3 bis 4 Mal am Tag eingeschmiert werden, damit sie sich nicht entzünden, und Fr. Meier hatte die Wohnung daneben. Sie bewunderte Niko immer, wenn sie die Fam. Domani am Gang getroffen hat. An dem Tag, als Marko ein Handtuch aus der Wohnung geholt hatte und Niko in der Hand hielt, kam Fr. Meier aus der Wohnung, um Niko zu bedauern und sie hat sofort ihre Hilfe angeboten.

Frau Meier war eine ältere Dame um die 65, sie wusste ganz genau, was im Haus vorgeht, wer wann nach Hause kam, wer nicht kam, wer seinen Mist gerade rausgetragen hatte, wer miteinander nicht gut ausgekommen ist, sie war eine wandelnde Zeitung. Marco aber hatte sehr guten Kontakt mit ihr, er kam mit älteren Leuten sehr gut aus, und hatte Respekt vor älteren Menschen. Claudia dagegen wollte sie nicht so besonders, weil Fr Meier darauf gewartet hat, bis einer von ihnen nach Hause kam, um die Neuigkeiten im Haus zu erzählen, und sie konnte stundenlang reden.

Claudia schlich auf den Zehenspitzen, aber Fr. Meier war sehr schlau und sah sie schon ins Haus reinkommen, sie wartete schon in der Türe auf sie. Marco unterhielt sich gerne mit ihr, für ihn war sie eine arme Frau, die niemanden hatte, bis auf ihre zwei Katzen und ihre Nichte, die jede dritte Woche auf Besuch kam. Viele Menschen gingen ihr aus dem Weg, weil sie so gerne geredet hat, aber Marco hatte Fr. Meier ins Herz geschlossen, weil sie so tierlieb war. Fr. Meier wollte Marco immer helfen und das kam ihm gerade jetzt recht, weil Beide in der Arbeit waren, und Niko jemanden brauchte, der auf ihn aufpasst. Die Katzen von Fr. Meier hatten Niko sehr gerne, sie kamen immer auf den Gang um Niko zu begrüßen.

Marco kam in die Arbeit und wie jeden Tag muss er durch ein Lager, um die Pakete abzuholen, die für bestimmte Firmen geliefert werden müssen. Drei Kollegen stehen am Ende vom Gang und schauen in eine große Schachtel hinein, Marco näherte sich den Kollegen und war neugierig, was in der Schachtel drinnen war. Als er sich näherte, sah er drei süße kleine Katzen in der Schachtel spielen. „Oh Gott, sind die lieb“, sagte Marco überrascht. Die zwei Frauen und der Mann, die als erste dort waren, bewunderten die Kleinen auch, gleichzeitig hat man in ihrer Stimme ein Bedauern gehört. Marco bekam ein mulmiges Gefühl und fragte nach: „Was passiert mit den Katzen, wurden die von euch gerettet?“ Eine Frau dreht sich um und sagte zu Marco: „Die sind für das Labor vorgesehen.“ Marco schaute etwas geschockt und fragte nach: „Was für ein Labor?“ Seine Kollegin antwortete: „Für das Tierversuchslabor im ersten Stock. Sie waren doch dort, wo die Medikamente geprobt werden, bevor sie in die klinische Studie kommen.“ Ein Kollege meinte: „ Ich verstehe das nicht, oben im Labor habe ich bis jetzt nur Ratten gesehen, dass die jetzt auch Katzen für die Tierversuche nehmen, ist doch krank.“ Eine andere Kollegin meint: „Sie sind zwar süß, aber irgend jemand muss den Kopf für uns Menschen doch hinhalten, besser sie nehmen die Tiere für die Versuche, als das einem Menschen etwas passiert.“

Marco schaute sie mit einem Blick an, wenn er könnte, würde er sie zum Mond verfrachten, aber er konnte sich jetzt nicht mit der Frau beschäftigen, denn er wollte die armen kleinen Katzen retten, und wenn ihm das seine Arbeit kostet. Marco suchte nach einer kleineren Schachtel, in den hohen Regalen im Lager waren Unzählige, er nahm eine volle Schachtel, entleerte sie und nahm vorsichtig eine Katze nach der Anderen und tat sie in die kleine Schachtel hinein. Die Kätzchen spürten seine liebevolle Fürsorge und spielten mit ihm.

Die drei Kollegen, die neben ihm standen, waren etwas verunsichert und jeder ging in eine andere Richtung, um ihren Arbeitsplatz nicht zu gefährden. Marco kümmerte dies nicht, für ihn standen die kleinen Katzen im Vordergrund. Er machte den Deckel zu, schnitt ein paar Löcher in die Schachtel hinein und brachte sie ins Auto. Danach holte er seine Lieferung und setzte sich ins Auto.

Es dauerte nicht lange, bis sein Chef Wind davon bekam, denn die drei Kollegen, die im Lager gestanden sind, wollten einen guten Eindruck bei ihrem Vorgesetzten machen und jeder rannte sofort los, um die Neuigkeit zu erzählen, dass Marco die kleinen Kätzchen entführt hat. Marco dachte im Auto nach, wo er die Katzen unterbringen konnte und als erstes fiel ihm Anny ein, denn im Warteraum waren Zettel, wo Katzen und Hunde weitervermittelt wurden. Dies schien ihm die beste Lösung zu sein, er startete das Auto und fuhr in Richtung Tierpraxis. Dort angekommen, war der Warteraum voll von wartenden Tierbesitzern, Anny und Sabine machten gerade ein Röntgen bei einem Terrier.

Marco dachte, da komme ich nie dran, wenn ich mich anstelle, ich muss die Pakete ausliefern. Am besten, ich klopfe an die Türe und gebe die Kleinen ab. Während Marco die Anwesenden fragte, ob er nur kurz dieses Paket abliefern durfte, seine Uniform als Mitarbeiter einer Pharmafirma kam ihm dabei zugute - von den Besitzern der Patienten erntete er trotz deren ungeduldigen Haustiere zwar Zustimmung, glücklich war aber niemand damit - sah Anny ihn auf ihrem Monitor im Behandlungszimmer, was ihr unverhofft einen Stich in ihrem Magen verursachte. Schnell öffnete sie die Tür und rief „Hr. Domani, kommen sie bitte herein" ins Wartezimmer, was Marco nun endgültig den Zorn der Wartenden einbrachte. „Wie lange müssen wir noch warten?" fragten sie Sabine, die gerade aus dem Behandlungszimmer kam. Sabine antwortete freundlich: „Es tut mir leid, aber die Fr. Doktor Kristen ist alleine, in Kürze werden wir Verstärkung bekommen, sie hat schon eine Annonce aufgegeben, wir stellen noch einen Arzt ein, dann wird es schneller gehen, bitte haben sie noch ein wenig Geduld." Die wartenden Menschen beruhigten sich, sie wussten, dass ihre Tiere in den besten Händen sind und nahmen die Wartezeit in Kauf.

Als Anny Marco rein gebeten hatte und er sie sah, bekam er eine Freude in seinem Herzen, was er sich nicht erklären konnte. Zum ersten Mal in seinem Leben hatte er Freude, einen Menschen wieder zu sehen. Dieses Gefühl war so angenehm, dass er sich in dieser Minute gewünscht hätte, dieses Gefühl, welches sein Herz umfasste, nie zu verlieren. Er kam mit der Schachtel herein, sie lachte ihn an und fragte: „Haben sie ihren Hund da drinnen?“ Marco lachte und sagte drauf: „Nein, das ist nicht mein Hund Niko, ich habe Ihnen drei Katzen mitgebracht, die sind noch sehr klein, und ich habe sie entführt.“ „Sie haben sie entführt, wie kann ich das verstehen, Hr. Domani?“ Marco machte die Schachtel auf und sagte traurig: „Sie sind für ein Tierversuchslabor vorgesehen. Und als ich sie gesehen habe, dachte ich, das kann ich nicht zulassen, und als Erster sind sie mir eingefallen, wo ich die Kleinen abgeben könnte, bei ihnen sind sie gut aufgehoben, ich hoffe, sie helfen mir, einen guten Platz für sie zu finden?“ Annys Herz wurde weich, sie nahm eine Katze aus der Schachtel raus, drückte sie vorsichtig an ihr Gesicht und gab der Katze einen Kuss auf den Kopf. „Sie sind sehr gut ernährt und sie schauen vom Fell her ziemlich gepflegt und gesund aus, sind sie schon im Versuchslabor gewesen?“ „Nein“, sagte Marco froh, „Gott sei dank, ich habe sie in letzter Minute retten können, sie wollten sie heute rauf bringen ins Labor.“

Marco schaute Anny in die Augen und wie sie den Blick nach ihm gerichtet hatte, traf ihn der Blick von ihr in der Seele, er dachte für kurze Zeit, was für schöne Augen sie hat, und dieses Lächeln, schnell raus hier bevor ich etwas sage, was vielleicht sehr dumm klingt. „Ich muss mich beeilen, darf ich auf ihre Hilfe zählen, Fr. Doktor?“ fragte Marco, während er Richtung Tür ging und die Hand auf der Türschnalle hielt. Anny dachte, bitte gehe noch nicht, ich konnte dich nur zwei Minuten anschauen, das geht mir zu schnell, lächelnd antwortete sie: „ Wenn sie mir helfen, den Katzen einen Platz zu finden, dann gerne, für ein paar Tage bringe ich sie unter, ich habe einen kleinen Raum der geheizt ist, da sind alle Tiere, die ich für kurze Zeit nehme, drinnen.“

Marco schaute ihr in die Augen und sagte lächelnd: „Selbstverständlich helfe ich ihnen, es ist schließlich meine Schuld, das sie jetzt um drei Katzen reicher sind, ich komme mit Niko sowieso morgen früh hierher zur Kontrolle, und in der Zwischenzeit werde ich mich umschauen, wer kleine Katzen braucht und sie helfen mir dabei, Okay?“ Sie hielt das Kätzchen in den Armen, streichelte es zärtlich und sagte: „Abgemacht, ich helfe ihnen.“ Dann fiel ihr ein, von wo er die kleinen Katzen weggenommen hatte. Als Marco die Türe öffnete, um hinaus zu gehen, sagte sie: „Ach Hr. Domani, von wo sagten sie, haben sie die Katzen entführt?“ Marco machte die Türe wieder zu und sagte: „Aus meiner Arbeit, ich bin bei einem Pharmaunternehmen beschäftigt.“ Anny dachte, dann ist er seine Arbeit los und fragte vorsichtig: „Was der Arbeitgeber wohl dazu sagt?“ Marcos Antwort war so gleichgültig, er sagte: „Ich glaube nicht, dass mein Arbeitgeber sich darüber freuen wird, aber das ist mir so was von egal, ich fühle mich dort nicht sehr wohl, bin auf der Suche nach einer besseren Arbeit, aber jetzt muss ich weiter, sonst werde ich wirklich gekündigt."

Anny stand da und dachte, das ist er, das war er, das ist der Mann den ich suche, aber wie sollen wir jemals zusammenkommen, wenn er verheiratet ist, warum muss ich immer zurückstecken, warum soll ich auf den Traummann verzichten. Sie dachte, wenn er gekündigt wird, dann fragt sie ihn, ob er bei ihr nicht anfangen möchte. Lernen kann man viel und Marco schien ihr ein sehr guter Tierfreund zu sein und wenn sie ihn als Mann nicht haben kann, dann wenigstens als Mitarbeiter. Denn seine Erscheinung machte sie glücklich und dies, obwohl sie ihn nur zwei Mal gesehen hatte, aber da war etwas an ihm, was sie sehr gerne hatte.

Marco machte die Ausgangstüre auf und auf ihr hing der Zettel „Tierhelfer gesucht", er ging hinaus, blieb vor der Türe stehen und las den Zettel. Er dachte, wenn das kein Zeichen ist und nahm sich vor, am Freitag mit Anny zu reden, denn er wollte auch dort arbeiten, wo sein Herz Freude hatte und an der Seite so einer Frau war dies eine Ehre für ihn. Irgendwie wird er Claudia überzeugen können, er hatte das Gefühl bekommen in Annys Nähe sein zu müssen.

Als Marco in die Firma kam, hatte er auch schon eine Einladung ins Büro bekommen, dort wartete schon die fristlose Kündigung auf ihn.

Aus dem Röntgenraum hört sie eine Stimme, die Dame mit dem Terrier wartete auf die Befunde von ihrem Hund, Anny hatte vollkommen vergessen, als sie Marco sah, dass die Untersuchung noch nicht zu Ende ist. „Fr. Doktor, darf ich mit meinen Hund jetzt reinkommen?" fragte die Dame etwas ungehalten. „Um Gottes Willen Fr. Sommer, es tut mir leid, ich habe auf sie vergessen, kommen sie bitte herein", sagte Anny und entschuldigte sich öfters, der Terrier hatte nur Magenverstimmung, es war nichts Schlimmes.

Marco ist gleich nach Hause gefahren, unterwegs im Auto ärgerte er sich über seinen Chef, der kein Gefühl für so kleine Katzen hatte, aber was soll man von so einem Geschäftsmann erwarten, dachte Marco, dem ist nur der Profit wichtig, so ein Mensch kann keine Gefühle haben. Der Tag hat nicht gut begonnen, es bleibt nicht bei dem Streit mit seinem Chef und der Kündigung, denn als Claudia nach Hause kam, ist es weitergegangen mit Marcos Pechsträhne.

Sie hatte auch einen stressigen Tag und war froh, am Abend heim zu kommen und den Tag zu vergessen, aber als in die Wohnung kam, merkte sie sofort, dass etwas nicht stimmte. Marcos Gesichtsausdruck war etwas traurig, als sie dann beim Abendessen waren, begann Claudia Fragen zu stellen. „Wie war dein Tag Marco, du schaust etwas angeknackst aus?“ „Es war kein guter Tag für mich heute, und ich muss dir etwas Unangenehmes sagen. Ich bin Arbeitslos!“ „Was!!!“ Es kam ein schrillender Ton aus Claudias Mund. Marco zuckte zusammen. „Was hast du angestellt Marco!?“ fragte sie geschockt. Marco erzählte ihr in aller Ruhe die Geschichte mit den Katzen, aber sie hatte nur eines im Kopf - Arbeitslosigkeit und Schulden. „Was hast du dir nur dabei gedacht, wie sollen wir die Schulden für unsere Wohnung und die Einrichtung, die wir auf Kredit gekauft haben, bezahlen? Marco, ich muss dir wirklich sagen, dass, was du gemacht hast, war nicht sehr klug.“ „Ich weiß sehr gut, was ich gemacht habe Claudia, aber ich konnte nicht zulassen, dass so kleine Katzen in einem Versuchslabor qualvoll umgebracht werden. Du hättest sie sehen sollen, eine war schwarz mit einem weißen Strich auf der Nase, die Zweite war silbergrau mit weiß und die Dritte dreifärbig. Sie haben so lieb miteinander gespielt, das konnte ich nicht zulassen.“

Marco war ganz sicher, dass er das Richtige getan hatte und versuchte, Claudia davon zu überzeugen, aber sie wurde immer wütender. „Du gefährdest unser Leben, wegen so... wegen dieser dummen Katzen, weißt du, wie viele Tiere wegen solcher Versuche ihr Leben lassen, willst du alle retten!“ Sie war so wütend, dass sie Marco vollkommen fremd geworden ist, nicht nur, dass sie fremd war, es tat ihm weh, dass sie so herzlos über unschuldige Tiere gesprochen hatte.

Marco wollte jetzt genau wissen, was dies für eine Frau ist, mit der er sein Leben teilen wollte. „Wie kannst du so etwas sagen, ist dir das Leben von Tieren nichts wert? Weißt du, dass sie auch Gefühle haben?“ fragte Marco nach. „Das sind nur Tiere Marco, und keine Menschen“, antwortete sie überzeugt. „Und du meinst, dass die Menschen das Recht besitzen, die Tiere für ihre Zwecke zu missbrauchen, nur weil sie sich nicht wehren können, und sie sich nicht mit uns unterhalten, so das wir sie verstehen, haben die Menschen das Recht, sie zu quälen, bist du dieser Meinung Claudia?“ Marcos Ton wurde ziemlich streng. „Wenn die Tiere nicht für solche Zwecke eingesetzt werden, wer soll dies dann tun, sollen die Menschen an einem nicht geprobten Medikament sterben?“ fragte Claudia mit einer selbstverständlichen Stimme. „Kannst du mir bitte sagen, was macht den Menschen so viel wertvoller als ein Tier, warum sollen die Tiere immer für uns den Kopf hinhalten?“ fragte Marco wütend. „Ich kann dir sagen, was uns von Tieren unterscheidet. Wir sind intelligenter, wir können Häuser bauen, wir können Auto fahren, wir sind die intelligentesten Wesen und deshalb müssen die Tiere, wenn es sein muss, für uns Menschen sterben. So einfach ist das, Marco." „Ach so ist das, so leicht ist das für dich, Claudia, du denkst, dass die Menschen wichtig sind. Ich werde dir sagen, was ich von manchen Menschen denke. Sie sind herzlos, egoistisch, zerstörerisch, dumm und sie haben unseren Planeten zerstört, das ist das Erste. Das Zweite ist, wer hat denn die Menschen und die Tiere und die Natur erschaffen, wer Claudia...wer?" schrie sie Marco an. „Weiß ich nicht, ist mir auch egal", antwortete Claudia, nichtwissend, was sie angerichtet hat.

„Das ist sehr traurig Claudia, ich wusste nicht, wen ich geheiratet habe. Habe ich dich richtig verstanden, du bist so eine herzlose Frau, die kein bisschen Gefühle für arme Tiere hat und keine Ahnung hat, wer unseren Planeten erschaffen hat, das ist dir so egal, ist das richtig Claudia?" Sie sah ihn an, in seinem Gesichtsausdruck bemerkte sie pure Wut. So hatte sie Marco nie erlebt. Claudia dachte, jetzt ist zu viel gesagt und versuchte, aus der Diskussion auszusteigen. „Ich will nicht mehr mit dir darüber diskutieren Marco!" „Du willst nicht diskutieren, aber ich will, und ich erwarte eine Antwort von dir Claudia, wer hat diesen Planeten erschaffen?" „Na ich denke, das war Gott, so steht es in der Bibel", antwortete sie gelangweilt und eigentlich nur, um ihre Ruhe zu haben. „Also, halten wir fest: Der liebe Gott hat den Menschen, die Tiere und die Natur erschaffen, stimmt das?" fragte Marco nach der Reihe noch einmal. Sie schaute etwas unsicher und meint: „Ja so muss es wohl gewesen sein." „Okay, er schuf den Menschen, in seinen Adern fliest Blut und er hat ein Herz, Nerven, er spürt Kälte, Wärme, Hunger, Durst, er ist traurig, fröhlich und all das, was den Menschen ausmacht. Ist das richtig Claudia?" „Das meine ich auch, du kannst den Mensch nicht mit Tieren vergleichen", antwortete sie erleichtert, in der Hoffnung, dass er sie jetzt verstanden hat. „Kannst du mir dann sagen, was die Tiere in ihren Adern haben? Ist das auch Blut oder ist das Sirup!?" Sie antwortete: „Na Blut!" „Wenn sie Blut in ihren Adern haben, dann haben sie auch ein Herz, und all das, was auch ein Mensch hat, oder?"

Claudia ahnte, auf was sie sich eingelassen hat und antwortete. „Ja sie haben alles, bis auf die menschliche Intelligenz. Wenn ein Tier Hunger hat, wenn es durstig oder traurig ist, sieht man ihm das nicht an." „Wenn man ihm wehtut, hast du schon einmal ein Tier erlebt, das Schmerzen hatte, kannst du dir diesen elendigen Schmerz vorstellen, warst du dabei, als unserem Niko wehgetan worden ist? Sein Jaulen höre ich noch immer in meinen Ohren, hast du so etwas erlebt und wahrgenommen Claudia? Oder ist das nur ein Tier für dich und hast weggehört?“ Sie schaute ihn an, wohl wissend, dass sie sich nie darüber Gedanken gemacht hatte, und sie die Tiere nie so wahrgenommen hatte und antwortete: „Ja das ist alles schön und gut, aber trotzdem muss man schauen, das man seine Arbeit nicht verliert und ohne Einkommen dasteht, nur wegen Katzen.“

Marco war sehr wütend auf sie, er kannte Claudia nur ein Jahr, bevor sie geheiratet haben und jetzt sind sie ein Jahr verheiratet, aber darüber haben sie nie geredet. Er liebte die Tiere und genau wie Anny konnte Marco die Tiere verstehen, nicht was sie sagten, sondern was sie fühlten. Dieses Gespräch mit der Frau, mit der er lebte, war für ihn eine große Enttäuschung. Zum ersten Mal zweifelte Marco an seiner Ehe mit Claudia, er schaute sie nur an und sagte mit traurigem, aber auch wütenden Blick: „Danke Claudia, jetzt hast du dein wahres Gesicht gezeigt. Dass du so herzlos und selbstsüchtig bist, habe ich nicht gewusst und ich weiß nicht, ob ich mit so einem Menschen leben kann.“

Claudia merkte, wie ernst es Marco war und dass dies keine leere Drohung war, er meinte es bitter ernst. Sie hatte auf ein Mal einen Stich im Herzen gespürt und sagte mit Tränen in den Augen: „Entschuldige bitte Marco, verzeih mir. Schau, ich habe einen harten Tag heute gehabt und dann erfahre ich, dass du gekündigt bist, ich wollte dich nicht verletzen, bitte schau mich an... Marco.“ Er schwieg, kein Wort kam über seine Lippen, nur den strengen unverzeihlichen Blick bekam sie zu spüren. „Marco...Redest du nicht mehr mit mir?“ Keinen Ton aus seinem Mund zu hören war für sie schrecklich, er setzte sich auf die Eckbank im Wohnzimmer, nahm die Fernbedienung und schaute Fußball.

Claudia setzte sich neben ihn und versuchte, seine Hand zu nehmen. Marco drehte sich zu ihr, schaute sie mit einer ernsthaften Miene an und sagte: „Lass das Claudia, deine Schmeicheleien bringen nichts, und eines sage ich dir. Wenn ich keine Arbeit hier finde, dann werde ich nach Italien zurück gehen, ich hätte niemals meine Heimat verlassen sollen, das war ein Fehler, und ich will, dass du mich in Ruhe lässt, denn ich muss nachdenken, wie es mit uns weitergehen soll.“

Claudia hatte Angst bekommen, Angst, dass sie ihn verliert. Wie soll sie ohne ihn leben, sie liebt ihn über alles und konnte sich ihr Leben ohne Marco nicht mehr vorstellen, aber sie wusste, dass, wenn sie weiter redet und weiterbohrt, sie es nur noch schlimmer macht. Sie versuchte, mit ihren Augen zu sprechen, warf Marco traurige Blicke zu, aber er schaute sie gar nicht an, ignorierte jeden Augenkontakt und das tat ihr mehr weh als der

Streit, den sie hatten.

Als sie sich schlafen gelegt haben, drehte sich Marco von ihr weg, Claudia konnte nicht schlafen, in ihrem Kopf drehte sich der Gedanke, was wäre, wenn er sie wirklich verlässt. Sie spürte, dass eine große Veränderung auf sie zukommt, dieses Gefühl schnürte ihr die Kehle zu, so dass sie glaubte, keine Luft zu bekommen. Und sie hatte recht, da war etwas in der Luft, was ihre Beziehung mit Marco zu zerstören drohte, und weil sie nicht bereit war, ihn aufzugeben, grübelte Claudia die ganze Nacht über Marco und die Tierärztin, seine Veränderung, die Kündigung und beschloss, um Marco zu kämpfen. Es war ihr auch egal, wenn sie sich dabei erniedrigen würde. Sie hatte gemerkt, wie sehr sie Marco verletzt hatte. Dass er tierlieb war, wusste sie, aber dass Marco die Tiere so wichtig waren, und dass er sie mit Menschen gleich stellt, ist ihr erst bei dem Streit bewusst geworden. Sie verstand sein Handeln und wusste, dass er nicht anders konnte, als die kleinen Katzen zu retten, aber es war zu spät.

Marco überlegte am nächsten Tag, wie er sich bei Anny vorstellen konnte. Die Arbeit mit Tieren würde ihm gut gefallen, aber mit der Frau, für der er Gefühle hatte, die er nicht zuordnen konnte, zu arbeiten, könnte gefährlich werden. Was ist, wenn er sich in sie verliebt und sie seine Gefühle nicht erwidert? Dass wäre sehr erniedrigend für ihn, außerdem ist er mit Claudia verheiratet, ja der Streit gestern war ziemlich heftig und er war sehr wütend auf sie, aber deshalb würde er sie nicht verlassen, denn Marco glaubte nicht, dass seine Frau wirklich so hartherzig ist, wie sie es dargestellt hatte, aber trotzdem müsste sie spüren, dass sie im Unrecht ist und das seine Tierliebe echt ist.

Marco liebte die Tiere, dass war seine einzige Zuflucht. Wenn er Sehnsucht nach seinen Eltern hatte, nahm er eine Katze, die auch arm war und kuschelte mit ihr, er nahm sie oft mit ins Bett, ohne dass seine Großeltern davon wussten, denn seine Großmutter wollte nicht, dass er Tiere mit ins Bett nimmt. Er schlich in sein Zimmer und die Katze hatte er unter seine Jacke versteckt, im Winter war es besonders schlimm. Wenn es draußen kalt war und er eine Katze oder einen kleinen Hund sah, die froren, nahm er sie in das warme Haus hinein. Wenn ihm seine Großmutter auf die Schliche kam, nahm sie die Tiere und setzte sie vor der Ausgangstüre, das war das Schlimmste für ihn, denn die Tiere taten ihm sehr leid und er hatte sich geschworen, wenn er groß geworden ist, wird er den Tieren helfen.

Als er nun gelesen hatte, dass Anny einen Tierhelfer sucht, dachte er daran, seinen Schwur zu erfüllen. Marco beschloss, sein Glück als Tierhelfer zu versuchen und sich bei der hübschen Dr. Kristen vorzustellen. Es war ein innerer Zwang der ihn dorthin getrieben hatte, er konnte sich dies auch nicht erklären, was es war, aber es war mächtig, als wie wenn eine innere Stimme in seine Ohren flüsterte, „Das ist dein Schicksal und dem kannst du nicht entkommen", schon sprang Marco auf, nahm seine Jacke und machte sich auf den Weg zu Anny. Den Termin mit Niko hatte er erst am Nachmittag gehabt, so lange konnte Marco aber auch nicht warten.

Anny hatte gerade ein Vorstellungsgespräch mit einer Tierärztin, sie waren im Büro, draußen in Warteraum waren noch zwei weitere Ärzte, die sich vorstellen wollten. Da in der Praxis viele Leute mit ihren Tieren warteten, hat sie Patrick wieder um Hilfe gebeten. Marco kam herein und sah die Menschenmenge im Warteraum, das machte ihn wieder unsicher, er drehte sich um und ging wieder raus, unterwegs dachte er nach, da sind zu viele Menschen, sie wird mich nicht einmal bemerken, ich riskiere nur, dass sie mich nicht einstellt, womöglich auch auslacht, wer bin ich schon? Aber ich will die Arbeit haben, als Kellner will und kann ich nicht arbeiten, als Fahrer schon gar nicht, aber wenn ich jetzt nicht hingehe, dann wird sie jemand anderen einstellen, dann ist es zu spät

Marco war auf dem halben Weg nach Hause, als er sich wieder umdrehte und in die Tierpraxis zurück wollte, drei Schritte vor, zwei Schritte wieder zurück, wenn mich jemand beobachtet, stehe ich als Trottel da, dachte Marco nach und nahm seinen ganzen Mut zusammen und machte sich auf den Weg zu Annys Praxis, er nahm zwischen den vielen Menschen Platz und wartete brav, bis er dran war. Als Anny raus kam, um nachzusehen, ob noch jemand da ist, der sich vorstellen wollte, sah sie ihn... diesen einzigartigen Mann, der ihren Kopf verdreht und ihre Gedanken für sich formte, sie sah diese Augen und konnte keinen klaren Gedanken mehr fassen. Das war der Moment, als sie zum ersten Mal die Schmetterlinge in ihrem Bauch spürte, zum ersten Mal wurden ihre Knie weich.

Marco kam sich sehr dumm vor, als sie aus ihrem Büro raus kam, so schön, so intelligent, am liebsten wollte er wieder raus, um sich vor ihr nicht zu blamieren, aber das wäre zu blöd. Stattdessen versuchte er die Fassung zu bewahren und schenkte ihr ein Lächeln, obwohl in seinem Bauch die selben Schmetterlinge sich gerade ein Nest gebaut haben und seine Hände wie verrückt schwitzten, dass er sich überlegte, wie er ihr die Hand reichen kann, ohne ihre Hände mit seinem Schweiß zu beflecken. Noch nie haben seine Hände so geschwitzt, es war ihm so peinlich, dass er versuchte, sie ohne aufzufallen irgendwie an seiner Hose abzuwischen. Marco merkte vor lauter Peinlichkeit nicht, was er mit seinem überraschenden Auftritt angerichtet hatte, dass er bereits ihr Herz erobert hatte, konnte er sich nicht im Traum vorstellen, zu viel Respekt hatte sein Feingefühl eingeschränkt.

Annys Augen betrachteten nur ihn, sie sah die wartenden Leute nicht mehr. Alle schauten die Beiden an, jeder hatte sich seinen Teil gedacht, es war so offensichtlich, dass sie in einander verliebt wahren, dass sie alles rund herum nicht mehr wahrgenommen haben. Die beiden wartenden Ärzte waren enttäuscht, als Anny direkt auf Marco zuging und ihm die Hand reichte. Marco war sehr überrascht, als sie mit ausgestreckter Hand direkt auf ihn zukam und ausgerechnet ihn begrüßte. „Hr. Domani, ich freue mich, sie zu sehen. Was kann ich für sie tun?“, sagte sie mit einem strahlenden Lächeln. Marco war erfreut, jedoch konnte er sich nicht vordrängen, wo die Anderen doch schon länger warten. Er sprang auf, zum Glück schaffte er es, sich vorher die nasse Hand abzutrocknen. „Ich habe genug Zeit, bestimmt sind noch einige vor mir gewesen, ich bin gerade gekommen.“ Die beiden Ärzte, meldeten sich zu Wort. „Das stimmt, wir warten schon länger!“ Anny sah die beiden jungen Männer an, am liebsten würde sie sie nach Hause schicken, aber das gehört sich nicht. Sie sah sich im Warteraum um, alle anderen hatten ein Haustier mit, nur Marco und die zwei Herren hatten keines. Sie begriff sofort, warum Marco gekommen war und Anny beschloss, die Beiden schnell dranzunehmen und dann Marco. „Sie haben recht Hr. Domani, wer ist der Nächste?“, fragte sie freundlich.

Als der Erste rein kam, wollte sie nur wissen, ob er mit Haustieren Erfahrung hatte, weil der Mann sehr jung ausgesehen hat. Als sie sein Diplom sah und sein Alter, beschloss Anny, dass er zu jung für die Stelle war. Er hatte kein Praktikum, war erst 27 Jahre alt und gerade mit dem Studium fertig geworden, sie versprach, sich bei ihm zu melden. Das Gespräch dauerte ganze fünf Minuten.

Mit dem Zweiten hatte sie volle sechs Minuten verbracht, sie konnte keinen klaren Gedanken fassen, alles was sie wollte, war mit Marco zu reden, der draußen wartete, um drangenommen zu werden und zwar so schnell wie möglich. Als Marco sah, wie schnell die Ärzte wieder draußen waren, merkte er, dass irgend etwas nicht stimmt, sein Gefühl sagte ihm, dass es seinetwegen war, sein Verstand war da anderer Meinung, denn der meinte, das sie viel Arbeit hatte und Marco genau so schnell draußen sein wird wie die zwei Anderen.

Sie stand wieder in der Türe und verabschiedet den Letzten, der sich vorstellte und ihr Blick suchte nach Marco, der nicht auf dem Platz war, wo sie ihn zuletzt gesehen hatte, das Gesicht von Anny verblasste. Als sie die Augen nach rechts richtete, sah sie ihn die Fotosammlung bewundern, doch im selben Moment drehte er sich um und sah sie an, dann bemerkte er diesen Gesichtsausdruck bei ihr, das bereitete ihm Freude in seinem Herzen, es war so, als ob sein Gefühl zu seinem Verstand sagte, „Ich habe Gewonnen“ und der Verstand meinte, „Freu dich nicht zu früh“.

Kommen sie herein Hr. Domani. Marco trat in ihr kleines Büro hinein, wo nur ein Schreibtisch stand und daneben ein Zweiersofa, davor ein kleiner Glastisch. Beim Schreibtisch ein Bürosessel, gegenüber zwei Sessel. Anny sah ihn lächelnd an und bat ihn, Platz zu nehmen, aber nicht beim Schreibtisch, sie deutete auf das Sofa, damit Marco sich dort hin setzt. Das war wieder eine Bestätigung für sein Gefühl. Er setzte sich auf das Sofa nieder und sie setzte sich neben ihn. „Was kann ich für sie tun, Hr. Domani?“ Marco übte noch in Gedanken, was er sagen wird, denn auf die Frage war er vorbereitet, aber da fing er zu stottern an, obwohl er dies sonst nie getan hat. Die Situation war noch mehr peinlich für ihn geworden, denn ständig ist ihm durch den Kopf gegangen, was sie wohl von so einem Mann hält, der nicht einmal drei Worte aus sich herausbringen konnte, redete, als ob ein zweiter unsicherer Mann in seinem Körper wäre. Jedoch noch verwirrter wurde er, als sie neben ihm saß und der Duft ihres Parfüms seine Sinne betörten.

„Ja, ich...Also...Sie...ich...ich bin gekündigt...und wegen...wegen der kleinen Kat...Katzen...und sie brauchen...sie suchen...und ich kön...könnte.“ Es kam einfach kein gescheites Wort aus seinem Mund und Anny bemerkte die Nervosität von ihm. Das zeigte ihr, wie viel Respekt er vor ihr hatte und versuchte, die Situation zu verbessern, denn sie hat verstanden, weswegen Marco zu ihr gekommen ist, und fiel ihm ins Wort. „Sie sind gekündigt! Das habe ich mir schon gedacht. Als sie mir erzählt haben, dass sie die kleinen Kätzchen aus der Firma entführt haben, wusste ich, dass sie die Kündigung bekommen werden.“

Marco kam sich wie ein Idiot vor, am liebsten wollte er sich durch ein Mäuseloch verkriechen, „Reiß dich zusammen“, schrie sein Verstand. Wie aus heiterem Himmel hatte er wieder sein Selbstbewusstsein erlangt und fing normal an zu reden. „Sie suchen einen Tierhelfer und ich suche eine Arbeit. Dass ich tierlieb bin, das wissen sie, alles andere kann man lernen. Fr. Doktor Kristen, ich bewerbe mich hiermit bei ihnen als Tierhelfer.“ Sie sah ihn erfreut an und dachte, „das ist Schicksal“ und antwortete ihm: „Hr.

Domani, ich kann mir keinen besseren Tierhelfer als sie vorstellen, ihr Antrag ist angenommen!“ Marco wusste nicht, ob er das richtig verstanden hat und fragte nach: „Heißt das, dass ich aufgenommen bin?“ Und weil er so ein überraschtes Gesicht gemacht hatte, lachte Anny und sagte: „Ja! Ja Hr. Domani, sie sind aufgenommen, und ich freue mich, mit ihnen zu arbeiten.“ Und wieder siegte sein Gefühl. Er schaute ihr tief in die Augen und sagte: „Ich freue mich auch, mit ihnen zu arbeiten, wir werden die besten Tierretter der Welt!“ „Ja das werden wir garantiert ... ach wissen sie, da wir bald Kollegen sind und ich keine spießige Tierärztin bin, wie wäre es, wenn wir per Du sind. Mit Sabine bin ich auch per Du, und mit dem neuen Tierarzt werde ich auch per Du sein.“

Marco unterbrach sie und sagte erfreut zu ihr: „Das würde mich sehr freuen, nur so können wir die besten Tierretter werden, ich heiße Marco“, und streckte ihr die Hand entgegen. Sie gab ihm die Hand und sagte: „Und ich bin Anny, es freut mich, dass wir zusammen arbeiten werden, ich brauche dringend Hilfe. Du siehst, was im Warteraum los ist, die Patienten werden immer mehr. Wie schnell kannst du hier anfangen?“ Sie halten sich immer noch die Hände. Wie sie dies nach einer Minute merkten, zogen sie sie ruckartig zurück und taten so, als ob keiner was gemerkt hat. Die Türe geht auf und Patrick stand im Büro. „Na Schönste, wie geht es dir?“ fragt Patrick fröhlich. Als er die Beiden erblickte, bemerkte er, dass ihre Köpfe glühten, sie waren rot und von Beiden strahlten die Augen.

Anny wollte Marco auf keinen Fall noch gehen lassen und fragte ganz unverschämt Patrick: „Hast du noch eine Stunde Zeit?“ Patrick überlegte nicht lang und antwortete: „Ja, ich habe für dich immer Zeit, das weißt du.“ „Ich würde gerne noch auf Mittagspause gehen und möchte dich bitten, mich noch ungefähr eine Stunde zu vertreten, wäre dies okay?“ Sie setzte den unschuldigen Blick ein, dem Patrick nicht widerstehen kann. Patrick schaute auf die Uhr und meint: „Aber wirklich nur eine Stunde Anny!“ „Ich verspreche es, dass ich in einer Stunde da bin, danke Patrick!“ Patrick schaute Marco an und meinte: „So einer Frau kann man doch nicht widersprechen, oder?“ Marco lacht und sagt: „Sie haben vollkommen recht, das kann man nicht!“

Patrick ging wieder aus dem Büro hinaus und zog die Türe hinter sich zu. Anny stand auf und fragte Marco: „Darf ich dich zum Essen einladen? Da können wir über die Formalitäten reden. Nicht weit von hier ist ein Italiener, isst du gerne Italienisch?“ Marco stand auch auf und sagte: „Italienisch mag ich am liebsten, denn ich bin, wie du sicher bemerkt hast, auch Italiener.“

Sie lachte herzlich. „Dann habe ich das richtige Lokal für dich."

Es war nicht weit, von dort konnte man die Tierpraxis sehen. Sie saßen am Ende vom Restaurant, in einer gemütlichen Ecke und waren ungestört. Draußen auf der Straße sind Menschen eingehüllt in Mäntel und Handschuhe, sie saßen im Warmen und redeten nichts, sie sahen sich tief in die Augen, ohne zu merken wie lange, bis sie der Kellner aus ihren Traum erweckte. „Bitte schön, was darf es sein?" fragte eine unerwünschte Stimme und Beide merkten in diesem Augenblick, dass da etwas zwischen ihnen war, was sie sehr verbunden hat, eine unerklärliche tiefe Verbundenheit, wie wenn sich zwei Verliebte nach vielen Jahre wieder treffen und die Liebe nie erloschen war, wie wenn sie sich schon immer gekannt haben und etwas verhindert hat, dass sie sich sehen. Dass sie beieinander saßen und außer dem Kellner sie niemand gestört hatte, das war ein Seelenfrieden für Beide und sie wünschten sich insgeheim, dass dieses Gefühl nie mehr vergeht. Anny hatte Marco ein Gehalt angeboten, was er noch nie in seinen Leben verdient hatte, und seine Arbeit beginnt ab morgen, wobei er natürlich noch eingeschult werden musste.

Am Nachmittag sah er sie wieder, als er mit Niko zur Kontrolle musste. Nachher ist Marco mit Niko nach Hause gegangen, er war überglücklich, denn das, was er heute bei Anny erlebt hatte, kann im keiner mehr wegnehmen, auch Claudia nicht. Als sie am Abend heim kam und Marco den gesamten Haushalt erledigt hatte und das Abendessen vorbereitete, obwohl sie kaum miteinander geredet haben, war sie positiv überrascht. Den Streit, den sie gestern hatten, war Vergangenheit, er war einfach glücklich, und wollte sich nicht wegen des gestrigen Streits die Stimmung verderben.

Claudia wollte er noch eine Chance geben, umzudenken. Das ihm Anny super gut gefallen hatte, wollte Marco nicht wahr haben, aber er spürte, dass sie seine Nähe genoss und er wusste, dass sich etwas zwischen ihnen anbahnt. Aber er dachte, dass er dieses Gefühl unter Kontrolle hat, denn was kann schon groß passieren. Er ist mit Claudia verheiratet und wenn er ab und zu mit einer anderen Dame flirtet, ist das noch lange kein Fremdgehen. Es war ein kleiner Wind, der in seinem Herzen wehte, das kann man doch unter Kontrolle halten, dachte Marco, er hatte keine Ahnung, was auf ihm zukam.

Claudia kam ins Wohnzimmer, nach dem sie sich den Mantel ausgezogen hat, der Boden war sauber, sogar die Vorhänge hat Marco gewaschen, in der Wohnung roch es nach Sommerwiese, in der Küche stand Marco und machte das Essen fertig und Niko war wie immer auf der Eckbank in seine

Decke eingerollt und sprang auf, um sie zu begrüßen. Er war zwar noch etwas benommen, und er konnte nicht wie früher bis zur Tür rennen, aber eine kleine Begrüßung musste sein. Marco kam hervor, normalerweise trafen sie sich auf den halben Weg und gaben sich einen Kuss, doch dieses Mal wartete er zwischen Kochnische und Wohnzimmer mit etwas strengen Blick. Claudia kam und schaute ihm in die Augen, stellte sich auf die Zehenspitzen und gab ihm einen Kuss. Widerwillig gab auch er ihr einen Kuss.

„Es tut mir leid Liebster, ich wollte dich nicht verletzen, und ich habe darüber nachgedacht, was du zu mir gesagt hast. Ich muss sagen, du hast vollkommen recht, Marco. Ich sehe das jetzt mit deinen Augen, und wegen der Arbeit mache dir keine Sorgen, wir werden eine bessere Arbeit finden. Du kannst in jedem Restaurant als Kellner arbeiten, dies ist hier in Österreich kein Problem, und verdienen wirst du auch besser wie als Fahrer.“ Marco schaute sie immer noch ein wenig streng an und lässt sie reden. Als sie fertig war, sagte er: „Lass uns Essen, wir reden später darüber.“ Claudia war sehr froh, dass Marco es nicht ernst gemeint hatte, was er gestern zu ihr gesagt hat, denn die Wohnung putzen, ein Abendessen kochen, das war doch ein Liebesbeweis, dachte sie.

Sie saßen nebeneinander und Claudia fragte: „Wie hast du das alles geschafft, die ganze Wohnung ist blitz blank sauber, das Abendessen gekocht, sogar die Vorhänge hast du gewaschen. Ich habe doch den besten Mann auf der Welt. Danke Liebster! Ich liebe dich, Marco.“ Er schaute etwas sanfter und sagte: „Das will ich nie wieder von dir hören Claudia, für mich sind die Tiere heilig, und wenn du so über sie denkst, dann beleidigst du mich. Übrigens, ich fange morgen zum Arbeiten an!“ Claudia schaute ihren Mann mit großen Augen an und war total überrascht. „Du hast auch noch eine Arbeit gefunden, Marco? Wo arbeitest du denn!?“ „Du kennst unsere Tierärztin?“ Claudia dachte, bitte lieber Gott, lass es nicht dort sein. „Ja wie ich die kleinen Katzen abgegeben habe, stand an der Eingangstür ein Zettel - „Tierhelfer gesucht“ - ja und ich war heute dort und morgen fange ich als Tierhelfer zum Arbeiten an. Na was sagst du!?“

Claudia wurde blass, sie hatte ein eigenartiges Gefühl, weil immer, wenn Marco dort war, spürte sie diese komische Veränderung an ihm. Sie hatte dies nicht einordnen können, aber es störte sie sehr. Wie kann sie ihm das jetzt ausreden? Es war schon beschlossen, er fängt schon morgen dort zum Arbeiten an, sie hatte keine Chance, irgendwie dagegen zu sprechen, und sie wollte nicht schon wieder Streit. Aber ein Argument, warum er dort nicht arbeiten soll, musste sie sagen. „Und wie ist die Bezahlung? Ich habe gehört, das Tierhelfer schlecht verdienen.“ Marco lachte fröhlich. „Ich habe das beste Gehalt, seit ich arbeiten gehe, so viel habe ich noch nie verdient.“ Claudia wurde noch blasser, ihre Gedanken waren in diesem Moment, „ich wusste es, ich wusste, dass da etwas nicht stimmt, mein Mann gefällt dieser feinen Ärztin, sonst würde sie ihm nicht so ein hohes Gehalt anbieten“, aber sie tat überrascht und fragte: „So? Das freut mich für dich, und was verdienst du im Monat!?“ „Na ja, das Doppelte von dir, Claudia.“

Die Augen von Claudia wurden immer größer. „Was!!! Das Doppelte von mir. Du bist sicher, dass du als Tierhelfer arbeiten wirst, Marco? Hat sie dich nicht mit einem Tierarzt verwechselt!?“ Marco lachte immer noch, der Tag war fantastisch für ihn. „Nein, sie hat mich nicht mit einem Tierarzt verwechselt, ich habe auch den Vertrag bekommen.“ Marco stand auf und holte den Arbeitsvertrag aus seiner Jackentasche. „Da bitte, siehst du, da steht - Tierarzthelfer.“ Claudia las den Vertrag und da stand es Schwarz auf Weiß – Tierarzthelfer. Achtunddreißig Stunden in der Woche muss er arbeiten, am Wochenende hatte er frei und das Gehalt war wirklich so, wie Marco gesagt hat.

Claudia las den Vertrag nicht mehr, sie tat, als ob sie ihn noch lesen wurde, in Wirklichkeit hatte sie die pure Angst gepackt und die Gedanken in ihrem Kopf machten sie wahnsinnig Sie hatte Angst vor dieser Frau. Obwohl Claudia sie noch nie gesehen hatte, wusste sie in ihrem tiefsten Inneren, dass eine Verbindung zwischen Marco und ihr bestand. Eine eigenartige Energie breitete sich im Raum aus, wenn Marco von dort nach Hause gekommen ist. Und heute Abend spürte sie die Energie am ganzen Körper, die sie frieren lässt, aber dann dachte Claudia, macht dich nicht verrückt, du bist nur eifersüchtig, es wird so sein, wie dir dein Mann sagt. Schließlich hat er den Haushalt gemacht und das Abendessen vorbereitet, das macht keiner, der seine Frau betrügt. Du liebst ihn nur zu sehr und hast Angst, ihn zu verlieren.

Marco erweckte sie aus ihren Gedanken. „Claudia! Lernst du den Vertrag auswendig?“ „Nein, nein, der Vertrag ist in Ordnung und die Bezahlung ist wirklich toll, ich hoffe nur...und dann schluckte sie das Wort, was sie sagen wollte.“ „Was Claudia, was hoffst du nicht?“ „Ach nichts, ist okay“, sagte sie unsicher. „Na komm schon, ich sehe doch, dass du nicht überzeugt bist.“ Sie schaute ihn an und konnte es nicht aushalten, denn der Druck, den sie in ihrer Brust spürte, war größer als ihre Vernunft. „Ich hoffe, dass sie es nicht auf dich abgesehen hat, weil sie dir so ein ungewöhnlich hohes Gehalt angeboten hat.“ Marco versuchte, sie zu beruhigen und antwortete: „Ach Claudia, sie hat es nicht auf mich abgesehen, warum sollte es so eine Frau auf mich abgesehen haben? Wer bin ich denn? Ich werde bei ihr arbeiten, nicht sie bei mir. Warum sollte sie mit ihren Angestellten etwas anfangen? Es ist wirklich dumm Claudia, du bist auf jede Frau eifersüchtig.“

Sie schaute ihm in die Augen, die etwas anderes sagten als seine Worte, aber sie war sich nicht sicher, ob nur die Fantasie mit ihr durchgeht, oder sie wirklich die Veränderung spürte. Aber das wollte sie jetzt nicht auf die Spitze treiben und sagte mit beruhigender Stimme: „Du hast recht Liebster, ich habe nur Angst, dich zu verlieren. Es ist wie eine Krankheit, die mich wahnsinnig macht, aber du kannst es mir heute Abend beweisen, das du mich liebst, denn Marco, ich liebe dich über alles.“ Sie näherte sich Marco, ihre Hände streichelten sein Gesicht, sie kam ganz Nahe und küsste ihn auf die Lippen.

Marco war voller Leidenschaft, sein Blut kochte, der Tag heute war viel zu schön, er umarmte seine Frau, machte die Augen zu und küsste sie. Wie er die Augen zugemacht hatte, dauerte es nicht lang und er sah Anny vor sich. Wie sie lacht, ihre Bewegungen, diese blaue Augen, die ihm in die Seele schauten. Seine Leidenschaft wurde immer größer und sie landeten im Schlafzimmer im Bett. Niko wollte mit, aber das war verboten, denn das was sie miteinander taten, war für seine Augen nicht geeignet. Als sie nach etwa zwanzig Minuten aus dem Schlafzimmer gekommen sind, stand Niko immer noch vor der Türe, er konnte diese Geräusche nach so langer Zeit immer noch nicht unterscheiden. Taten sie sich weh, oder haben sie sich geschlagen. Marco setzte sich ins Wohnzimmer auf die Eckbank, zum ersten Mal in seinen Leben hatte er in seiner Fantasie Sex mit einer anderen Frau, obwohl er mit seiner eigener Frau geschlafen hatte, aber es war fantastisch!

Claudia merkte nur, dass der Sex mit ihrem Marco der Beste war, seit sie sich kennen und sie war überglücklich, wusste aber nicht, dass die Leidenschaft, die ihr Marco schenkte, nicht ihr galt.

Anny hatte an dem Tag sehr viel zu tun. Am Abend wollte sie sich endlich entspannen, denn die Aufnahmegespräche waren sehr anstrengend und das Schönste an diesem Tag war der Besuch von Marco. Dass er jetzt bei ihr arbeiten wird, hatte sie sich nie im Leben erwartet. Der ganze Stress machte ihr nichts aus, sie konnte Bäume ausreißen, so viel Kraft hatte sie, nur wenn sie an ihn gedacht hatte.

Sie wollte früh schlafen gehen, als das Telefon läutete, es war ihr Bruder Felix. „Hallo liebe Schwester, was tust du gerade?" Anny überlegte. „Eigentlich nichts, ich wollte früh schlafen gehen, warum fragst du, Felix? Ist was passiert?" „Nein, es ist nichts passiert, ich bin ganz in der Nähe bei dir und wollte dich besuchen, wenn du nichts dagegen hast!" Anny hat es gern, wenn ihr Bruder sie besuchte, sie konnte mit ihm über alles reden, er ist wie eine Freundin und so sagte sie mit freundlicher Stimme: „Ja klar! Du weißt, dass ich mich freue, wenn du zu mir kommst, willst du einen Kaffee oder Tee?" Felix lachte. „Und ich dachte, dass du schon im Pyjama bist. Ich bin in zehn Minuten bei dir, und bitte einen Kaffee, keinen Tee."

Anny räumte schnell auf, sie hatte immer eine saubere Wohnung, aber da lag eine Decke, wo die Katzen drauf liegen, und der Tisch war etwas angeräumt. Sie wusste, dass ihr Bruder überaus pedantisch ist und kaum war sie fertig, läutete es schon an der Türe. „Hallo mein geliebter Bruder! Wie geht es dir?" Felix kam herein, er umarmte sie wie immer und gab ihr einen Kuss auf die Wange. „Danke Schwester, mir geht es halbwegs gut, und wie geht es dir? Du strahlst ja so!" Sie lacht. „Komm erst einmal herein". Sie holte den Kaffee und setzte sich auf das Sofa neben ihn. Er schaute sie fragend an. „Komm erzähle, wer ist es?" „Was meinst du?", fragte sie lächelnd. „Ich kenne dich Anny, du hast dieses Strahlen im Gesicht, nur wenn du glücklich bist. Hat sich meine Schwester verliebt?" „Voll erwischt, ja. Ich habe mich etwas verliebt!" „Du hast dich etwas verliebt, was heißt etwas?"

Anny wusste nicht, wie sie ihm das erklären soll, ohne das Felix sie falsch verstand und sie womöglich auslacht, deswegen zögerte sie und sagte dann: „Na ja, ich bin mir nicht sicher, dass ich verliebt bin, wahrscheinlich ist es nur eine Einbildung." Felix lässt nicht locker, und wollte mehr wissen. „Okay Schwester, du hast dich verliebt, aber du bist nicht sicher, in wen? Habe ich recht?" Anny lachte herzlichst. „Ich weiß schon, in wen, aber ich bin mir nicht sicher, ob er auch in mich verliebt ist und ich weiß nicht, wie das mir passieren konnte. Du kennst mich Felix, ich verliere nicht so leicht den Kopf, aber dieser Mann ist einfach, der ist einfach... ich weiß es auch nicht, es hat mich einfach voll erwischt."

Felix schaute sie immer noch fragend an, er hat kein Wort verstanden von dem, was sie ihm erzählt hatte. „Langsam Anny, in wen hast du dich verliebt? Und was macht dieser Mann? Hast du ihn im Supermarkt getroffen, ist es dein Apotheker, oder ist er ein Tankwart? Was und wo? Erzähle mir eines nach dem anderen, damit ich dich verstehen kann." Anny merkte erst jetzt, wie verwirrend sie wirklich war und versuchte, ihm von Anfang an zu erzählen, wie sie Marco kennengelernt hatte. Dabei strahlte sie übers ganze Gesicht und merkte nicht, wie sehr sie sich wirklich in Marco verliebt hatte. Und dann kam die traurige Erkenntnis, dass er verheiratet ist.

Felix war bis zu diesem Zeitpunkt verständnisvoll, aber als sie ihm erzählt hatte, dass Marco verheiratet ist, sagte er geschockt: „Was! Der ist verheiratet? Anny, das ist Verrückt, bitte verliere nicht dein Herz an einen verheirateten Mann und noch dazu ist er Italiener? Was denkst du, wie er mit den Frauen umgeht. Er wird dir das Herz brechen und dich stehen lassen, er wird seine Frau nicht verlassen, und du weißt das Anny!" Anny erwartete von ihrem Bruder, dass er sie versteht und ihr Mut macht, aber dass er so nüchtern denkt, wollte sie nicht hören und so verteidigte sie Marco. „Nein Felix, du hast Marco noch nie gesehen, er ist so sanft, so lieb, ich habe noch nie einen Mann getroffen, der so voller Liebe ist. Er denkt wie ich, und er ist tierlieb." Felix unterbrach sie und sagte: „Anny, ich habe nichts gegen ihn, aber ich will nicht, dass du dich Hals über Kopf in ihn verliebst, noch dazu, wenn er bei dir arbeiten wird. Du kommst in einen Teufelskreis. Ich kann mir vorstellen, dass er sich auch in dich verliebt, aber was passiert dann, wie geht es weiter? Bist du sicher, dass er keine Kinder hat und dass er seine Frau verlässt?"

Felix nahm ihre Hand und sagte besorgt: „Schwesterchen, du hast etwas Besseres verdient, du hast einen Mann verdient, der dich auf Händen trägt. Du bist sehr klug Anny und du bist verdammt hübsch, warum willst du deine Schönheit einem verheirateten Mann schenken, der dich vielleicht auch betrügen wird. Verstehst du Anny, es gibt verschiedene Männer, und Italiener sind Machos, leider." Anny schaute ihn mit einem traurigen Gesicht an und die Vorstellung, dass Marco nicht der Richtige für sie ist, machte sie sehr traurig, denn ihr Herz hatte sich schon für ihn entschieden. Wie kann sie ihrem Herz das klar machen, es hört ja nicht auf sie. In ihrer Brust spürte sie einen Schmerz, der ihr die Brust zudrückte und ihr Verstand sagte: „Dein Bruder hat recht, er will das Beste für dich, aber das Herz schrie": „Nein! Bitte nicht, bitte lass mich leben. Denn einen anderen will ich nicht und wenn du nicht tust, was ich dir sage, dann werde ich für das ganze Leben traurig bleiben und keinen Anderen mehr lieben. Ich werde zu Stein und werde nie wieder lachen." Aber ihr Verstand gewann und sie sagte zu ihrem Bruder: „Du hast recht Felix, ich habe auch darüber nachgedacht, aber ich habe das Gefühl, als wenn ich von irgend etwas getrieben werde und meine Gedanken kreisen ständig um ihn. Seit ich ihn gesehen habe, denke ich nur an ihn, ich kann das nicht kontrollieren, er ist da, wenn ich schlafen gehe, er ist da, wenn ich munter werde, er ist bei der Arbeit mit, ich höre seine Stimme, ich sehe sein Gesicht vor mir und ich weiß nicht, wie ich das abstellen soll."

Felix sah seine Schwester ratlos an. „Weißt du, wie sich das anhört, Anny?“ Sie lachte gezwungen und sagte: „Ja, das weiß ich, wie ein Teenager, der gerade im schlimmsten Alter ist und seine Sexualität neu eindeckt hat, stimmt´s?“ Felix lachte und meint: „Ja genau so, und wie konnte das ausgerechnet dir passieren. Du hast bis jetzt jedem Mann den Kopf verdreht, die armen Männer weinen heute noch um dich. Erst heute habe ich Michael getroffen, er hatte fast geweint, wie er mir von eurem Abschied erzählt hatte. Ich fand ihn ganz in Ordnung, er hatte eine gute Arbeit und war nicht verheiratet, warum hast du mit ihm Schluss gemacht?“ „Bitte Felix, verschone mich mit ihm, ich weiß nicht, wie ich es mit ihm so lange ausgehalten habe. Das war nie Liebe, ich habe nie wirklich die Liebe gespürt, wie ich sie für Marco empfinde. Ich habe es noch nie so erlebt und nur mit ihm kann ich mir ein Leben vorstellen.“

Eigentlich wollte sie Felix auf andere Gedanken bringen, aber sie erzählte nur von Marco und er merkte, dass diese Sache wirklich ernst war und beschloss, ihr dabei zu helfen und ihr ein Freund in dieser Situation zu sein. Ganz egal, wie es ausgeht. „Liebste Schwester, du hast dich wirklich in diesen Marco verliebt.“ Sie lachte wieder, ihre Augen strahlten Verliebtheit aus. “Felix bitte glaube mir, ich bin verzweifelt, ich hätte nie im Leben gedacht, dass es so etwas gibt. Ich habe den Mann nicht einmal geküsst, aber wenn ich ihn sehe, zittern meine Knie und ich habe keine Kraft. Wie ist so etwas möglich, gibt es keine Tabletten dagegen?“ Felix lachte und umarmte seine Schwester, er drückte sie an sich und küsste sie auf die Stirn. „Und das höre ich von meiner Schwester, die bei jedem Mann einen Fehler fand. Ich bin auf diesen Marco sehr neugierig, wie der ausschaut.“

Anny freute sich, dass ihr Bruder sie endlich verstanden hatte und beschrieb Marco. „Er ist so schön, dass, wenn er bei mir in die Tierpraxis kommt, ihn alle bewundern.“ Felix wollte wissen, was an ihm so besonders ist und fragte: „Na beschreibe ihn mal.“ Anny strahlte wieder, sie sah Marco förmlich vor sich. „Er ist nicht groß, auch nicht klein, er ist nicht dick, auch nicht dünn, er hat längeres braunes Haar, volle Lippen, verführerische Augen und ein strahlendes Lächeln, und er ist der schönste Mann auf der Welt!“ Felix lachte. „Du bist hoffnungslos in ihn verliebt Schwester, aber wie schaut es mit ihm aus? Ist er es auch in dich, hast du das Gefühl, dass er auch in dich verliebt ist?“ Anny dachte nach und es fiel ihr ein, dass Marco heute total verwirrt war und als sie zusammen Essen waren, dass er sie so angeschaut hatte, sein Blick wirkte verliebt und als sie sich das Du-Wort gaben und die Hände einander reichten, wollte keiner mehr los lassen, bis der Patrick sie unterbrochen hatte, und wie sie die Hand gehalten haben, haben seine Augen einen besonderen Glanz bekommen, und sein Gesicht wurde rot. Ja sie war zwar nicht ganz sicher, aber es gab eine kleine Hoffnung, dass er auch in sie verliebt ist.

„Ich denke schon, sicher bin ich mir nicht, aber seine Augen verraten ihn.“ Felix musste gleich gehen und er machte sich Sorgen um seine Schwester. „Anny versprich mir, dass du vorsichtig an die Sache ran gehst, und beobachte ihn, ob er auch so empfindet wie du. Verliere nicht den Kopf, das bin ich von dir nicht gewohnt und ich werde dich in der nächsten Zeit besuchen kommen, da kann ich den schönsten Mann auf der Welt kennen lernen. Er soll sich in acht nehmen, falls er meiner Schwester weh tut.“ Anny begleitete ihren Bruder bis zur Türe. „Mach dir keine Sorgen Bruder, ich werde vorsichtig sein, und du wirst sehn, das ich recht habe. Er ist der Schönste.“ Felix lachte und meint: „Anny ist verliebt, Anny ist verliebt...“ So geht er die Treppen hinunter und singt „Anna ist verliebt“. Sie lachte und sagte: „Pssst, sonst singen alle Bewohner morgen, Anny ist verliebt.“

Kaum ist Felix draußen gewesen, läutete das Telefon, es war Sandra. Anny begann von Vorne zu erzählen und kaum war sie mit Sandra fertig, läutete wieder das Telefon. Es war Patrick, der wissen wollte, was heute mit dem jungen Italiener war, mit dem sie Essen gewesen ist. Er hatte keine Zeit und musste in die Arbeit, und da sie sich nicht mehr gesehen hatten, erzählte sie ihm die ganze Geschichte am Telefon. Ins Bett ist sie um zwölf Uhr gegangen. Und Tiger, Tommy und Benjamin waren froh, ihre Anny endlich für sich alleine zu haben, sie legten sich schon mal ins Bett, damit es für sie warm wird.

Der Tag war da und Anny stand etwas früher auf als gewohnt, denn Marcos erster Arbeitstag begann. Sie wollte besonders schön sein, aber egal was sie angezogen hatte, passte nicht. In einer viertel Stunde war ihr großer Schrank fast leer, auf dem Sessel, wo sie sich normalerweise zum Anziehen hinsetzte, war voll mit Sachen, von denen sie glaubte, dass sie nicht passen. Als sie endlich etwas Passendes gefunden hatte, kam Benjamin und machte ihre Strumpfhose kaputt, er fängt alles, was sich bewegt. Dabei wollte sie ein Kleid tragen, aber dann entschied sie sich doch dafür Jeans und Bluse und sie fuhr fünf Minuten eher in die Praxis als gewöhnlich.

Marco und Sabine warteten schon vor der Eingangstüre, sie sahen etwas erfroren aus. Anny hatte ihren eigenen Parkplatz vor der Praxis. Als sie Marco sah, hatte sie wieder diesen Stich im Herz gespürt, die Knie zitterten schon wieder und sie hatte wieder eine Bestätigung, dass er sie genau so anziehend findet wie sie ihn, weil so wie er sie angeschaut hatte, als ob er mit seinen Augen mit ihr reden würde. Wie wenn die Augen sagen: „Ich habe so eine Sehnsucht nach dir gehabt“. In ihrem Herzen wurde ihr warm, die Schmetterlinge flogen zu Tausenden in ihrem Bauch. Marco hat sich genau so auf die Arbeit gefreut, und noch mehr auf sie, er ist genau wie Anny früher als gewohnt aufgestanden, in Wirklichkeit war er die ganze Nacht nervös und die Nacht wollte kein Ende nehmen.

Endlich kommt sie, endlich wird er den ganzen Tag mit ihr verbringen. Marco tat der Bauch weh, so ein angenehmes Gefühl, sie in echt zu sehen und nicht nur in seiner Fantasie. Endlich wieder ganz in ihrer Nähe zu sein und ihr Parfüm zu riechen, nicht nur sich vorzustellen, wie es riecht. Sie nähert sich der Praxis, den Schlüssel hält sie in der Hand, die Jeans und der Mantel passten ihr so gut, die Haare sind gepflegt und lang, sie glänzen im Licht, ein Lächeln auf ihrem Gesicht, dieses Lächeln, das Marco verzaubert hat, was ihm schon schlaflose Nächte bereitete, endlich ist es so weit! Am liebsten würden sie sich in die Arme fallen und sich endlich küssen und nie wieder auseinander gehen, aber das war zu früh. Sie reichten sich nur die Hände, aber die Seelen haben viel mehr als nur einen Händedruck gespürt.

Der Tag begann mit ein wenig Turbulenzen. Kaum haben sie die Praxis aufgesperrt, schon kam der erste Patient, ein Auto hatte ihn erwischt, der arme Hund war voller Blut und jaulte fürchterlich, das Auto ist über seine Hinterpfoten gefahren und hat sie zerquetscht, und die Frau, die den Hund gebracht hat, sagte, dass der Fahrer des Autos einfach weitergefahren ist und sich um den armen Hund nicht gekümmert hat. Marco bekam den ersten Tag in der Praxis einen Hass auf manche Menschen, denn was ist das für ein Mensch, der so ein unschuldiges Tier liegen lässt. Was für eine Seele hat so ein Mensch, wenn das Tier fürchterlich jault und seine Schmerzen keine Grenzen haben, es einfach liegen zu lassen. Was erwartet sich so ein Mensch von Gott, wenn er seine Kreaturen, die er geschaffen hat, missachtet. Denn auch wenn dies ein Hund ist, ist es doch vom Gott erschaffen worden, genau wie der Mensch, und der Mensch hat die Verantwortung zu tragen, egal ob Hund oder Mensch. Marco tat es in der Seele weh, wie der arme Mischlingshund ihn angeschaut hat, als ob er ihn um seine Hilfe bitten würde. Jede Berührung an seinen Hinterpfoten tat ihm so sehr weh.

Anny musste ihm eine Narkose verpassen und notoperieren. Bei der Operation durfte Marco zusehen. Zum ersten Mal sah er, wie einem Tier geholfen wurde, seine Gedanken kreisen wieder um diese Frau, die er bei der Operation beobachtet, jeder Handgriff von Anny ist sehr behutsam und voller Liebe, sie vergaß alles rund um sich, die Konzentration lenkte sie voll auf das Tier, das sie behandelte. Jeder Handgriff, den Marco in der nächsten Zeit beobachtete, nahm einen besonderen Platz in seinem Herzen ein, jeder Tag mit Anny war ein unvergesslicher Tag geworden, alles was sie sagte und was sie tat, war gerecht und richtig. Für ihn ist Anny ein Engel geworden, und ohne es zu wollen, hatte er ihr den ersten Platz in seinem Herzen freigemacht.

Anny hatte viel Arbeit, aber das machte ihr nichts aus, denn neben ihr ist Marco die ganze Zeit über. Sie lässt ihn bei jeder Operation bereits ein wenig mithelfen und genoss seine Anwesenheit. Das Schönste, was sie je erlebt hatte, war, dass Marco die Tiere so sah wie sie es tat, für ihn waren sie Lebewesen, die auch eine Seele besitzen und genau so wie Menschen Schmerz und Kummer hatten. Bei der Arbeit sprachen sie sehr oft darüber. Den kleinen Katzen haben sie einen guten Platz verschafft, den überfahrenen Mischlingshund haben sie helfen können, dass er seine Hinterpfoten behält, auch Niko ist wieder gesund geworden und viele weiteren Katzen und Hunde haben Annys und Marcos Hilfe bekommen. Sie waren ein perfektes Team, das Hand in Hand miteinander arbeitet und sich wunderbar ergänzt. Beide hatten großen Respekt für einander und die Zuneigung, die sie für einander hatten, konnten sie unter Kontrolle halten, wenn sie bei einander waren, denn keiner von Beiden wollte vor dem Anderen als schwach dastehen, keiner von ihnen wollte die wunderbare Arbeit miteinander gefährden.

Fast ein Monat ist Marco bei Anny angestellt, die Arbeit macht ihm richtig Spaß, was jedoch nicht optimal läuft, ist seine Ehe mit Claudia, denn wenn er zu Hause war, merkte Claudia, dass etwas mit ihm nicht stimmt. Es war nicht dieser Marco, den sie kannte. Früher hatten sie viel Spaß miteinander gehabt, sie lachten viel, unternahmen auch sehr viel miteinander, jetzt ist Marco kraftlos und ruhig, wenn er nach Hause kommt, oft ist er müde und nachdenklich, aber was ihr die größten Probleme bereitet ist, dass sie fast keinen Sex miteinander hatten, immer kommt dieselbe Ausrede: „Ich bin zu müde, ich habe einen harten Tag gehabt", oder er versuchte es, aber es ging nicht. Claudia hatte Angst, darüber nachzudenken, was mit ihm los sein kann. Anny wollte sie nicht kennenlernen, sie wollte nicht wissen, was der Grund für ihre Eheprobleme ist. Claudia redete sich ein, dass nichts dahinter steckt und dass Marco irgendwann wieder ganz der Alte sein wird.

Marco wusste in seinem tiefsten Inneren, dass Anny immer mehr seine Gedanken und sein Herz besetzte, nur wollte Marco sich nicht eingestehen, wie sehr er schon von Anny besessen war. Das er mit Claudia eine Ehekrise hatte, sah er nicht, Marco wollte mit ganzer Kraft seine Gefühle verstecken, er dachte, dass dieses Gefühl, welches er für Anny empfunden hatte, zu kontrollieren ist, aber Marco täuschte sich gewaltig. In seinem Herz wuchs eine Sehnsucht, jede Minute nach der Arbeit kam ihm dreifach länger vor, noch nie hatte sich Marco so sehr auf die Arbeit gefreut wie auf die Arbeit mit Anny, das Wochenende nahm kein Ende, es war doppelt so lange wie die fünf Tage in der Woche, die er mit Anny verbrachte.

Anny hatte die Arbeit mit Marco genauso genossen, sie liebte es, mit ihm über Recht und Unrecht zu reden, sie liebte seine Stimme zu hören, seine Bewegungen und seine Gestik brachten ihr Blut zum kochen, jede Minute die sie ihm zugeschaut hatte, prägte sich tief in ihrer Seele ein. Nach der Arbeit erzählte sie Sandra ihre Gefühle für Marco, dass damit aber die Leidenschaft und die Sehnsucht nach seiner Berührung und einem Kuss noch größer wurde, konnte sie nicht wissen. Sandra hörte ihr lange zu und gab ihr ein paar Ratschläge, wie sie ihn verführen kann, aber kaum waren sie zusammen, ist die Vernunft zwischen ihnen gestanden und sie konnten nie die wahren Gefühle, die sie für einander hatten, zeigen. Es war wie ein Teufelskreis, kaum waren sie von einander getrennt, schon hatten sie Sehnsucht zueinander, und sie konnte es kaum erwarten, wieder bei einander zu sein.

Es war wieder Wochenende, Anny und Felix sind wieder bei ihren Eltern zum Essen eingeladen, Mutter Maria kochte für ihre Kinder ihr Lieblingsessen und Vater Manfred steckte seinen Kindern bei solchen Gelegenheiten immer etwas Geld zu, denn er war der Meinung, dass die jungen Leute immer Geld brauchen. Auf Anny waren sie besonders stolz. Sie hatte alles erreicht, was sie sich vorgenommen hat, ihre Tierpraxis hatte sie erweitert, indem sie noch einen Tierarzt und einen Tierhelfer eingestellt hatte. Beim Essen sagte Maria: „Siehst du Manfred, das ist meine Tochter, alles was sie sich vornimmt, schafft sie mit Bravour.“ Manfred schaut Anny stolz an und meint: „Ich habe immer an meine Tochter geglaubt. Wer hat ihr die Tierpraxis finanziert? Und sie ist genau wie ihr Vater, willensstark und sie weiß was sie will.“

Felix schaut beide Eltern an und fragte etwas eifersüchtig: „Nur eure Tochter lobt ich? Was ist mit eurem Sohn, der ist unwichtig oder was? Maria meint: „Mein Sohn, du bist auch etwas ganz besonderes, aber du bist wie dein Vater, hartköpfig, ungeduldig und sehr stur!“ Felix etwas beleidigt: „Und eure Tochter ist auch nicht perfekt!“ Susanne gab ihm einen Stoß mit dem Ellenbogen: „Felix sei ruhig!“

Anny wusste nicht, worauf sie sich eingelassen hatte und fragt Felix: „Was ist mit mir, warum bin ich nicht perfekt? Höre ich da eine Eifersucht aus deinem Mund heraus, Felix?“ Maria wollte es auch wissen und fragte nach: „Ist da etwas, was wir wissen sollen, Felix?“ Manfred wurde auch neugierig: „Was ist mit deiner Schwester, ist da etwas, was du uns verschweigst?“

Felix kam sich vor wie in einem Löwenkäfig, alle wollten wissen, was los ist. Er dachte, wenn er nur eine Andeutung macht, dann geben sie Ruhe. „Sie ist verliebt!“ „Sie ist verliebt?“, sagten Maria und Manfred fast gleichzeitig. „Ist es der neue Tierarzt, den du aufgenommen hast, mein Schatz?“, fragte ihre Mutter nach. Anny schaute Felix an, mit einem Blick der sagen wollte, „Hilf mir jetzt!“. Felix antwortete für sie. „Nein, nicht der Tierarzt, es ist der Tierhelfer!“

Beide Eltern schauten Anny etwas erschrocken an, Manfred dachte, dass Felix einen Scherz gemacht hatte und fragte Anny: „Das ist ein Witz, oder?“ Anny wusste, dass jetzt die Zeit gekommen ist, ihren Eltern die Wahrheit zu erzählen und sagte: „Nein, das ist kein Witz, es ist war. Ich habe einen jungen Tierhelfer eingestellt, und in den habe ich mich verliebt.“ Maria meinte: „Ich finde, es ist nichts dabei, wenn du dich in einen Tierhelfer verliebt hast, es muss nicht immer ein Arzt sein, es reicht wenn wir alle Ärzte sind.“ Felix meint: „Das ist nicht das Schlimmste, das Schlimme ist nur, das er verheiratet ist.“ „Was!!!“ kommt aus Manfred und Marias Mund. „Anny...du mit...du hast etwas mit einem verheirateten Mann!!!“ Anny ist erschrocken, so laut hatten sie die beiden noch nie angeschrien. „Nein, ich habe mich doch nur in ihn verliebt, das ist doch nicht verboten, wir haben nichts miteinander angefangen.“ Manfred fragte noch einmal nach, denn er hatte kein Wort verstanden: „Wie? Du hast dich in ihn verliebt, aber du hast nichts mit ihm? Wie geht so etwas, Tochter?“

Anny sah ihren Vater an und dachte, das war dumm zu erzählen, sie werden mich nur auslachen, aber es tat ihr gut, über Marco zu reden, und es war ihr einziger Trost. Nur so konnte sie ruhig sitzen, aber in Wahrheit suchte sie nach Antworten, wie so etwas möglich war, sich in einen Menschen so sehr zu verlieben, dass nur die Nähe dieses Mannes sie glücklich machen konnte. Und egal, mit wem sie darüber sprach, wichtig war nur die seelische Erleichterung, wenn sie Marcos Namen erwähnte. Anny antwortete: „Ich weiß auch nicht, wie so etwas möglich ist, ich wollte mich nicht in ihn verlieben, aber ich kann dies nicht kontrollieren. Es ist einfach passiert, er ist der Mann meiner Träume. Könntet ihr mir keine Antwort darauf geben? Immerhin seid ihr meine Eltern und ihr habt immer eine Lösung für meine Probleme gehabt.“

Maria schaute Manfred an, sie wusste, wenn ihre Tochter mit so einem Ton zu ihnen sprach, dann wollte sie eine Antwort und die Lösung des Problems haben und sie wusste, dass sie sich bis über beide Ohren verliebt hatte. Maria schaute ihre Tochter ratlos an und fragte: „Du hast dich wirklich in diesen Mann verliebt, Anny?“ Anny antwortete verzweifelt;: „Ja...Ja, ich habe mich wirklich das erste Mal in meinem Leben in einen Mann verliebt, ausgerechnet in einen verheirateten Mann, und ich erwarte von euch eine Erklärung. Schließlich habt ihr mich auf die Welt gebracht, eure Aufgabe ist es, mir alles zu erklären, was ich nicht verstehe.“ Manfred wusste, dass er es war, der seiner Tochter und seinem Sohn immer gesagt hatte: „Eure Mutter und euer Vater sind immer für euch da, egal welches Problem ihr habt, wir finden für euch eine Lösung, euren Eltern könnt ihr alles anvertrauen, wir werden das Problem gemeinsam lösen.“

Dass dieses Problem keine Eltern der Welt lösen konnte, hatten sie damals nicht geahnt, als sie ihren Kindern dieses Versprechen gaben. Manfred nahm Annys Hand, und sagte: „Mein Kind, das ist etwas, wo ich und deine Mutter keine Macht besitzen, dir zu helfen. Die Liebe hat viele Gesichter Anny, wir sind auch nicht allwissend, ich kann dir nur sagen, wenn du so viel für ihn empfindest, dann gibt es einen Grund. Es ist vielleicht dein Schicksal, entweder aus dieser Situation zu lernen und deine Erfahrung zu machen, oder es ist dein Schicksal, mit diesem Mann zu Leben, dass keiner verhindern kann. Sei es wie es ist, mache das, was dein Herz dir rät. Wenn man die Liebe nicht wahrnimmt, dann kann es einen Menschen krank machen, also tue das, was dir dein Herz sagt, dann machst du das Richtige.“

Felix mischte sich ein und meint: „Das ist ein guter Rat Vater, aber du hast nicht zugehört, der Mann ist verheiratet!“ Maria wollte mehr wissen und fragte Anny: „Und hat er Kinder, ist er älter als du?“ Anny sah alle in dieser Runde an, und alle stellten ihr eine Frage, außer Susanne, die kein Wort sagte und nur die Vier beobachtete. Anny antwortet: „Nein, er hat keine Kinder, Marco ist seit kurzem verheiratet, und älter ist er auch nicht, im Gegenteil, er ist etwas jünger als ich.“ Maria war erleichtert. „Es ist positiv, dass er keine Kinder hat, und es ist kein Problem, das er jünger ist. Ich kann dir genau das gleiche wie dein Vater raten, wenn du ihn liebst und er dich, dann mache das, was dein Herz dir sagt, auch wenn er verheiratet ist, da dies in der heutigen Zeit keine Rolle mehr spielt. Wenn du das Gefühl hast mein liebes Kind, dass er der Richtige ist, dann mache dir kein Kopfzerbrechen über seine Ehe. Du bist klug und du bist jung, nimm dir, was dir im Leben zusteht.“

Felix schaute seine Eltern etwas entsetzt an und sagte: „Das ist wirklich ein elterlicher Rat, ihr sagt, sie soll sich einfach nehmen, was ihr zusteht! Was ist mit seiner Frau, hat sie keine Rechte?“ Susanne mischte sich ein: „Aber Felix, wenn sie sich lieben, dann kann ihnen das niemand verbieten, auch seine Frau nicht.“ Felix war noch mehr über seine Freundin entsetzt und meinte: „Du meinst, seine Frau ist unwichtig? Wie wäre es für dich, wenn ich mich ein Jahr nach unserer Heirat in eine Andere verlieben würde und dir einfach sagen würde, Susanne ich verlasse dich, weil ich mich in eine Andere verliebt habe.“

Susanne meinte lächelnd: „Schön wäre das natürlich nicht, aber wie könnte ich es verhindern? Bevor wir beide unglücklich miteinander leben, würde ich dich gehen lassen." Felix fragte dann nach: „Und wie würdest du dich dabei fühlen?" Susanne: „Wie? Na sicher nicht gut, aber wenn das die einzige Möglichkeit ist, müsste ich deine Entscheidung akzeptieren Felix. Du bist mein Mann, nicht mein Besitz! Und wenn du nicht aus Liebe bei mir bleibst, brauche ich dich aus Mitleid auch nicht." Maria und Manfred gaben ihr recht. Anny begriff, dass die Liebe, die sie für Marco empfunden hatte, keine leichte Sache war, und sie will wissen, ob ihre Liebe von Marco erwidert wird. Sie nahm sich vor, mit ihm offen zu reden und ihm ihre Gefühle zu gestehen, egal wie es ausgeht. Sie wollte wissen, ob auch er sie liebt.

Als Felix, Anny und Susanne endlich nach Hause gegangen sind, unterhielten sich Maria und Manfred noch über die Neuigkeiten und was sie über Anny erfahren hatten. Maria fragte Manfred: „Was hältst du davon, dass sich unsere Tochter in einen verheirateten Mann verliebt hat?" Manfred zog die Augenbrauen hoch und meinte: „Das habe ich nie von Anny erwartet, sie ist immer so vernünftig gewesen, und ich dachte, dass unserer Tochter kein Mann gut genug ist, sie war so wählerisch, aber was hältst du davon?" Maria setzte sich neben Manfred, legte ihre Hand auf seine Schulter und meinte: „Das ist ein Beweis dafür, dass man die Liebe, wenn sie da ist, nicht aufhalten kann, sie hat sich zum ersten Mal in jemanden verliebt. Aber was mir Sorgen macht ist, dass er ihr nicht das Herz bricht, und sie nur ausnützt, denn immerhin ist er verheiratet. Und ob er ihretwegen seine Frau verlässt, das bezweifle ich, ich wollte ihr nichts sagen, du hast ja gesehen wie glücklich sie war, wenn sie über ihn gesprochen hat." Manfred schaute Maria an, der Blick konnte töten und meinte: „Wenn er meinem Mädchen weh tut, dann Gnade ihm Gott, ich habe nicht umsonst ein Leben lang von meiner Tochter alle Sorgen fern gehalten, damit er ihr dann das Herz bricht!" Maria lachte, sie wusste, wie Manfred Anny liebte, und dass dies sein Ernst ist. Er liebt beide Kinder, Felix und Anny, aber Anny ist sein Alles, und wenn ihr Marco das Herz bricht, das würde Manfred nicht dulden.

Anny hatte endlich Verstärkung in der Tierklinik, der Tierarzt, den sie aufgenommen hat, ist sehr kompetent. Obwohl Daniel ziemlich jung ist, hatte er wie Anny viel Ahnung von Haustieren und war sehr engagiert, dass die Tiere, die er behandelte, wieder gesund und glücklich sind. Anny hatte sich vorgenommen, mit Marco über ihre Gefühle zu ihm zu reden, aber jedes Mal, wenn sie das vorhatte, brachte sie kein Wort über die Lippen und ihr Mut hat sie auch immer wieder verlassen. So ging das Hin und Her, bald war über ein Monat um.

Weihnachten stand auch schon vor der Türe und Anny überlegte, eine Weihnachtsfeier für ihre Mannschaft zu geben, die Gelegenheit, mit Marco zu reden, wäre auch gegeben. Anny stellte sich vor, dass bei der Weihnachtsfeier alle nach Hause gegangen sind, nur sie und Marco sind noch übrig geblieben, sie saßen ganz nahe bei einander und haben etwas mehr getrunken, die Stimmung ist gelassen und gemütlich, Marco ist weit von seine Frau. Keiner, der die Beiden bei ihrer Zweisamkeit stört, die Liebe ist ganz nahe, ihre Körper verlangten nach der Berührung, ohne viel zu sagen, verstanden sie einander, sie rücken ganz nahe zusammen, spontan umfassten sich die Hände und mit zitternden Körpern küssten sie sich leidenschaftlich. Bei der Vorstellung, wie es sein könnte, schwebte Anny, es wurde ihr ganz heiß, und ihr Herz klopfte wie verrückt. So ein starkes Verlangen nach einem Kuss von einem Mann hatte sie noch nie gespürt und es war ihr egal, was und wie Marco war, ob er verheiratet ist oder nicht, reich oder arm, sie war bereit, mit ihm durch dick und dünn zu gehen, Anny würde auch seine Fehler lieben.

Marco hatte seine Gefühle für Anny die ganze Zeit über unterdrückt. Wenn er von der Arbeit nach Hause kam, glaubte er, dass Claudia seine Veränderung nicht merkte und tat so wie jeden Tag, aber was er nicht unterdrücken konnte war, dass er mit seinen Gedanken nicht ganz bei Claudia und zu Hause war. Immer wenn sie miteinander geredet haben, fragte er noch einmal nach, was sie gesagt hatte, und das häufte sich die letzten Tage, es wurde immer schlimmer. Seine Atmung war auch anders als sonst, viel tiefer. Wenn das Wochenende kam und er zwei Tage frei hatte, ohne Anny zu sehen, ist es Marco wie zwei Wochen vorgekommen. Die Gefühle, die er für sie hatte, begannen ganz schleichend, mit jeder Woche, die er mehr mit Anny verbrachte, wuchsen die Gefühle für sie gewaltig.

Es war wie eine schwere Krankheit, die ganz klein beginnt und nach einen Monat nicht mehr aufzuhalten ist, wie ein Krebsgeschwür, das bösartig wächst und das man nicht aufhalten kann. Marco kam sich wie schwer krank vor, seine Gedanken konnte er nicht mehr steuern, zu Hause hatte er keine Ruhe, dass so sehr geliebte Wochenende war auf einmal wie eine Strafe ohne Anny, das Essen schmeckte ihm auch nicht mehr, sogar Schlafen gehen war eine Strafe, denn in der Nacht wurde er oft munter.

Claudia tat ihm leid, er mochte sie sehr und wollte sie nicht verletzen. Marco versuchte mit ganzer Kraft, seiner Frau der Mann zu sein, den er ihr bei der Heirat versprochen hatte, aber je mehr er sich bemüht, der zu sein, der er sein wollte, wurde er unglücklich und krank. Marco hatte Bauchschmerzen, keinen Appetit, Herzrasen und eine Nervosität, die er nicht beschreiben konnte, aber keine Tablette, kein Arzt, keine Medizin konnte ihm helfen. Wenn er bei Anny war, hatte er ein Glücksgefühl, die Schmetterlinge im Bauch, es war alles sehr leicht, nichts brachte ihn aus der Ruhe, er hatte eine Kraft und ein Gefühl, alles schaffen zu können. Den Ozean überqueren, den Himalaja besteigen, alles ist möglich gewesen.

Marco wusste, das sich etwas ändern muss, aber wie? Claudia verlassen? Das konnte er auch nicht so einfach, denn sie hatten einen Kredit, den sie zurückzahlen müssen, und was sollen die Leute über ihn denken. Es gab keinen offiziellen Grund, seine Frau zu verlassen, und Claudia liebt ihn so sehr. Was ist, wenn sie sich was antut, er hatte Verantwortung, die er nicht so leicht abgeben konnte, aber so weiterleben konnte er auch nicht. Sein Verlangen, Anny zu berühren, sie zu küssen, mit ihr eins zu werden, war sehr stark, dass er nicht mehr unterdrücken konnte.

Es war wieder mal das ungeliebte Wochenende da, noch dazu war der Montag ein Feiertag, das bedeutete, dass sie sich drei Tage nicht sehen konnten. Marco konnte zwei Tage aushalten, aber der Sonntagabend fiel ihm besonders schwer. Den ganzen Tag hatte er die Bilder der Woche im Kopf, ihre Stimme hörte er überall, den ganzen Tag versuchte er, Claudia zufrieden zu stellen, aber als sie schlafen gegangen sind, holten ihn die unterdrückten Gefühle ein. Marco träumte von Anny, ein erotischer Traum, ein Traum, der seiner Seele eine kurzfristige Heilung verschaffte:

Sie hatten eine kleine Pause eingelegt, bei Anny läutete das Handy, Marco nahm es weg und sagte: „ Jetzt haben wir Pause und es wird nicht telefoniert. Anny lachte wieder so herzlich, ihre Augen strahlten, Marco hatte so ein Verlangen, sie zu küssen, sein Herz raste, er dachte nur, jetzt ist es so weit, so wie sie lacht und ihn anschaut, war dies wie eine Einladung, sie endlich zu berühren. Marco hörte auf zu lachen, sie setzten sich auf das Sofa, er nahm ihre Hand, zärtlich schaute er tief in die Augen und fragte sie: „Geht es dir so wie mir, hast du auch Herzklopfen so wie ich?“ Anny lächelt, hob die Hand zu seinem Kopf und berührte sein Gesicht, sie sah ihm tief in die Augen und sagte: „Ja... Ja mir geht es genau wie dir.“ Marco streichelte ihre Haare und mit einer Hand zog er ihren Kopf zu sich, seine Lippen berührten ihre zärtlich, und er küsste sie voller Leidenschaf. in diesem Traum hatte Marco das Gefühl, als ob er schwebte, endlich war es so weit, es fühlte sich so echt an, dass er sie nach dem Kuss umarmte und wie er, als er endlich angekommen ist, ihren Namen leidenschaftlich und laut sagte: Anny....“.

Als er sich selbst gehört hat, wie er den Namen laut und deutlich gerufen hatte, wurde er munter. Wie ein Stich ins Herz traf ihn der Blick von Claudia, die auch munter wurde und ihn entsetzt angeschaut hatte. Es war nicht zu vermeiden, dass sie es wissen wollte. „Wer zum Teufel ist Anny?“ Marco war dieser Moment sehr peinlich, einerseits war der Traum das Schönste, was er in letzter Zeit erlebt hatte, andererseits ist er sich wie ein Betrüger vorgekommen. Wie kann er Claudia jetzt noch überzeugen, dass da nichts ist, und wie kommt er aus dieser peinlichen Misere raus? Er schaute sie verschlafen an und sagte: „Ich weiß nicht, es war ein dummer Traum.“ Claudia hört den Ruf noch immer in ihren Ohren und sagte: „Das war kein dummer Traum, es hat sich sehr leidenschaftlich angehört, wer ist bitte Anny!!!“ Marco drehte sich auf die andere Seite um und sagte: „Bitte Claudia, lass mich schlafen!“ Sie setzte sich auf, unten bei ihren Füssen liegt Niko eingerollt.

Claudia packte eine Panik, durch ihren Kopf jagten schlimme Gedanken, die ihre Ängste noch verstärkten. Er betrügt mich mit Anny, deshalb haben wir seit Wochen nicht mehr miteinander geschlafen, deshalb kriegt er keinen hoch, deswegen ist er immer in Gedanken, wenn ich mit ihm reden will. Sie konnte es nicht mehr aushalten und weckte ihn auf. Marco hatte nicht geschlafen, er wollte nur nicht darüber reden, aber Claudia wollte jetzt wissen, wer diese Frau ist. „Marco...Marco...“. Keine Reaktion. Sie machte die Tischlampe an und sagte: „Stehe auf!!!“ Marco wollte nicht reden und sagte: „Claudia bitte!!!“ Sie gab nicht auf. „Marco, ich will mit dir reden, bitte sage mir, ob du mich betrügst?“ Marco setzte sich ebenfalls auf und sagte: „Es ist nichts Claudia, ich weiß nicht einmal, was ich geträumt habe, müssen wir dies jetzt auf die Spitze treiben?“ Sie weinte und fragt wieder. „Marco bitte sag mir, ob du mich mit einer anderen Frau betrügst, denn so wie du den Namen gesagt hast, war es, als ob du in sie verliebt bist, wer ist Anny?“

Marco schaute sie an, sie tat ihm leid, er wollte ihr nicht weh tun, aber wie soll er ihr dies erklären. Es war wirklich nichts mit Anny, er war nur sehr unglücklich verliebt in sie, und wusste nicht einmal, ob sie auch in ihn verliebt war. Wie erklärt man die nichterlebten Gefühle? Er umarmte sie: „ Bitte Claudia, es ist nichts, weine nicht, komm wir gehen in die Küche und ich mache uns einen Kaffee. Glaube mir, da ist nichts mit einer anderen Frau.“ Claudia nahm ihren Morgenmantel, Niko stand auch auf und begleitete sie in die Küche. Marco versuchte, sie auf andere Gedanken zu bringen und küsste sie zärtlich, aber Claudia hörte immer noch den Namen Anny, und der einzige Beweis für seine Liebe zu ihr ist, wenn Marco endlich wieder mit ihr schlafen würde. Als Marco sie küsste, versuchte sie ihm deutlich zu machen, dass sie mehr will als küssen, und streichelte ihm die erogene Zone, um ihn in Stimmung zu versetzen. Marco wollte sie befriedigen, aber das geht nur, wenn er sich Anny vorstellte. Er machte die Augen zu und der Traum, den er vorhin geträumt hatte, war wieder deutlich, die Lust war groß, er sah Anny und es kam ihm echt vor. Er hatte Claudia befriedigt und es war Anny, die das ermöglichte.

Für Anny war das Wochenende auch endlos, obwohl sie ihre Familie besuchte und mit ihren Katzen viel schmuste, wollten die drei Tage ohne Marco nicht enden. Am Sonntagabend ist Anny mit Sandra und Susanne ausgegangen, es war ein Frauenabend. Zuerst besuchten sie den Christkindlmarkt, Anny schaute sich um und egal wohin sie schaute, jeder hatte einen Partner, die Leute schienen so glücklich, manche küssten sich. Sandra und Susanna hatten auch einen Partner, sie kam sich sehr einsam vor, aber sie wollte auch nicht jeden Mann haben, sie wollte Marco, nur mit ihm wäre sie glücklich. Aber nicht genug, dass sie sich so einsam vorkam, jedes zweite Kind, das die Mütter riefen, hieß „Marco“, jedes zweite Auto, das sie angeschaut hat, stammt aus Italien, jeder dritte Mann hatte Marcos Kleidungsstil, nur nicht sein Gesicht.

Anny kam sich sehr einsam vor, obwohl sie ihre Freunde hatte und fast jeder Mann sich nach ihr umdrehte, kam sie sich einsam und verlassen vor. Sandra merkte, dass sie anders als sonst war und wollte wissen, was sie bedrückt. Sie wusste, dass Anny in Marco verliebt war, aber sie hatte keine Ahnung, wie sehr. Als sie bei einem Punschstand Pause machten, fragte Sandra sie: „Was ist mit dir los Anny, du hörst nicht zu wenn wir reden, du wirkst so abwesend, dein Lachen vermissen wir, wo ist die Anny, die ich kenne, ist wo möglich dein Italiener Schuld an deiner Laune?“ Anny schaute Sandra mit einem traurigen Blick an und sagte: „Ich weiß es auch nicht, mir geht es nicht sehr gut, ich fühle mich wie krank.“ Sandra merkte, dass ihrer Freundin nach reden zumute ist und sagte: „Weißt du was, nicht weit von hier gibt es ein sehr gemütliches Kaffeehaus, was hält ihr davon, wenn wir uns dort gemütlich hinsetzen? Dort ist es auch wärmer als hier.“ Anny und Susanne waren sofort einverstanden.

Susanne nahm Anny unter den Arm und sie machten sich auf den Weg zum Kaffeehaus. Es war, wie Sandra versprochen hatte. ein gemütliches Häuschen und halb erfroren saßen sie in einer warmen Ecke. Als jeder sein Getränk bekommen hatte, fragte Sandra sie noch einmal. Anny war froh, über ihre Gefühle sprechen zu können, sie wusste, dass sie den Zweien alles anvertrauen könne. Sie atmete tief ein und sagte: „Ich bin sehr unglücklich verliebt in Marco!“ Beide Damen spitzten die Ohren, Sandra fragte: „Warum unglücklich Anny?“ Sie hob ihre Hände, streichelte ihre Haare nach hinten und meinte: „Ich kann ihm meine Gefühle nicht zeigen, er ist verheiratet, und ich habe große Angst, dass er für mich nichts empfindet und ich mich nur zum Trottel machen würde. Ich bin sein Boss, wie schaut es aus, wenn ich zu ihm gehe und sage, hey Marco, ich bin in dich verliebt. Was für eine Chefin bin ich dann für ihn? Eine Tussi, die einen Mann nötig hat!“ Sandra und Susanne lachten und Susanne fragte: „Merkst du denn nicht, ob er auch für dich Gefühle hat? Ist er dir gegenüber distanziert oder schaut er dich auch so sehnsüchtig an? Du musst was merken, irgendeine Andeutung muss man doch feststellen können?“ Sandra fragte auch nach: „Du musst doch etwas spüren Anny, eine kleine Andeutung, irgendetwas, was dir zeigt, dass er auch Gefühle für dich hat. Du bist kein Teenager mehr, und Marco ist nicht der erste Mann in deinem Leben.“

Anny senkte den Blick nach unten und meint: „Aber er ist der Einzige, den ich jemals geliebt habe und liebe, er ist etwas besonderes. Wenn ich in seiner Nähe bin, dann fühle ich mich so glücklich wie noch nie in meinem Leben. Ob Marco für mich Gefühle hat... ich glaube schon, denn einiges spricht dafür. Zum Beispiel, wenn er meine Hand berührt, tut er so, als war es unabsichtlich, und wenn wir alleine sind, schaut er mich verliebt an und mir kommt es vor, wie wenn er mit seinen Augen zu mir spricht. Ja ich spüre seine Liebe ganz deutlich, aber ich traue mich nicht, ihm näher zu kommen. Was ist, wenn er meine Liebe nicht erwidert, wie soll ich damit fertig werden? Meine Liebe zu ihm ist endlos, und das könnte ich nicht verkraften, wenn er meine Gefühle nicht erwidern würde.“

Sandra und Susanne schauten sich an, Sandra meint: „Anny...Anny du hast dich Hals über Kopf in Marco verliebt, da glaube ich dir, dass du nicht den ersten Schritt machen kannst, denn so eine Liebe, wie du sie spürst, ist sehr selten. Entweder es passiert, oder ihr kommt nie zusammen und Beide sind für den Rest ihres Lebens unglücklich. Soll ich dir sagen, was ich denke? Aber dafür müsste ich deinen Marco sehen, dann kann ich dir ganz genau sagen, ob er die gleichen Gefühle für dich hat.“ Anny schaute Sandra an, und jeder Hinweis, wie sie mehr über die Gefühle in Erfahrung bringen konnte, war für Anny von großer Bedeutung. Anny wollte die Weihnachtsfeier organisieren und da sie ihre Freunde auch einladen wollte, war dies eine gute Gelegenheit, dass Sandra Marco kennenlernt.

„Ich will eine Weihnachtsfeier für meine Mannschaft und euch organisieren und da wollte ich dich bitten, mir dabei zu helfen.“ Sandra freute sich über den Vorschlag von Anny und sagte: „Selbstverständlich helfe ich dir, was hältst du davon, wenn wir im Hotel, wo ich arbeite, die Feier organisieren würden. Ich werde einen Raum für uns reservieren, überlass das mir, ich werde den romantischsten Raum für dich und Marco zaubern und wenn da nichts passiert, dann will ich nicht Sandra heißen.“ Susanne meinte: „Das ist eine gute

Idee Anny, Sandra ist eine Fachfrau für solche Feierlichkeiten, sie wird das super organisieren." Anny freute sich, dass sie so fachmännische Hilfe bekam, denn Sandra ist ja Hotelmanagerin und hat die besten Kenntnisse. Sie wollten bereits am kommenden Samstag die Feier organisieren, Anny freute sich, Marco an diesem Tag zu sehen und war sehr entschlossen, ihn an diesem Tag ihre Gefühle zu gestehen, egal wie es ausgeht, denn so konnte sie nicht mehr an seiner Seite arbeiten. Die Konzentration ließ nach und es war schon offensichtlich geworden, alle die die beiden zusammen erlebten merkten, dass sie ineinander verliebt waren, nur die Beiden wollten es nicht wahr haben.

Endlich ist der langersehnte Montag da. Marco stand früh auf und war gleich gut aufgelegt, Claudia hatte ein Gesicht, als ging die Welt bald unter. Sie wusste bereits, wem der Name Anny gehörte, denn im Impfpass von Niko fand sie heraus, das Dr. Kristen mit Vornamen Anny hieß. Sie wusste, dass Marco in sie verliebt war, aber was kann sie dagegen tun, er arbeitet dort, sie konnte von ihm nicht verlangen dass er seine Arbeit kündigt. Claudia erinnerte sich daran, als Marco mit Niko von ihr kam, wie er von der Ärztin schwärmte, und wie gut sie die Tiere behandelt, wie Marco ihr die kleinen Katzen brachte und dann die Kündigung bekam. Anny stellte ihn ein und gab ihm ein unglaublich hohes Gehalt. Da stimmte etwas nicht und Claudia war sich sicher, dass Marco mit der Tierärztin ein Verhältnis hatte. Sie ging in die Arbeit, und auf ihrem Gesicht konnte man ihre Verzweiflung lesen. Marco spürte, dass Claudia unglücklich war, aber er war sich keiner Schuld bewusst, außer der Traum, den er träumte, aber Träume kann man nicht verbieten.

In der Praxis war wieder viel los, obwohl Beide eine rosa rote Brille trugen, konnten sie vor lauter Stress nicht einmal miteinander reden, denn die Tierpraxis war noch nicht einmal offen, schon warteten die Kunden mit den Tieren vor der Praxis. Daniel arbeitete mit Sabine, Anny mit Marco, erst am Nachmittag ließ der Stress nach und Daniel und Sabine konnten endlich essen gehen, und Anny und Marco sollten mit ihnen gehen. Anny schaute Marco an, atmete tief ein und sagte: „Das war ein Tag heute." Marco lachte und sagt: „Kein Wunder, dass die Leute zu dir kommen, du bist einfach die Beste!" Anny lachte, sie schaute ihm tief in die Augen, in ihrem Magen waren wieder die Schmetterlinge, die sie so gern hatte und sagte: „Übertreib nicht, es liegt nicht an mir, es liegt an dir!" Marco wollte sie am liebsten umarmen, die drei Tage ohne ihr Lächeln waren nicht leicht, so viel Glück in ihrer Nähe zu spüren und sie nicht zu berühren, hatten seiner Seele Schmerzen verursacht.

Marco wusste ganz genau, dass sie Gefühle für ihn hat, denn so wie sie ihn angeschaut hatte und wie sie ihn immer lobte, zeigte, dass sein Gefühl recht hatte. Es schmeichelte ihm, dass sie ihn immer in den Vordergrund stellte, aber Marco wusste ganz genau, dass sie es war, weswegen die vielen Leute in die Praxis kamen und er antwortete: „Nein...sie kommen nicht meinetwegen her, du bist der Arzt, nicht ich und du behandelst ihre Tiere gut, ich bin nur der Helfer. Du glaubst mir nicht Anny, du bist eine unglaubliche Frau, so viel Liebe, wie du in dir hast, das hat nicht jeder. Wie du die Menschen siehst und die Tiere liebst, ich bin mir sicher, dass du nicht von dieser Welt bist, dich hat der liebe Gott auf die Erde geschickt, um das Elend und das Leid von Tieren zu mildern."

Anny wusste ab diesem Moment, dass Marco viel mehr für sie empfindet als sie gedacht hatte, denn so wie er sie angeschaut hatte, während er diese Worte sagte, war ihr ganz klar, dass er Gefühle für sie hatte. Am liebsten wollte sie zu ihm gehen, ihm den Mund zumachen und sagen: „Küss mich endlich", aber sie bewegte sich nicht von dem Platz, wo sie stand, als ob sie jemand dort festhalten würde und sie von dort nicht weg kann. Nur ihre Augen sprachen zu ihm, sie liebte diesen Mann, der vor ihr stand, sie liebte seine Anwesenheit, und der Gedanke, dass sie irgendwann mit ihm zusammen sein würde, machte sie überglücklich.

Es war ihr egal, was danach passiert, und wenn sie nur eine Woche mit ihm leben würde, wäre sie bereit, ihr Leben zu opfern. Sie redeten noch lange miteinander und Anny lud ihn zur Weihnachtsfeier ein, die am Samstag stattfinden soll. Marco freute sich darauf, aber Claudia wird nicht sehr begeistert sein, dachte Marco, aber es war sein Leben und seine Seele, die leidet. Die Liebe, die er für Anny empfindet, lässt er sich nicht einmal von Claudia zerstören. Es war nicht Marcos Schuld, dass es so gekommen ist, es ist Schicksal, dachte er, um sein schlechtes Gewissen zu beruhigen.

In Claudias Arbeit hat ein neuer Kollege seine ersten Wochen schon hinter sich, sein Arbeitsplatz ist gleich gegenüber dem von Claudias, die ihn aber nicht einmal bemerkt hatte weil sie in Gedanken bei Marco ist. Alexander ist um einige Jahre älter als Claudia und er liebte blonde Frauen. Bis jetzt hatte er immer Erfolg bei den Frauen, aber dieses Mal saß er neben einer, die ihn nicht einmal bemerkte. Das hatte Alexander nicht sehr gefallen und er benutzte seinen ganzen Charme, damit Claudia auf ihn aufmerksam wird, aber sie schaute ihn nicht an. Alexander fiel auf, dass sie sehr in Gedanken war und bei der Arbeit unkonzentriert ist, sie hatte auch einen traurigen Blick, was ihn dazu brachte, über sie nachzudenken. Für Claudia war Alexander ein neuer Kollege, der ab und zu lästige Fragen stellte, weil er sich nicht so gut ausgekannt hatte, noch dazu war er etwas älter als sie, aber ihr Herz gehörte nur Marco, der ihr im Moment ganz schön zu denken gab.

Die zweite Woche wollte Alexander wissen, wer die Frau hinter diesem traurigen Blick war und brachte ihr Kaffee zum Tisch. Er war so lästig, dass es peinlich war, ihn abzuwimmeln, bis Claudia genau hingeschaut hatte und einen ganz lieben gutaussehenden Mann gegenüber von ihrem Schreibtisch entdeckte. Sie stellte fest, dass Alexander ein offenes Ohr für sie hatte, denn Claudia begann langsam über ihr Privatleben zu reden. Sie hatte zwar eine Freundin, die sie mit ihren privaten Problemen belästigte, aber Alexander war jeden Tag da und er wollte alles über sie wissen. Dass Alexander mehr als Freundschaft wollte, darüber dachte sie nicht nach, aber eines war sicher, sie fühlte sich wohl bei ihm.

Samstag war bald da, Marco hatte Claudia erzählt, dass er bei Anny zur Weihnachtsfeier eingeladen war, sie hatte Angst...Angst, dass Marco sie verlassen wird. Eine ganz eigenartige Kälte umfasste sie, so eine Kälte, die sich in die letzten Monaten langsam in ihre Beziehung geschlichen hatte, denn wenn er lachte, dann nur gezwungen, und wenn sie sich schlafen legte, dann gaben sie sich einen Gutenachtkuss und er drehte sich von ihr weg. Claudia spürte die Veränderung, die mit Riesenschritten auf sie zukommt, noch dazu die Weihnachtsfeier, da passiert so viel. Aber was konnte sie dagegen sagen, sie hatte auch eine Woche später eine Weihnachtsfeier, wo sie eingeladen war. Und wenn man in einer Firma beschäftigt war, ist es selbstverständlich, dass man bei der Feier dabei ist, sie nahm auch jedes Jahr Teil daran und da kann sie Marco nicht verbieten hinzugehen, aber in ihrem tiefsten Inneren wusste sie, dass dort die Frau ist, die es auf ihren Marco abgesehen hatte,. Claudia war traurig und unglücklich. Während Marco sich für die Feier hergerichtet hatte, fiel ihr ein, dass sie die Privatnummer von Alexander hat. Claudia bemerkte Alexanders Scharm, sie brauchte ihn für ihren seelischen Trost mehr als alles andere an diesem schweren Abend. Nachdem Marco aus der Wohnung gegangen ist, rief Claudia Alex an. Alexander sagte ihr sofort zu.

Marco gab sich besonders viel Mühe, an diesem Abend gut auszusehen. Wie er aus dem Schlafzimmer raus kam, blieb Claudia der Atem stehen, er war schöner denn je, seine Augen strahlten und der dunkle Anzug und die Krawatte mit dem dunkelblauen Hemd stand ihm so gut, dass er eine Modeschau präsentieren konnte, hoch polierte Schuhe, und die längeren Haare, die sein Gesicht perfekt machten. Marco sah besser aus als jedes Model der Welt und die Eifersucht in Claudia wächst gewaltig, aber sie hatte eine Schulter zum Weinen.

Im Hotel trafen schon alle, die eingeladen waren ein, außer Marco. Anny wartete schon sehnsüchtig, die Dekoration, welche Sandra gezaubert hatte, war extravagant, so dass jeder, der rein kam, in der Türe stand und es bewunderte. Die Wände waren geschmückt, der große Tisch mit einem goldenen Tischtuch darauf, kunstvolle Weihnachtsgestecke und die Servietten machten den Tisch perfekt, aber Anny sah das gar nicht, sie hatte nur auf die Anwesenheit von dem Menschen gewartet, den sie so sehr liebte. Ihr Bruder Felix hatte bis jetzt keine Gelegenheit gehabt, Marco kennen zu lernen, genau so ihre Freundin Sandra, alle warteten auf den gutaussehenden Mann, der es schaffte, Anny den Kopf zu verdrehen.

Felix fragte nach: „Wo bleibt er Schwesterlein, hat ihm seine Frau verboten zu kommen?" Sandra wollte auch wissen, wo Marco bleibt, aber Anny beruhigt alle und meint: „Ich habe ihn gestern gefragt ob er kommt, und er hat mir ganz sicher zugesagt!" Felix meint: „Wenn er nicht kommt, dann musst du ihm am Montag kündigen!" Anny lacht und meint: „Wenn das so wäre Bruder, dann wärst du der Erste, der gekündigt gehört, weil du noch nie bei einer Weihnachtsfeier teilgenommen hast, außer heute bei mir!" Kaum hatte Anny das ausgesprochen, schon stand Marco in der Türe. Alle Augen waren auf ihn gerichtet, der erste Anblick war sehr positiv, Sandras Augen wurden immer größer, die Gedanken waren, du meine Güte, das ist Marco!!! Jetzt verstehe ich Anny, der schaut atemberaubend aus, so einer würde mir auch gefallen!

Felix dachte, das ist der Mann, der es geschafft hat, meiner Schwester den Kopf zu verdrehen, aber sie hat vollkommen recht, er schaut wirklich gut aus! Die Anderen hatten sich auch ihren Teil gedacht, aber Anny und Marco sahen keinen mehr. Für ein paar Sekunden gab es niemanden außer sie zwei, am liebsten würden sie sich in die Arme fallen und allen Menschen mitteilen, dass sie ein Liebespaar sind, aber das waren sie noch nicht, der Wunsch war bei beiden kaum mehr auszuhalten, sich endlich zu lieben, beide hatten ein Feuer gefangen, das keiner löschen konnte, sie schauten einander tief in die Augen und sprachen miteinander. Ihre Seelen wollten sich berühren und lieben, ihre Vernunft sagte ihnen, was es nicht sein darf.

Als sie wieder alle im Raum wahrnehmen konnten, fing Anny an, sie miteinander bekannt zu machen. „Darf ich euch meinen liebsten Helfer vorstellen! Das ist Marco, meine rechte Hand in der Tierklinik!" Marco ging von einem zum anderen, Anny stellte ihn allen vor. „Das ist mein Bruder Felix und das ist seine Freundin Susanne." „Freut mich, sie kennen zu lernen", sagte Marco freundlich, Felix antwortete: „Mich auch, aber wir können du zu einander sagen, dass macht die Atmosphäre etwas freundlicher, wenn du einverstanden bist?" Marco lachte und dachte, das ist ein netter Mensch. „Ja es würde mir auch gut gefallen, ich bin Marco!" Anny ging zu Sandra. „Und das ist meine beste Freundin Sandra und ihr Freund Peter." Sandra schaute ihm direkt in die Augen und dachte, oh mein Gott, ist dieser Mensch schön. Sie erwiderte Felix und meinte: „Du kannst auch zu uns du sagen, stimmt´s Peter?" „Sehr gerne", sagte Marco und gab ihnen die Hand, „und ich bin Marco!" „Was für ein schöner Name", meinte Sandra, während sie der Blick von Anny streng angeschaut hatte.

Patrick und seine neue Flamme waren auch da. „Den kennst du, du hast ihn öfters in der Tierklinik gesehen, das ist Patrick, mein bester Freund. Mit ihm habe ich studiert und er hat mir immer geholfen, wenn ich seine Hilfe nötig hatte." „Ja ich erinnere mich, sie habe ich doch zwei- bis dreimal bei Anny gesehen, es freut mich sie wieder zu sehen." Patrick streckte Marco die Hand entgegen und meinte: „Sagen wir auch du zu einander". Und die Freundin von Patrick schaute Marco sehr an und sagte mit eine leiser Stimme: „Ich bin Leonie." Marco gab ihr die Hand und schaut Anny an, die Leonie mit ihrem Blick verschlungen hat, weil sie Marco schöne Augen machte. „Den Rest kennst du schon." Marco begrüßte sie trotzdem. „Hallo Kollegen!" Damit meinte er Daniel und Sabine.

Marco setzte sich neben Anny, diesen Platz hat sie für ihn freigelassen, denn Anny hatte vor, ihn heute Abend zu verführen. Was sie nicht wusste war, dass sein Herz schon längst ihr gehörte. Felix fing an Fragen zu stellen. „Also du bist die rechte Hand von meiner Schwester, Marco?" „Ach, das sagt sie nur, um einen guten Eindruck von ihrem Mitarbeiter zu machen. Wenn einer die rechte Hand ist, dann ist es Daniel. Ich und Sabine sind nur die armen Helferlein, stimmt´s Sabine?", fragte Marco, während er lächelnd Sabine angeschaut hat. Daniel meint: „Wer? Ich! Nein mein Freund, das bist eindeutig du! Du bist von in der Früh bis am Abend bei Anny, sogar die Mittagspausen verbringt ihr zusammen."

Anny schaute Marco an und lachte. Marco bemerkte erst, wie sehr Anny seine Anwesenheit schätzte, sein Herz raste wie verrückt, seine Hände schwitzten wieder leicht, er saß neben der schönsten Frau der Welt, und konnte sie nicht berühren, dabei war sie so nahe wie noch nie, sein Verlangen sie zu küssen musste er sich ständig unterdrücken, in seinem Körper herrschte Krieg, Krieg zwischen Herz und Verstand. Einerseits war es schön, dieses Gefühl in sich zu tragen, andererseits tat es verdammt weh, weil das Verlangen immer stärker wurde und Marco es nicht stillen konnte. Nur seine Augen sprachen die Sprache der Liebe, so dass jeder in dem Raum merkte, dass die Anziehung zwischen ihm und Anny sehr stark war.

Der Abend war sehr fröhlich, sie erzählten die schönsten Erlebnisse und die Pannen bei der Arbeit. Als sie mit dem Essen fertig waren, deutete Sandra mit dem Kopf zu Anny, dass sie mit ihr rausgeht, Anny stand auf, nahm ihre kleine Tasche und entschuldigte sich, dass sie den Tisch verlässt, und Sandra folgte ihr. Als sie auf der Toilette waren, sagte Sandra mit einer lachenden Miene: „Er ist in dich verliebt!!!“ Anny schaute Sandra erfreut an. „Wirklich! Bis du dir ganz sicher Sandra?“ „Ja verdammt, ja, ich habe doch Augen im Kopf, merkst du denn gar nichts!“ Anny lachte verliebt. „Ich liebe ihn Sandra! Ich werde noch verrückt, neben ihm zu sitzen. Meine Hand will seine berühren, diese Schmetterlinge in meinem Bauch bringen mich noch um, immer wenn ich daran denke, dass ich ihn berühre, fange ich innerlich zu zittern an und dann verliere ich den Mut! Was soll ich tun!“

Sandra schaute ihr direkt in die Augen und sagte: „Du machst den ersten Schritt, er kann das nicht, Anny. Marco ist verheiratet, noch dazu arbeitet er bei dir, du bist sein Boss, also du bist die, die den ersten Schritt machen muss!“ Anny kreuzte die Hände vor den Körper, sie sah wie ein kleines Schulmädchen aus, das zum ersten Mal die Erfahrung in der Liebe macht und sich zum ersten Mal verliebt hat. „Wenn ich nur daran denke, wird mir schwindlig, ich werde schwach und mein Herz rast wie verrückt, ich habe das Gefühl, als werde ich ohnmächtig, wenn ich ihn küssen soll.“ Sie lachten beide, und Sandra meint: „Stell dir das Mal vor, ihr nähert euch einander zum ersten Kuss und du fällst in Ohnmacht!“ Anny lacht und sagt: „Bitte hör auf damit, es kann Wirklichkeit werden!“ Sandra hörte auf zu lachen und sagte zu Anny: „Verdammt Anny!!! Du hast die schönsten Männer gehabt, du bist nicht irgendeine Frau, du hast einen Doktortitel, du bist selbstbewusst und du bist verdammt gutaussehend, also bewege deinen Arsch hinaus. Warte bis Alle weg sind und nimm dir diesen wunderbaren, verführerisch gutaussehenden Italiener und vögle ihm das Gehirn raus!!!“

Anny schaute sie an und dachte: „Was denkt die denn von mir, mir ist nicht nach vögeln, ich liebe ihn doch“. Sie sah Sandra ernsthaft an, und gleichzeitig verzweifelt. „Sandra ich liebe diesen Mann, ich stelle mir das ganze Leben mit ihm vor, mir ist nicht nach Sex, ich will mehr, ich will Kinder mit ihm haben und alt mit ihm werden, ich will mit ihm aufwachen und mit ihm schlafen gehen, ich will seinen Atem neben mir spüren und mit ihm sterben!“

Sandra streichelte ihr mit der Hand das Gesicht und meinte: „Ich weiß meine Süße, ich weiß das Anny, er ist ja auch ein Traummann, deshalb lass dich nicht verunsichern und gehe raus, zeig ihm deine Liebe, warte nicht, bis es abgekühlt ist. Das Eisen muss man biegen, solange es noch heiß ist, wenn es abkühlt, kann man es nicht mehr biegen. Heute Abend ist es so weit und vergiss, dass er verheiratet ist, vergiss alles rund um dich, und zeige ihm, wie sehr du ihn liebst!"

Sabine, die an der Türe gelauscht hat und alles mitgehört hatte, kam auch gerade rein und neugierig fragte sie: „Geht es um Marco und dich?" Anny und Sandra sahen sie an, als ob sie ein Gespenst wäre. „Du hast alles gehört?", fragten beide gleichzeitig. „Ja, ich habe alles mitbekommen, ich wollte nur schauen, wo ihr seid, weil die Anderen sich schon fragen, wo ihr bleibt. Und da habe ich mitgehört. Aber keine Sorgen, ich weiß schon längst Bescheid, dass Anny und Marco ineinander verliebt sind." Anny sah sie überrascht an und fragte: „Du meinst, Marco ist auch in mich verliebt!?" Sabine lacht und meint: „Das sieht doch ein Blinder, dass ihr ineinander verliebt seid, das weiß nicht nur ich, sondern auch Daniel ist dieser Meinung." Annys Augen wurden immer größer und sie fragte noch einmal: „Marco ist in mich verliebt Sabine!?" „Ja, er ist in dich verliebt, er hat Herzen in den Augen, wenn er dich anschaut. Siehst du das nicht? Er ist total daneben, das habe ich von Anfang an bemerkt, wenn ihr zusammen seid, wie ihr miteinander redet, wie ihr euch anschaut, man merkt es, aber keine Sorge, ich werde es niemanden sagen. Also gehe hin und nimm ihn dir."

Marco wurde schon unruhig, denn Felix bombardierte ihm mit Fragen, woher er genau kam, und ob er Kinder hatte. Er wollte alles über ihn wissen, was Marco ein wenig peinlich wurde, bis endlich Anny wieder im Raum stand. Sie setzte sich wieder neben Marco, und dieses Mal war sie entschlossen, ihm ihre Liebe einzugestehen. Marco hatte keine Ahnung was auf ihn zukommt, er traute sich nie im Leben, den ersten Schritt zu machen. Marco war bis über beide Ohren in Anny verliebt, gleichzeitig hatte er Zweifel, ob er ihr gut genug war, er hatte zu viel Respekt vor ihr. Was, wenn sie nicht dasselbe für ihn empfindet, er würde wie ein Idiot da stehen, das war seine Angst, und der Kampf zwischen Herz und Verstand.

Claudia war verzweifelt, sie erzählte Alexander von Marcos Weihnachtsfeier, sie kehrten in einen Kaffeehaus ein und bei einem Getränk konnte Claudia ihre Tränen nicht mehr halten. Alexander wischte sie ihr mit einem Taschentuch vom Gesicht und meinte: „Was ist das nur für ein Mann, der so eine schöne Frau zum Weinen bringt, er hat dich nicht verdient Claudia. Du bist eine hübsche Frau, und er ist ein Italiener, der nicht treu sein kann. Glaube mir, du wärst viel besser dran, ihn aus deiner Wohnung zu schmeißen und dir einen Mann zu suchen, der deiner Liebe würdig ist!" Claudia hörte auf zu weinen und sah ihn an. „Wie kannst du so etwas sagen, hast du eine

Ahnung, wie sehr ich Marco liebe? Mein Leben hat keinen Sinn ohne ihn, außerdem weiß ich nicht sicher, ob er etwas mit der Tierärztin hat, es ist nur eine Vermutung, vielleicht irre ich mich." Alexander nahm ihre Hand und meint: „Nein Claudia, du täuschst dich nicht, die Frauen haben einen sechsten Sinn, was die Gefühle ihres Partners betrifft. Meine Frau hatte auch so einen Verdacht, der sich leider bestätigte." Claudia fragte nach: „Du hast... du bist fremdgegangen... du hast dich scheiden lassen!?" Alexander senkte den Blick nach unten und sagte: „Leider, ich habe das Wertvollste, was es gibt, verloren. Durch meine Hormone habe ich meine Familie verspielt, ich weiß, von was ich rede, wenn ich dir sage, dass dein Gefühl dich nicht täuscht."

Alexander erzählte ihr die ganze Geschichte, dass er selbständig war und mit seiner Sekretärin ein Verhältnis angefangen hatte, es war keine Liebe, sie gab ihm nur das Gefühl, gebraucht und jung zu sein. Immer wenn ihm nach Sex war, hatte er ihn auch bekommen, dass Gegenteil war bei seiner Frau. Die war immer müde, und sie hatte ständig Kopfschmerzen. Aber Alexander hatte es bereut, denn nach einem Jahr hatte seine Frau erfahren, dass er sie mit der Sekretärin betrügt, sie reichte die Scheidung ein und bekam das Haus und für beide Söhne das Sorgerecht, und weil Alexander so viel Alimente zahlen muss, verlor er auch seine Firma und die Sekretärin. Er suchte sich eine Arbeit und landete in einer Versicherung.

Claudia sah ihn an, wusste nicht, ob sie ihn bedauern oder schimpfen soll, sie entschloss sich, ihn zu bedauern, weil Alexander das alles sehr mitgenommen hat. Sie redeten noch ziemlich lange, Alexander gewann immer mehr und mehr ihr Vertrauen und Claudia vergaß für kurze Zeit ihre Eifersucht und öffnete ihr Herz für Alexander, der ihr das Gefühl gab, eine besonders nette und gutaussehende Frau zu sein. Von Marco hatte sie das schon lange nicht mehr gehört und es tat ihr richtig gut, über ihre Gefühle zu sprechen.

Marco fühlte sich auch sehr wohl in Annys Gegenwart, so dass er die Zeit vergaß. Es wurde ein Uhr, die ersten Gäste verabschiedeten sich schon, Felix und Susanne machten sich auch auf dem Weg, Felix verabschiedet sich zum Schluss von seiner Schwester, ins Ohr flüsterte er ihr: „Dein Marco ist sehr gutaussehend, und er ist nett." In Marcos Kopf herrschte ein Sturm und er überlegte, was er tun soll? Gehen oder noch bleiben. Nur noch Sandra und Peter waren da und Anny schaute Sandra an, die ihr mit den Augen deutlich machte: „Jetzt ist deine Zeit gekommen." Im Raum war auch kein Kellner mehr, und wenn nun Sandra und Peter gehen, bleiben nur noch Anny und Marco alleine übrig. Anny wusste, was auf sie zukommt, es lässt sich nicht mehr ändern, sie hatte den Entschluss gefasst, ihm endlich reinen Wein einzuschenken und ihm die Liebe, die so sehr auf ihrer Brust drückt, einzugestehen.

Der Gedanke daran brachte sie zum zittern, ihre Knie wurden weich, sie konnte nicht von ihrem Platz aufstehen, um Sandra und Peter zu verabschieden. Wie angenagelt, wie gelähmt, blieb sie sitzen und Anny hatte das Gefühl, wenn sie aufsteht, fällt sie hin, weil ihre Knie so zitterten. Sie glaubte, dass jeder es sehen würde, wie sie zittert. Sandra bemerkte, was für ein Problem ihre Freundin hatte und sagte: „Bleib ruhig sitzen, wir hören uns morgen Anny. Komm Peter wir gehen, und euch noch eine wunderschöne Nacht!“ Peter merkte, dass die Zwei lieber alleine sein wollen und meinte auch: „Ich wünsche euch Zwei eine schöne Nacht, und macht was draus!“ Anny lachte und Marco sagte: „Dann raus hier, damit wir was daraus machen können!“ Peter lachte und sagt zu Sandra: „Na bitte, sie haben nur gewartet bis wir gehen, dann werden sie erst richtig feiern!“ Sandra lachte auch und meint: „Lasst euch von Peter nicht verunsichern.“

KAPITEL 2

DIE ERFÜLLUNG ALLER TRÄUME

Alle waren weg, nur sie sind noch übrig, nur noch Marco und Anny, aber wer macht den ersten Schritt? Sie saßen nebeneinander, die Blicke trafen sich und sie sahen einander in die Seele, dieses starke Verlangen, sich zu berühren und endlich zu küssen, konnte keiner von Beiden voreinander verbergen. Zu lange warten sie schon darauf, zu lange versuchten sie, ihre Gefühle zu unterdrücken und jetzt ist es endlich so weit. Egal was passiert, egal wie es ausgeht, nur einmal sich zu küssen reicht, um zum sterben. Anny näherte ihre Hand zu Marco, vorsichtig legte sie die Hand auf seine. Durch seinen Körper floss Strom, tausende kleine Nadeln stachen in seine Venen, sein Blut kochte, nur ein Kuss von ihr konnte seine Leiden beenden, er sah ihr in die Augen, und wusste – SIE LIEBT MICH.

Anny nahm seine Hand und dachte, jetzt oder nie. Vorsichtig fing Anny an, mit Marco zu reden: „Marco...ich...du weist...ach verdammt!!! Ich kann das nicht!" Marco sah sie erfreut an, sein Herz schlug immer schneller, seine Augen leuchteten, er wartet nur auf ihr Liebesgeständnis, aber dann hörte sie auf zu reden. „Was...Was kannst du nicht Anny?" „Ich kann...Ich...weiß es auch nicht!" Marco wusste, was sie sagen wollte, und gab keine Ruhe. Sein Herz pochte wie wild und die Freude konnte er nicht verbergen, während sie sich schämte und nicht recht wusste, wie sie ihm sagen soll, dass sie ihn liebt. Marco nahm mit beiden Händen ihre Hand und versuchte sie zum sprechen zu bewegen: „Was Anny...Bitte sag es, was wolltest du mir sagen?" Sein Atem war schnell, wie wenn er kilometerweit gelaufen wäre, seine Hände zitterten, während er ihre Hand hielt, er versuchte ihr in die Augen zu schauen, sie hob den Kopf und sah diese Augen, die sie total verwirrten, an und bekam kein Wort aus ihr raus. Stattdessen hatten sich Tränen in ihren Augen gesammelt, sie wollte ihm eingestehen, wie sehr sie ihn liebte, aber ihre Stimme versagte, sie stand vor ihm wie eine Versagerin, wie ein Kind, das unsicher war, der peinlichste Moment in ihrem ganzen Leben, Marco schien ihr so unerreichbar, so mächtig.

Marco bemerkte die Unsicherheit bei ihr, seine Seele schrie: „Bitte...Bitte sag es...Sag es endlich!", aber er konnte nicht mehr warten und so hob er vorsichtig ihren Kopf mit einem Finger, sah ihr in die Augen und sagte: „Ich weiß es nicht, ob ich recht habe, wenn ich denke, dass wir sehr starke Gefühle für einander haben, aber ich kann dir sagen, was ich empfinde. Ich liebe dich.... Ich liebe dich schon so lange, ich kann an nichts anderes mehr denken, ich kann nicht schlafen, nichts essen, ich habe Bauchschmerzen, ich schlafe sehr unruhig, und ich bin krank, krank vor Liebe zu dir, Anny. Du bist die Traumfrau, von der ich immer geträumt habe, nie in meinem Leben habe ich zu einer Frau diese Worte gesagt, und wenn du nicht dasselbe für mich empfindest, dann gehe ich weg und werde dir nie wieder unter die Augen treten, bitte sag es mir: Liebst du mich auch, Anny?“

Sie sah ihn an, die Tränen flossen ihr über das Gesicht hinunter, sie streichelte sein Gesicht und sagte: „Marco ich liebe dich auch so sehr, nie in meinem Leben habe ich einen Menschen so sehr geliebt wie dich. Ich empfinde genau dasselbe für dich. Ich weiß, dass du verheiratet bist und ich will dir keine Probleme machen, aber es ist stärker als ich.“ Während sie redet, näherte sich Marco vorsichtig ihren Lippen, sie hörte auf zu reden, in ihren Köpfen herrschte ein Sturm, den Raum, wo sie saßen, hatten sie im Geiste verlassen, sie schwebten über den Wolken, für ein paar Minuten vergaßen sie alles rund um sich.

Endlich war es Wirklichkeit, kein Traum mehr, kein Schmerz mehr, es ist Wirklichkeit, sie wollten mehr voneinander, ineinander verschmelzen, wie ein Durstiger, der endlich Wasser zu trinken bekam, wie ein Hungriger, den das Essen tagelang vorenthalten war, wie ein Kranker, der endlich keine Schmerzen mehr fühlte. Sie liebten sich lange auf der Bank, wo sie stundenlang neben einander saßen und sich nicht berühren durften, sie spürte das Feuer in ihm, er gab ihr seine Seele und sie erwiderte seine Liebe. Anny war glücklich wie noch nie in ihrem Leben, sie liebte Marco mit ihrer ganzen Seele, und aus lauter Glück musste sie weinen. Noch nie hatte sie so viel Liebe gespürt, noch nie hatte sie das Gefühl, angekommen zu sein, sie wusste ganz genau, diese Liebe muss ewig bestehen und sie war bereit, um diese Liebe zu kämpfen, und wenn es sein muss, mit ihren Leben.

Marco vergaß, dass er verheiratet ist, und erst jetzt wusste er, was Liebe wirklich ist, jetzt erst spürte er sie in seiner Seele. Bis jetzt war alles ein Spiel, aber diese Liebe, die er für Anny empfindet, war sehr groß, so groß, wie er es noch nie erlebt hatte, jeder Kuss, jede Berührung schweißte sie mehr und mehr zusammen, so dass sie nie mehr ohne einander sein wollten.

Das Verlangen, miteinander zu schlafen war groß, aber im Hotel auf einer Sitzbank konnten sie es nicht tun, daher schlug Anny vor, dass sie zu ihr fahren. Marco überlegte nicht lange und wollte sie mit Haut und Haar haben, denn ihre Küsse brachten ihn zum Schweben, sein Körper hat Feuer gefangen. Anny nahm ihr Handy und rief ein Taxi, dass sie nach Hause brachte. Im Gang konnten sie die Hände nicht voneinander lassen, im Vorzimmer begrüßten sie die drei Kater, aber sie konnten sich mit ihnen nicht beschäftigen. Im Schlafzimmer legten sie sich aufs Bett, Marco befreite sie von ihrem Kleid, sein Atem war so tief leidenschaftlich, sein Puls wurde immer schneller, er glaubte vor lauter Lust und Liebe zu explodieren. Anny schaute sein Gesicht an und dachte: „Oh Gott, ist das Wirklichkeit oder träume ich, ist das der Mann, der mich zum Wahnsinn trieb, den ich so sehr liebe, mein Marco. Er steht vor mir und ich werde zum ersten Mal mit ihm schlafen, er küsst mich, er berührt mich, das ist kein Traum, das ist Wirklichkeit."

Marco betrachtet ihren Körper, der so schön war, dass er seinen Verstand verlieren konnte, seine Hände streichelten sie liebevoll, sie liebten sich stundenlang und Marco vergaß total auf die Zeit. Als er auf die Uhr schaute, war es fünf Uhr in der Früh, es wurde ihm bewusst, dass jemand zu Hause auf ihn wartet. Aber wie soll das jetzt weitergehen? Die Liebe, die er für Anny empfindet, ist sehr tief, so tief, wie er sie niemals erfahren hatte. Für Claudia empfindet Marco diese Liebe nicht, und es bringt niemanden etwas, wenn er bei Claudia aus Mitleid bleiben würde. Nur wenn er daran dachte, bei Claudia zu bleiben, tat im schon alles weh.

Marco hatte das Gefühl, mit Anny seelisch verbunden zu sein, er konnte sie nicht verlieren, denn ohne sie ist sein Leben nicht lebenswert. Marco setzte sich auf, seinen Kopf hatte er am Kopfteil vom Bett angelehnt, Anny sah sein besorgtes Gesicht und fragte vorsichtig: „Was hast du Liebster?" Er schaute sie verliebt an und lächelnd antwortete er: „Anny ich liebe dich... ich liebe dich wirklich! Und ohne dich will ich nicht mehr sein. Du weißt, das ich verheiratet bin?" Anny war froh, von Marco diese Worte nach dem Sex zu hören, denn normalerweise, wenn die Gefühle nicht echt sind, sagt man nicht „ich liebe dich", aber er meint es scheinbar wirklich ernst. Anny war nicht alleine mit ihren Gefühlen, das brachte ihr Herz noch schneller zum schlagen, und die Gefühle für Marco wurden immer tiefer. Sie streichelte ihm den Brustkorb und küsste ihm den Oberarm. „Ich weiß es, mein Liebster...ich weiß, dass du verheiratet bist, was sollen wir jetzt tun, wirst du ihr über uns Bescheid sagen, oder wollen wir noch warten?"

Marco küsste ihr zärtlich die Stirn und antwortete: „Nein Anny, ich kann nicht warten, dafür liebe ich dich zu sehr, um so weiterzumachen. Ich muss Claudia die Wahrheit sagen, und das werde ich noch heute tun." Anny umarmte ihn fest, Marco nahm sie in die Arme und sie küssten sich leidenschaftlich. Aber das Leben muss weitergehen, Marco musste nach Hause und Claudia die Wahrheit über sich und Anny zu sagen und das fiel im sicherlich nicht leicht, denn er wusste, dass das keine leichte Sache sein wird, er wusste, wie abhängig Claudia von ihm war, aber diesen Schritt muss Marco tun, um mit der Frau zu sein, die er über alles liebte, egal was das kostet und wenn das sein eigenes Leben wäre.

Um sieben Uhr in der früh ist Marco nach Hause gekommen. Bei der Türe begrüßte ihn sein geliebter Niko, der nicht wusste, was los ist, denn er war gewöhnt, dass sein Herrchen um diese Zeit am Sonntag im Bett liegt. Niko war verwirrt, weil seine Frauchen auch spät nach Hause kam und sie weinte auch, dass hatte Niko noch nie erlebt. Er wollte Marco aufmuntern, in dem er wie ein Wilder durch die Wohnung zischte und um Aufmerksamkeit bettelte.

Claudia legte sich nieder, doch sie schläft nicht, ihre Augen sind total rot und geschwollen. Marco kam ins Schlafzimmer rein und schaute Claudia beim schlafen zu, er wusste nicht, dass sie kein Auge zugemacht hatte, weil er nicht nach Hause gekommen ist. Leise trat Marco ins Zimmer rein, setzte sich neben Claudia und legte seinen Arm auf ihre Schulter. Mit unsicherer Stimme versuchte Marco, sie zu wecken, sie machte die Augen zu und tat so, als ob sie tief und fest schlafen würde, aber in ihrem tiefsten Inneren wusste sie, was nun auf sie zukommt. Sie dachte „lieber nicht davon reden". Aber Marco wollte unbedingt mit ihr reden und versuchte sie zu wecken. „Claudia... Claudia...Bitte steh auf...Bitte Claudia, ich muss mit dir reden." Sie spürt in der Nase ein fremdes Damenparfum, der ihr die Kehle zuschnürte und sie hatte das Gefühl zu ersticken. Claudia wusste ganz genau, dass Marco sie betrogen hat, sie öffnete die Augen, sah ihn an und fragte: „Wo warst du bis jetzt!?" Marco tat dieser Blick weh, denn die Augen von Claudia verraten ihm, dass sie die ganze Nacht geweint hatte, und das schmerzte sehr, aber er musste da durch und wiederholte sich: „Wir müssen reden Claudia, bitte komm ins Wohnzimmer."

Sie stand auf, wie eine schwer Kranke schleppte sie sich ins Zimmer hinein und setzte sich auf die Bank. Marco machte Kaffee und brachte ihn ins Wohnzimmer, er setzte sich neben sie hin und schaute ihr in die Augen. Claudia wurde kalt, dieser Blick bedeutet nichts Gutes, dachte sie. Niko sprang auf die Bank und legte sich neben Claudia hin, als ob er sie beschützen wollte. „Claudia...du fragst dich sicher, wo ich bis jetzt war, und ich weiß, dass du dich gefragt hast, denn du hast ganz rote Augen und du hast geweint, stimmt´s?" Sie sah ihn an und hatte eine kleine Hoffnung in ihrem Inneren gespürt, vielleicht hat Marco mich nicht betrogen, es ist etwas passiert und er konnte nicht weg.

Claudia antwortete: „Ja ich habe mir Sorgen gemacht, wo du so lange bleibst, was ist passiert Marco?“ Marco nahm ihre Hand, wollte etwas sagen, aber es ist, als ob ihm jemand den Mund zugemacht hat und er kriegt kein Wort aus sich heraus, er entschuldigte sich nur. „Claudia... Es... bitte entschuldige... es tut mir so leid... bitte verzeih mir... ich will... ich wollte, es tut mir leid aber...“

Claudia erstarrte auf der Sitzbank, sie wusste was auf sie zukommt, nicht um sonst würde er sich so oft entschuldigen, das ist nicht Marcos Art. Mit Tränen in die Augen fragte sie. „Hast du mich betrogen Marco?“ Er schaute sie mit seinen Dackelaugen an und dachte, so leid sie ihm auch tat, sie muss es wissen. „Ja...Ja ich habe dich betrogen, aber das ist nicht alles Claudia, ich habe mich unsterblich verliebt, ich wollte dich nie verletzen, bitte glaube mir, ich konnte nicht anders.“ Claudia dachte, ich träume, das ist nur ein Alptraum, bald werde ich munter und mein Mann schläft friedlich neben mir, das ist nur ein böser, böser Traum. Sie starrt die Wände an, wie betrunken murmelt sie: Das ist nicht war, das ist nur ein Traum“. Marco nahm sie bei der Schulter und schüttelte sie wach. „Claudia... Claudia hörst du mir zu!?“ Sie schaute Marco ein paar Sekunden an und bekam einen Weinkrampf. „Nein ... Nein Marco... Warum... warum... wie konntest du mir das antun, was habe ich falsch gemacht?“

Niko verschwand von der Bank, denn sie war so laut, dass die Nachbarn auch an die Wände klopften, um weiter schlafen zu können. Marco dachte, oh Gott, was habe ich angestellt, sie bekommt noch ein Nervenzusammenbruch. „Bitte Claudia.. bitte, bitte hör auf, die Nachbarn klopfen schon an die Wände, bitte beruhige dich.“ Sie weinte noch lauter. „Wie konntest du mir das antun, ich liebe dich Marco, ich kann ohne dich nicht leben, bitte verlass mich nicht!“ Marco dachte, na tolle Leistung, ich wusste, dass es schwer wird, aber dass sie sich so benimmt, das wusste ich nicht. Ich muss das hier beenden, so leid es mir für sie auch tut, aber ich will Anny. „Claudia es reicht, entweder du redest jetzt normal mit mir, oder ich stehe auf und gehe, dann kannst du tun, was du willst!!!“ „Bitte Marco gehe nicht, ich werde mich gleich beruhigen, bitte verlass mich nicht.“

Claudia wischte sich die Tränen vom Gesicht und schaute Marco mit einem verzweifelten Gesichtsausdruck an. „Du hast mich mit der Tierärztin betrogen stimmt’s?“ Marco schaute sie an, er gab ihr eine ehrliche Antwort: „Ja Claudia, du weißt, ich arbeite seit über einem Monat mit Anny, ich habe mich wirklich in sie verliebt, und gestern bei der Weihnachtsfeier ist es passiert.“ „Was ist passiert Marco! Was ist passiert, hast du mit ihr geschlafen!?“ „Ja Claudia... ich habe mit ihr geschlafen.“ Claudia sah ihn schockiert an und dachte, das ist doch nicht möglich, warum sagt er mir das alles, warum will er, dass ich die

Wahrheit erfahre. „Okay Marco, du hast dich verliebt, aber das geht vorbei, wir sind verheiratet und du bleibst bei mir. Die blöde Kuh vergiss schnell, der werde ich noch zeigen, mit wem sie es zu tun hat, das geht schon vorbei!" Marco schaute sie an und dachte, hat sie mich nicht verstanden, und er wiederholte sich: „Claudia ich liebe sie, ich habe mich in Anny verliebt, es tut mir leid, ich kann nicht bei dir bleiben, ich kann doch Anny nicht aufgeben." Sie wurde wütend. „Wie? Du liebst diese dumme Pute, weißt du denn, ob sie dich liebt, du... du verdammter Mistkerl!! Was denkst du denn, wer du bist? Vögelst andere Frauen, während ich dir treu bin und nimmst sie noch in Schutz. Alle haben mich vor dir gewarnt und zu mir gesagt, der wird dir das Herz brechen, aber ich war gescheiter, ich wollte auf niemanden hören. Und jetzt liebst du eine andere, die du nicht einmal zwei Monate kennst. Bist du dir sicher, dass sie dich nimmt? Sie ist Ärztin, was denkst du, mit wie vielen sie geschlafen hat? Du bist nicht der Einzige, du willst gleich weg von mir, so dumm kannst nur du sein Marco, kein Mann verlässt seine Frau wegen einer... einer... einer eingebildeten Tierärztin, die nur ins Bett mit dir gehen wollte. Glaube mir Marco, sie wird dich nur für ihre Zwecke benützen und dich wie eine heiße Kartoffel fallen lassen, dann kommst du zu mir angekrochen, aber dann wird es zu spät sein, denn ich werde dich nicht mehr zurücknehmen."

Sie redete und redete ohne Pause, Marco konnte nicht mehr zuhören und unterbrach sie: „Okay Claudia, ich habe dich verstanden, ich erwarte nicht von dir, das du mich zurücknimmst, und ich wollte dich nicht verletzen. Es ist einfach passiert, ich habe mich in sie verliebt und ich will dich nicht belügen und dir wehtun. Wie ich mit der Sache zu recht komme, das lass meine Sorgen sein, ich wollte dir nur sagen, dass ich ins Hotel gehe, bis ich mir eine Wohnung gefunden habe, dann hole ich Niko. Bitte Claudia, pass mir auf ihn auf." Sie sah ihn an und spürte einen Stich im Herz.

Dass er so schnell aus der Wohnung ausziehen will, das hat sie nicht für möglich gehalten, er war nicht mehr derselbe Mann, den sie geheiratet hat. „Was!!! Du willst schon ausziehen! Bist du noch zu retten, nein Marco... nein, du kannst mich nicht von heute auf morgen verlassen, wir sind verheiratet und haben Ausgaben, hast du das vergessen!?" „Nein Claudia, ich habe es nicht vergessen, aber darüber habe ich mir schon Gedanken gemacht. Ich werde dir die Wohnung überlassen, die Schulden werden wir uns teilen, du kannst auch das Auto haben, ich nehme nur meine persönlichen Sachen mit und wenn ich eine Wohnung gefunden habe, hole ich Niko zu mir. Bitte Claudia, verzeih mir, ich wollte dir nicht weh tun."

„Du hast dies schon lange geplant Marco, du hast alles vorbereitet, während du mir etwas vorgemacht hast, dass du mich liebst, du bist ein Arschloch Marco!!!“ Marco fühlte sich auch so, aber es gab kein Zurück mehr, und das wollte er auch nicht. Dass Claudia sich so benehmen würde, hatte er angenommen und konnte ihr nicht böse sein. Marco stand auf und ging ins Schlafzimmer, holte sich einen Koffer und fing an, seine Sachen einzupacken, nicht wissend wohin. Claudia rannte hinter ihm her. „Marco bitte!!! Bitte gehe nicht, du machst einen Fehler, ich liebe dich verdammt noch Mal!! Bedeutet dir das gar nichts, bin ich niemand für dich Marco... wie kannst du nur so hartherzig sein.“ Sie weinte bitterlich, Marco hörte auf zu packen und nahm sie in die Arme. „Claudia bitte, mach es mir nicht so schwer, verstehst du mich, ich will dich nicht verletzen, aber ich liebe sie und kann uns alle nicht belügen, das wäre falsch, wenn dies so weitergeht wie bisher, du bist noch jung und hübsch, du wirst einen Mann finden, der dich verdient hat, ich bin nicht der Richtige für dich, ich habe dich nur verletzt.“

„Marco, wie kannst du so etwas sagen, du redest davon, dass du sie liebst, was hat diese Frau, was ich nicht habe, was findest du denn an ihr? Zu mir hast du nie gesagt, dass du mich liebst, war unsere Ehe nur ein Spiel für dich!?“ Sie tat Marco sehr leid, aber es ist wahr, er hatte nie diese Gefühle für sie, wie er für Anny hat, Marco hatte noch nie in seinen Leben solche Gefühle gekannt und gespürt, aber wie soll er ihr dies klar machen. Er würde sie mit seinen Gefühlsbeschreibung nur noch mehr verletzen, wie kann er ihr sagen, dass er sie in Wirklichkeit nie geliebt hat, dass er für sie nur ein großer Bruder war, der sie beschützen wollte, und die wahre Liebe nie gespürt hat, wie er es bei Anny tut.

„Bitte Claudia, lass uns nicht im Streit auseinander gehen, du kannst mich jederzeit anrufen, wann immer du willst und ich werde für dich da sein. Ich habe dich sehr gern, aber es ist keine Liebe, es war nie eine Liebe, bitte verzeihe mir.“ Claudia ging ins Wohnzimmer, sie kannte Marco und wusste ganz genau, dass er die Wahrheit sagte. Es tat ihr in der Seele weh, dass Marco sie nie wirklich geliebt hat, das wusste sie nicht, aber sie musste sich damit anfreunden und trotzdem konnte sie ihre Tränen nicht halten. Sie weinte bitterlich und tat sich selber leid, das ganze Leben hatte in diesem Augenblick keinen Sinn mehr für sie. Sie hatte auch keine Eltern mehr, zu denen sie gehen könnte und ihnen ihren Kummer erzählen, ihre Schwester war auch nicht da, mit der sie reden konnte, denn sie machte ihr Studium in Amerika, ihre Freundin war auch in dieser schweren Stunde nicht da. Der einzige Mensch, der ihr helfen konnte, war Alexander. Sie nahm das Handy und wählte seine Nummer.

Marco ist mit dem Packen fertig. Er kam ins Wohnzimmer, um sich zu verabschieden, Claudia konnte Alexander nicht erreichen, und legte gerade auf, als Marco in Zimmer kam. „Kann ich mich auf dich verlassen Claudia, du schaust auf Niko bis ich ihn hole?“ „Was denkst du von mir? Dass ich Niko vernachlässigen würde? Du weißt genau, dass ich ihn genau so gern habe wie du. Mache dir keine Sorgen, gehe einfach zu deiner Anny, damit du nicht mehr von ihr träumst, und ich verspreche dir Marco, du stehst in einem Monat wieder vor meiner Tür und bettelst, dass ich dich zurück nehme, aber dann wird alles zu spät sein!!!“ „Okay Claudia, vielleicht hast du recht, aber ich muss gehen.“ Marco beugte sich, um ihr einen Kuss zu geben, aber sie schrie ihn an: „Lass mich in Ruhe Marco! Du hast mich nie geliebt, ich brauche keinen Kuss von dir, küss doch deine Schlampe, die du liebst!!!“

Marco fühlte sich wie ein Verbrecher, der etwas gestohlen hat, aber er musste dies machen, denn sein Herz gehörte Anny. Niko bekam einen Kuss von Marco und es tat ihm sehr leid, als er die Türe hinter sich zumachte, aber er spürte in seinem Herzen eine Freiheit und gleichzeitig eine Trauer. Ein Teil seines Lebens hatte er hinter sich gelassen, einen Abschnitt seines Lebens hatte er beendet, ein Kapitel abgeschlossen, nie wieder kommt Marco an diese Stelle zurück. Nur noch, um seine restlichen Sachen zu holen und Niko zu sich zu nehmen.

Marco wusste nicht wohin, er stand vor der Haustüre und schaute nach links, dann nach rechts, ein Auto hatte er auch keines, denn das Auto hatte er Claudia gegeben und Anny wollte er nicht gleich mit seinen Gefühlen überfallen. Als erstes wollte er ein Hotelzimmer suchen, kein teures, nichts besonderes, nur ein eigenes Zimmer, wo ihm keiner Vorträge hält, er wollte seine Gedanken ordnen. Vor zwei Monaten hätte er nie gedacht, dass es einmal so weit kommt, denn das, was er für Claudia empfunden hatte, war genug, wenn da nicht Anny ins Spiel gekommen wäre. Aber jetzt, wo Marco die wahre Liebe kennengelernt hat und die echten Gefühle spürte, hatte er nur einen Wunsch - mit Anny leben oder traurig sterben.

Marco rief sich ein Taxi, stieg ein und sagte zu dem Fahrer: „Bringen sie mich bitte in ein Hotel, dass was ich mir leisten kann. Ich habe gerade meine Frau verlassen.“ Der Fahrer war sehr freundlich und sagte zu ihm: „Ich verstehe, ich kenne ein Hotel, nicht weit von hier, eines, was für jeden leistbar ist. Ich werde sie dort hinfahren, sind sie einverstanden?“ Marco nickte und sagte: „Sie kennen sich besser aus, ich hatte bis jetzt keine Erfahrung mit Hotelzimmern.“ Das Taxi fuhr mit Marco los, draußen fing es leicht zu schneien an, die Straßen weihnachtlich beleuchtet, die Menschen eingehüllt in Mäntel, alle Fensterscheiben von den Autos sind noch mit Eis bedeckt. In seinem

Herzen fühlte er ein großes Mitleid für Claudia, in der Seele viel zu viel Liebe für Anny.

Anny ist nach der wundervollen Nacht eingeschlafen, nur ihre Babys hat sie gefüttert, als Marco die Wohnung verließ, dann legte sie sich wieder nieder. Anny schlief, wie wenn sie tagelang munter geblieben wäre, sie war so erlöst und überglücklich, aber das Beste hatte sie noch nicht erfahren, nämlich dass Marco ihretwegen alles aufgegeben hatte. Und während sie friedlich in ihrem Bett mit ihren Katzen schlief, war er gleichzeitig auf der Suche nach einer Bleibe, und sie wusste auch nicht, dass eine Frau mit gebrochenem Herzen um den Mann weinte, den sie geliebt hat.

Claudia weinte sich die Augen aus, als das Telefon klingelte, sie wischte sich die Tränen vom Gesicht und hob mit weinender Stimme ab: „Hallo!“ Von der anderen Seite meldet sich eine bekannte Stimme. „Hallo Claudia, ich bin’s Alexander, was ist los mit dir? Du hörst dich so an, als ob du weinen würdest!?“ Claudia weinte noch stärker und antwortete: „Ja ich weine, was soll ich sonst tun, wie würdest du dich fühlen, wenn du erfahren würdest, dass dich dein Mann nie geliebt hat!?“ „Ach Claudia! Das tut mir leid, bist du denn alleine?“ „Ja, er hat mich wegen einer Anderen verlassen!“ Alexander fand das gar nicht so schlecht, denn er hatte Gefühle für sie, und gestern Abend sah er für sich eine Chance. Jetzt brauchte Claudia jemanden, der sie tröstet, und er war bereit ihr zu helfen, aber auch, sich eine Türe in ihrem Herzen zu öffnen.

Alexander überlegte nicht lange und sagte: „Sag mir bitte, wo du wohnst, ich komme zu dir!“ Claudia weinte noch stärker, und war froh, dass er sich bereit erklärt hat zu kommen, denn sie hatte niemanden, mit dem sie reden konnte. Alex war im Moment der beste Freund, den sie hatte. Sie gab ihm die Adresse und stellte einen Kaffee hin, denn Alex war in zehn Minuten bei ihr, als ob er schon darauf gewartet hatte. Als Alex da war und sie ihm die Türe öffnete, umarmte ihn Claudia und weinte, so als ob Alex der Retter in der Not wäre und ihren Schmerz lindern würde. „Danke... Danke dir Alex, du bist wirklich ein guter Freund!“ Alex umarmte sie, sie tat ihm leid, gestern hatte sie schon rote und geschwollene Augen, aber heute ist es viel schlimmer als gestern und er tröstet sie. „Arme Claudia, du hast das nicht verdient, aber er war ein Arschloch, so einer wie er verdient keine so gute Frau wie dich. Ich weiß nicht, warum solche Männer immer die besten Frauen bekommen, und sie wissen es nicht einmal zu schätzen. Vergiss ihn, er hat dich nicht verdient, ich bin jetzt bei dir, und ich bleibe, solange du mich brauchst.“

Sie setzten sich ins Wohnzimmer, Claudia schenkte ihm Kaffee ein und nahm eine Flasche mit Alkohol. Normalerweise trinkt Claudia nichts, nur in

Gesellschaft oder bei einer Feier, aber heute war ihr danach, sich so richtig zu betrinken, und den Schmerz der auf ihre Brust drückt, zu betäuben, in der Flasche war roter Wodka. Alex überlegte ob er sie davon abhalten soll oder nicht. Er entschied sich, sie trinken zu lassen, denn wenn sie betrunken ist, hat er viel mehr Chancen, sie zu verführen, als wenn sie nüchtern wäre. Claudia brachte zwei kleine Gläser und wollte Alex auch einschenken, aber er lehnte ab. So früh konnte er keinen Alkohol trinken. Sie begann, ihm die Geschichte von ihr und Marco zu erzählen. „Weißt du, wann er nach Hause gekommen ist!" Alex war neugierig, was vorgefallen ist und fragte: „Wann denn?" „Um sieben Uhr in der Früh. Wie ein Verbrecher schlich er ins Zimmer und setzte sich auf das Bett, ich habe sofort gewusst, dass er mich betrogen hatte, denn er hatte einen fremden Duft an sich, einen fremden Damenduft."

Alexander hörte aufmerksam zu und fragte: „Und hattest du recht? Ist es die Tierärztin?" „Ja ich hatte recht. Weißt du, was mir sehr leid tut!!!" „Nein was?" „Dass ich nicht dort hingegangen bin und sie zur Rede gestellt habe, ihr ins Gesicht gespuckt und ihr sagte, dass sie eine Hure ist. Das werde ich bereuen. Sie hat mir meinen Mann gestohlen, diese verdammte Hure!!!" Alexander versuchte sie zu beruhigen. „Claudia... Claudia bitte, es bringt nichts, sich so fertig zu machen. Du als Frau hast doch deinen Stolz, wenn du das gemacht hättest, was denkst du, wie er sich dabei wohl fühlt. So ein Macho genießt doch, wenn sich zwei Frauen streiten. Glaube mir Claudia, auch andere Mütter haben schöne Söhne. Zeige ihm, dass du keine Gefühle mehr für ihn hast, das tut ihm mehr weh als wenn du hinter ihm her läufst!"

„Aber ich liebe ihn verdammt doch Mal!!!" weinte Claudia wieder und schenkte sich noch ein Glas ein. „Er hat mir gesagt, dass er sie liebt, aber mit mir war er fast zwei Jahre zusammen, und zu mir hat er nie ICH LIEBE DICH gesagt. Wie kann er sie lieben? Er kennt sie nur kurze Zeit. Was hat sie, was ich nicht habe???" Alex beruhigte sie wieder. „Du bist eine wunderschöne Frau, er muss blind sein, wenn er das nicht sieht. Lass dich von dem nicht fertig machen, du bist hübsch und jung, du findest einen Mann, der dich lieben wird, bitte weine nicht mehr!" Sie redeten sehr lange und Alex blieb bei ihr. Claudia hatte nichts gegessen und viel getrunken, und so war sie nach vier Stunden total betrunken.

Anny ist munter geworden, sie fühlte sich wie eine Göttin. Als erstes, als sie die Augen geöffnet hatte, sah sie Marco vor sich und die ersten Worte, die aus ihren Mund kamen waren: „Ich liebe dich, ich liebe dich so sehr, mein geliebter Marco, ich werde dich glücklich machen. Mein Leben lege ich in deine Hände, diese wunderschönen Hände, mein Leben bist du. Ich muss seine Stimme hören, aber wie? Wie soll ich ihn anrufen? Was ist, wenn seine Frau abhebt, was sage ich dann? Ach nein, er wird mich schon anrufen."

Sie stand auf und ging ins Bad, das Telefon läutete, sie rannte ganz nass hin und meldete sich: „Hallo!" Am anderen Ende die schönste Stimme der Welt: „Hallo Anny, Marco spricht, habe ich dich aufgeweckt?" „Hallo Liebster, nein du hast mich nicht aufgeweckt, ich bin schon munter. Schön, deine Stimme zu hören, ich vermisse dich Marco!" Die Stimme von Anny klang so verliebt, dass Marco am anderen Ende geschmolzen ist vor Liebe zu ihr und in diesem Moment wünscht er sich Flügel, um zu ihr zu fliegen, sie in die Arme zu nehmen und sie nie mehr los zu lassen. „Ich habe auch große Sehnsucht nach dir meine Schönste, aber ich muss dir eine gute Nachricht sagen. Ich habe Claudia verlassen." Anny war geschockt, denn das hatte sie nie geglaubt und vor allem so schnell. Das zeigte ihr, dass er sie wirklich liebt, und für sie seine Frau verließ. „Marco... ach mein Geliebter, du hast ihr alles erzählt?" „Ja Anny, ich habe ihr die Wahrheit gesagt, und bin gleich ins Hotel gegangen. Jetzt bin ich frei für dich." „Bitte komme schnell zu mir, ich halte es sonst nicht mehr aus", sagte sie ganz verliebt. Marco überlegte nicht lange und sagte: „Ich bin in einer halben Stunde bei dir."

Anny schlug ihre Hände vor das Gesicht, nach dem sie das Handy ausgeschaltet hatte. Die Freude, die sie im Moment gespürt hatte, musste sie Sandra erzählen. Mit zitternden Händen wählte sie Sandras Nummer. „Hallo Sandra! Ich muss mit dir reden, sonst explodiere ich." Sandra dachte, dass etwas passiert ist und fragte nach: „Was ist los Anny!?" Anny war außer Atem und fröhlich erzählte sie, dass sie mit Marco geschlafen hat und während sie sich im Badezimmer schminkte, sagt sie voller Stolz, dass Marco seine Frau verlassen hat und auf dem Weg zu ihr ist.

Sandra war überrascht. Das hatte sie nicht geglaubt, sie dachte an eine kleine Liebelei, aber dass dies so ernst war, wusste sie nicht. „Was! Er hat seiner Frau von euch erzählt und sie verlassen!?" „Ja Sandra, ja. Er hat sie verlassen und ist in ein Hotel gezogen. Das ist doch der beste Beweis, dass er mich genau so liebt wie ich ihn!" „Und das alles ist heute Nacht passiert?" „Ja, heute Nacht haben wir uns geliebt!" „Und wie war er, kann er gut, du weißt was ich meine?" „Er ist noch besser als in meinen Träumen!" „Wahnsinn! Das ist also die wahre Liebe!?" „Das ist sie Sandra, ich habe endlich meinen Traumprinzen gefunden!" „Dann halte ihn fest und lass ihn nicht mehr los. Marco ist wirklich sehr hübsch und wenn ich ihn vor dir getroffen hätte, dann wäre ich auch in ihn verliebt!" „Sandra!!!", schrie Anny sie lachend an. „Nein, er gehört dir ganz alleine. Und was nutzt mir das jetzt, er hat ja nur für dich Augen. Wie er dich gestern die ganze Zeit auf der Weihnachtsfeier angesehen hat, da wusste ich, er liebt nur dich!“

Anny wusste, dass Marco nicht nur ihr gefallen hatte, und das sie damit leben muss, dass ihn andere Frauen anschauen werden, aber er gehörte jetzt nur ihr. Und er war auch schon da. Sie unterbrach Sandra, die noch reden wollte und machte ihm die Türe auf. Er stand vor ihr, dieser Anblick war so schön, dass sie sich in die Arme fielen und gleich ins Schlafzimmer gingen und dort liebten sie sich noch einmal. Diese Liebe war so stark, dass sie die Hände von einander nicht wegnehmen konnten. Marco erzählte ihr dann, was vorgefallen ist und Anny wollte unbedingt, dass Marco bei ihr einzieht. „Marco ,Liebster. Ich habe einen Vorschlag. Schau, du liebst mich und ich liebe dich, nie in meinem Leben war ich mir so sicher wie jetzt. Auch wenn ich dich nur kurze Zeit kenne, weiß ich ganz genau, was ich will. Ich will dich Marco, ich will dich mit allem, was du hast und was du bist, ich habe einen Menschen noch nie so geliebt wie dich. Mein Liebster! Willst du zu mir ziehen? Ich will mit dir leben, mit dir schlafen, mit dir aufwachen, dich küssen, wenn ich munter werde, deinen Atem neben mir spüren. Willst du mich auch so wie ich dich?“

Marco schaute sie an und seine Augen füllten sich mit Tränen, denn das, was sie zu ihm sagte, fühlte er genau so stark wie sie, und er liebte jedes Haar an ihrem Kopf, jeden Zentimeter an ihrem Körper und er wollte genau das gleiche. Er fragte: „Willst du das denn wirklich? Liebst du mich denn so sehr, dass du mit mir leben willst?“ Sie küsste ihn zärtlich und sagte: „Ich liebe dich vom ersten Augenblick an, als ich dich gesehen habe, ich habe mein ganzes Leben auf dich gewartet und jetzt bin ich bereit. Mein Leben hat ohne dich keinen Sinn mehr, du bist mein Leben, du bist der Richtige, ich will für dich atmen, ich will mit dir sterben!“ Marco konnte die Tränen nicht mehr halten und küsste sie, er sagte die Worte, die er nie sagte: „Ich liebe dich, ich liebe dich, ich liebe dich mein Engel!“

Sie küssten sich leidenschaftlich, und hatten das Gefühl, miteinander zu verschmelzen. Dass man so sehr lieben kann und vor Liebe weinen muss, das haben Beide nie in ihren schönsten Träumen geglaubt. Marco wollte mit ihr leben und er sagte: „Ja, ich will bei dir sein Tag und Nacht, aber ich habe meinen kleinen Hund und den will ich mitnehmen. Wird er sich mit den Katzen verstehen?“ Anny lachte. „Hast du vergessen, was ich bin? Ich habe eine Medizin für solche Fälle, glaube mir Liebster, sie werden sich verstehen. Morgen holst du Niko und deine Sachen zu uns, dann werden wir eine Familie!“ Marco lächelt. „Ja, wir werden eine richtige Familie mit vielen Tieren!“

Alexander hatte mit Claudia zu kämpfen. Sie war mittlerweile so betrunken, dass sie wirres Zeug redete. Zuerst schimpfte sie über Marco, dann weinte sie, weil sie ohne ihn nicht leben will, dann lachte sie wie verrückt und wollte, dass Alexander sie küsst, weil sie das Gefühl hatte, dass sie niemand liebt. Alex versuchte, sie ins Bett zu stecken, damit sie ihren Rausch ausschlafen kann, aber sie war so unruhig, dass sie nirgends einen Platz fand. Essen wollte sie auch nicht, auf Niko hat sie auch vergessen, aber Niko bekam Hunger und brachte seinen leeren Futternapf zu Alex. Er schaute den kleinen Hund an und wusste sofort, was er von ihm wollte, Alex gab ihm sein Futter und frisches Wasser. Als Claudia sich beruhigte und endlich einen Platz fand, wo sie ins Leere schaute, brachte Alexander den kleinen Niko nach draußen und ging mit ihm Gassi.

Alex war mit Niko schon in der Wohnung, als Claudia mit einem Messer in der Hand sich die Pulsadern aufschneiden wollte. Alex schrie so laut, dass sie erschrak und das Messer fallen ließ. „Claudia!!!!! Bist du denn von allen guten Geistern verlassen worden!!!“ Sie sah ihn etwas munterer an und sagte: „Warum? Was hält mich davon ab. Den einzigen Menschen, denn ich liebe, habe ich verloren. Warum!!!! Wieso hat er mich verlassen, was habe ich falsch gemacht? Alex hilf mir bitte, ich kann ohne Marco nicht Leben!!!“ Alex nahm sie fest in die Arme und sagte: „Ich bin für dich da Claudia, ich helfe dir durch diese schwierige Zeit durch, jeder Mensch hat so eine Phase im Leben und das ist nur eine Prüfung, die du aber bestehen wirst, glaube mir. Ich habe auch solch eine Zeit gehabt, wo ich von dieser Welt gehen wollte, aber wenn ich jetzt zurückblicke, bin ich froh, hier geblieben zu sein. Ich habe auch einen guten Freund gebraucht, aber ich hatte niemanden, ich war alleine, du aber hast mich. Ich werde bei dir bleiben, bis du stark genug bist, selbst auf dich aufzupassen, das verspreche ich dir!“

Sie tat Alex so leid, dass er sie unbedingt beschützen wollte. Claudia sah ihn an und in ihrem Herzen öffnete sie unbewusst eine kleine Türe für ihn. Er war zwar zehn Jahre älter als Claudia, aber das ist genau das, was ihr an ihm gefallen hatte. In Alex hatte sie einen Vater, den sie sehr früh verloren hatte, gesehen. Sie brauchte so einen Mann, der sie beschützt und ihr das Gefühl gibt, jeder Zeit für sie da zu sein. Claudia war so schlecht vom Alkohol, dass sie angefangen hat, alles was sie getrunken hat, zu erbrechen. Sie hatte so viel erbrochen, dass sie das Gefühl bekam, ihre Gedärme kommen gleich raus und der Magen gleich mit. Alex hielt ihr den Kopf, es hatte ihn nicht vor ihr geekelt, als sie erbrochen hat. Die ganze Zeit war er bei ihr. Er machte ihr ein

Erfrischungsgetränk und wollte unbedingt, dass sie eine Suppe isst, aber essen wollte sie nicht, nur trinken. Nur keinen Alkohol mehr, nie wieder Alkohol!

Es war schon fünf Uhr Nachmittag. Claudia war nüchtern geworden, aber immer noch traurig und immer noch unglücklich. Alex fragte: „Was hältst du davon, einen kleinen Spaziergang zu machen, wir gehen mit deinem Hund eine kleine Runde ums Haus, damit du an die frische Luft kommst. Was sagst du dazu?“ Claudia dachte, womit habe ich diesen Mann verdient, er ist so wundervoll, wie wenn der liebe Gott ihn an diesem Tag zu mir schickte, um mich zu beschützen, wie soll ich mich nur bei ihm bedanken. Und in ihrem Herzen spürte sie eine Freude, wie sie ihn angeschaut hat. Sie antwortete nach langer Überlegung: „Ja du hast recht Alex, warum nicht. Machen wir eine kleine Runde, das ist genau das richtige für mich.“

Als sie wieder in die Wohnung kamen, fühlte sich Claudia etwas besser, Alex machte ihr einen Platz auf der Bank frei und brachte ihr einen Polster und eine Decke. Die Suppe musste sie jetzt essen und um acht Uhr ging es Claudia wesentlich besser. Alex setzte sich neben sie und unterhielt sie mit lustigen Geschichten, sie musste lachen. Wie sie ihn so anschaut, spürte sie ein starkes Verlangen, diesen Mann zu küssen, sie wollte geliebt werden, denn sie spürte genau, dass Alex sie wollte, und er für sie da war. Warum hinter einem Mann her trauern, der sie nie geliebt hat. Marco war auch bei Anny und sie konnte sich schon ausdenken, was sie treiben. Warum sollte sie das mit Alex nicht auch tun. Er wollte sie, und sie wollte ihn dann schließlich auch.

Claudia sah Alex an, und entdeckte einen liebenswerten Menschen, ein schönes Lächeln, einen gut aussehenden gepflegten Mann. Sie streckte ihre Hand aus und streichelte ihm den Oberschenkel, sah ihn dabei an und ihre Augen sprachen zu ihm, „worauf wartest du, nimm mich endlich in deine Arme und küss mich“, das war ihr Blick, der zu Alex sprach. „Claudia... Was tust du?“ Alex, hast du Gefühle für mich?“ Er schaute sie überrascht an und dachte, „ist das jetzt nur die Verzweiflung, oder will sie mich wirklich.“ „Claudia ich will dich schon lange, aber ich will deine Gefühle nicht verletzen, du bist noch sehr verletzlich und verzweifelt. Ich habe noch Zeit, warten wir noch ab.“ Claudia war sehr erfreut, das von ihm zu hören, denn das zeigte ihr, dass sie Alex nicht gleichgültig ist. Sie vergaß Marco für kurze Zeit und sagte spontan: „Ich will nicht warten, ich will dich jetzt!“ Alex dachte, „warum nicht, ich bin schließlich ein Mann, in meine Adern fließt Blut“.

Er nahm ihre Hand, zog sie zu sich und küsste sie, der erste Kuss schmeckte ein wenig nach Alkohol. Aber Alex wusste, dass sie nicht regelmäßig trinken würde, dieser Geschmack bald vorbei sein würde und er Claudia für immer bekommt. Bald wurde es sehr heiß zwischen ihnen, sie liebten sich gleich auf der Eckbank. Auf Niko hatten sie keine Rücksicht genommen, der schaute sie an und wusste nicht, was da los war, denn Claudia gab so komische Töne von sich und der Mann stöhnte auch mit. Niko stand da und schaute unverständlich.

Claudia dachte nur an Revanche, denn sie dachte, was Marco kann, kann ich auch, sie stellte sich ständig Marco und Anny vor, wie sie es miteinander treiben würden, und machte dasselbe mit Alex. Alex war begeistert, sie war super im Bett und er dachte, dass sie aus Leidenschaft so gut war, wusste aber nicht, dass dies nur die Rache an Marco ist. Claudia wollte Marco vergessen und öffnete sich zu sehr für Alex, sie war schon verliebt in ihm, und wusste noch nichts davon. Alex hatte sich schon beim ersten Blick in Claudia verliebt, dass er jedoch so gute Karten in so kurzer Zeit bei ihr hatte, wusste Alex nicht und um so schöner war sein Erfolg, als er mit ihr geschlafen hat. Claudia war nüchtern, Alex blieb bei ihr, sie hatten eine sehr erotische Nacht miteinander verbracht.

Anny und Marco fuhren in das Hotel, wo Marco ein Zimmer gemietet hatte, sie holten seine Sachen und waren dann miteinander Essen. Jeder, der die beiden angeschaut hatte, jeder schaute ihnen hinterher, weil sie so ein glückliches Paar abgaben. Sie waren so glücklich, so verliebt ineinander, dass sie es nicht verbergen konnten, sie wollten es auch nicht mehr verbergen und am liebsten würden sie es aus ihnen rausschreien und der ganzen Welt sagen – „Wir lieben uns, wir sind glücklich!!!!!“ und sie wünschten sich, dass jeder so glücklich und verliebt ineinander ist wie sie es sind, denn es gibt nicht schöneres als die Liebe. Nichts kann einen Menschen glücklicher machen als die wahre Liebe. Kein Geld, kein Reichtum kann dieses Gefühl der Verliebten überbieten, noch dazu, wenn es in Erfüllung geht und die Seelen sich berühren.

Marco wusste, dass er Claudia Hals über Kopf verlassen hatte, und es tat ihm sehr leid. Er wusste nicht, dass sie einen guten Seelentröster hatte. Ab und zu dachte er an Claudia, wie einsam und alleine sie zu Hause sitzt und weint, aber Marco konnte nicht anders als bei Anny zu sein, sie war so wichtig für ihn wie die Luft, die er zum Atmen brauchte. Keine Minute wollte Marco mehr ohne Anny sein, nur bei ihr hatte er das Gefühl, zu Hause zu sein. Wie ein Reisender, der das Ziel jahrelang suchte und endlich sein Ziel müde und erschöpft erreicht hatte, wollte er nie wieder herumirren. Nie hatte Anny geglaubt, dass so eine Liebe existiert. Sie hatte immer nur ein Ziel, nämlich zu studieren, eine Tierärztin zu werden und ein gesichertes Leben zu führen, irgendwann eine

Familie zu gründen.

Das sie sich eines Tages Hals über Kopf in Marco verlieben würde und bereit wäre, alles was sie bis jetzt erreicht hatte aufzugeben, hatte sie nie in ihrem Leben gedacht. Sie würde für diese Liebe zu Fuß auf den Mond gehen, wenn jemand das von ihr verlangen würde, so stark war diese Liebe, so stark, dass sie vor lauter Glück öfters weinen musste.

Es war schon spät am Abend, Marco betrachtet die Wohnung von Anny und bewundert sie. „Deine Wohnung ist wie in einem Einrichtungshaus, alles passt perfekt zusammen, sogar die Urne hier. Ist das Maxi, von dem du mir erzählt hast Anny?“ Anny schaute Marco traurig an und sagte: „Ja, das ist ein Teil meines Lebens, der da drinnen verbrannt liegt.“ Die Tränen sammelten sich in ihren Augen, während sie den Blick von Marco verbarg. „Ach meine Liebste“, nahm Marco sie fest an sich und küsste sie auf die Stirn. Anny konnte ihre Tränen nicht mehr halten und weinte. „Ich habe ihn so sehr geliebt, er war so frech und eigensinnig, aber genau das habe ich an meinem Maxi geliebt. Über ein Jahr ist das jetzt her, aber für mich ist es, als wäre es gestern gewesen. Ich habe noch meine anderen Babys, aber Maxi wird immer ein Teil meines Lebens sein.“

Marco hielt sie fest und wischte ihr die Tränen vom Gesicht. „Er war sehr schön. Weißt du Anny, ich glaube, dass der Tod nicht endgültig ist, dass nach dem Tod doch ein anderes Leben existiert und das wir weiterleben, nur anders als in diesem Leben, eine andere Dimension, glaubst du auch daran?“ Sie sah ihn an und war froh, dass von Marco zu hören, denn sie glaubte auch an das Leben nach dem Tod und fragte: „Meinst du, dass es ein Leben nach dem Tod gibt?“ Marco antwortete überzeugt: „Ja ich glaube fest daran, ich glaube, dass Maxi lebt. Aber nur dort, wo wir erst nach unserem Tod hinkommen werden, und meine Eltern passen auf Maxi auf, bis wir kommen.“ Sie sah ihn an und dachte, „lieber Gott, womit habe ich dieses Wesen verdient, er denkt so wie ich, er liebt mich so wie ich ihn, ist er denn mit mir seelisch verwandt, hast du ihn zu mir geschickt? Wenn das so ist, dann danke, danke dir lieber Gott, ich verspreche dir, dass ich ihn nie verletzen werde, dass ich ihn immer lieben werde, und wir werden für diese Welt etwas Gutes tun.“

Anny sah ihn so verliebt an und sagte: „Ich liebe dich so sehr Marco.“ Sie küssten sich wieder und schon war es wieder da, die Lust, die nicht gestillt werden konnte, die Lust, miteinander zu verschmelzen, einander alles zu geben, dieses Feuer in ihnen zu löschen, in der Seele von den anderen einzutauchen und nie wieder aufzutauchen. Sie liebten sich das zehnte Mal seit der Weihnachtsfeier und das war nicht genug, die ganze Nacht suchten sie nach einander und küssten sich im Schlaf.

Montag in der Früh begann wieder ein ganz normaler Arbeitstag. Anny und Marco waren nicht so richtig ausgeschlafen, dafür aber glücklich. Das erste, das Anny sah, als sie die Augen öffnete, weil ihr Wecker läutete und sie in die Praxis musste, war ihr Märchenprinz neben ihr. Er schläft so friedlich, sogar im Schlaf sah er gut aus. Ihr Herz war voller Freunde, als sie Marco erblickte, sie küsste ihn zum tausendsten Mal und weckte ihn vorsichtig mit ihren Küssen auf. „Liebster... Marco..." Er machte die Augen auf, blickte sie an und lächelt. „Anny... Meine Anny... du bist schon munter?" „Ja Liebster, wir müssen heute arbeiten, ich mache uns Kaffee und dann stehst du auf, okay?" „Kaffee... eine gute Idee, aber ich gehe zuerst ins Bad, dann trinke ich Kaffee, einverstanden?"

Anny streichelte ihm über sein Gesicht, mit ihren Finger berührte sie seine vollen Lippen. „Okay, wenn du etwas brauchst, dann rufe nach mir", sagte sie und verschwand in der Küche. Hinter ihr ihre Kater, die ihr Futter wollen, sie nahm einen nach dem anderen in die Arme, verteilte jedem von ihnen einen Kuss und ihr Futter. Als sie das Frühstück fertig vorbereitete, kam Marco in die Küche hinein. Als erstes nahm er sie wieder in die Arme und sie küssten sich wieder, sie lacht und meint: „Hast du immer noch Lust?" Marco lacht und sagt: „Ich könnte Tag und Nacht mit dir, kein Wunder, so sexy und erotisch wie du ausschaust. Außerdem habe ich lange auf dich gewartet, es hat sich einiges in mir aufgebaut und du musst dich daran gewöhnen, meine schöne Anny, denn ich liebe dich!" Anny steckte ihre Finger in seine Haare und küsste ihn. „Ich habe auch lange auf dich gewartet, mein geliebter Marco, du kannst mich haben, wann immer du willst!"

Marco hatte wieder Lust mit ihr zu schlafen. „Ja ich will dich jetzt!" Anny lacht herzlich und meint: „Liebster, wir müssen auch arbeiten!" Marco war etwas enttäuscht. „Schade, aber am Abend gehörst du mir ganz alleine!" Anny lacht immer noch. „Ja! Nur dir Liebster, unser ganzes Leben lang!" Marco sah sie so verliebt an und fragte: „Versprichst du mir das, versprichst du mir, dass du mich immer lieben wirst und mich nie verlassen wirst, dass du immer mit mir aufwachst, und nur mich lieben wirst, so lange du lebst. Denn ich verspreche es dir, dass mein Herz nur dir ganz alleine gehört, und keine Frau auf dieser Welt deinen Platz einnehmen wird, so lange ich lebe. Bist du auch bereit, mir das Versprechen zu geben, meine schönste Anny?"

Sie sah seine Augen an, die voller Liebe und Ehrlichkeit waren, ihr Herz war voller Freude und Stolz. Sie war bereit, bereit für die größte Liebe ihres Lebens. „Ja, ich werde dich immer lieben, nur dich, ich will dich immer bei mir haben, von heute an bis zu unserem Tod, mein liebster Marco!" Und die Liebe war schon so groß, dass sie es nicht aushalten konnten, durch die Küsse kamen sie erneut in Flammen, und es passierte wieder. Nachher mussten sie sich beeilen, denn sie waren spät dran und Anny sagte zu Marco: „Weißt du Liebster, es wäre besser, du fährst mich in die Praxis, nimmst dir mein Auto, holst Niko und deine Sachen zu mir in die Wohnung. Am Abend bekommst du einen Schrank für deine Garderobe, und Niko bringst du in die Praxis. Ich weiß nicht, wie er sich mit meinen Katzen vertragen wird." Marco hielt das für eine gute Idee, das einzige war, dass er Claudia nicht unbedingt begegnen wollte, aber da heute Montag ist und sie arbeiten muss, war es möglich, dass sie nicht zu Hause ist.

Er brachte Anny in die Praxis, nahm ihr Auto und fuhr zur Wohnung, um seine restlichen Sachen zu holen. Es war nicht weit von der Praxis. Marco hatte noch einen Schlüssel von der Wohnung und weil er glaubte, dass Claudia in der Arbeit ist, sperrte er die Wohnungstüre auf. Als Niko ihn mit lautem Bellen begrüßte und Marco Niko in die Arme nahm, stand auf einmal ein fremder Mann vor ihm. Marco schaute ihm an und fragte: „Wer sind sie?" Alex sah ihn etwas geschockt an, denn mit Marcos Besuch hatte er nicht gerechnet, aber nach der Begrüßung von Niko nach und der Beschreibung von Claudia konnte dies nur Claudias Mann sein. Alex streckte ihm die Hand entgegen und sagte: „Ich bin Alex, sie sind sicher Claudias Ex-Mann!"

Marco betrachte ihn von unten nach oben, er stand in Unterhosen vor ihm und dachte, gar nicht so schlecht, Claudia ist nicht alleine. Marco streckte ihm die Hand entgegen und begrüßte ihn mit einem Lachen. „Freut mich, ich bin Marco!" Kaum ausgesprochen, kam Claudia etwas verschlafen aus dem Schlafzimmer raus. „Marco!!! Was... Wo... was tust du hier!?" Marco lacht und fragt: „Warum? Störe ich?" Sie wollte zuerst unhöflich sein, dann schaute sie Alex an, der nur in Unterhosen zwischen ihnen stand und dann überlegte sie, etwas höflicher zu sein. „Nein, du störst nicht, willst du deine Sachen holen?" Marco antwortete: „Ja, deswegen bin ich hier, ich hole meine Sachen und werde Niko mitnehmen, lasst euch von mir nicht stören."

Claudia packte wieder die Eifersucht. „Ziehst du schon zu ihr!?" Marco drehte sich zu ihr und dachte, „so eine Verlogene, tut so, als ob es ihr etwas ausmacht, hat aber einen Neuen am selben Tag gefunden, jetzt werde ich sie nicht mehr schonen, sie soll wissen, das ich Anny liebe". „Ja Claudia, ich ziehe zu Anny in ihre Wohnung, und werde mit ihr Leben!" Sie wurde wütend. „Verdammtes Arschloch, du hast das schon lange geplant!!!" Marco antwortete: „Nein Claudia, ich habe das nicht geplant, es ist einfach passiert, wir lieben uns, das ist alles!“ „Du kannst nicht lieben, du bist zu dumm Marco, du bist ein verdammter Egoist. Die wird das schon sehen, wenn sie nach einem Monat keinen Sex mehr von dir bekommt, so wie ich. Ich musste betteln, dass du mit mir schläfst, und ihr wird es genau so gehen wie mir!!!“ Marco dachte, „Jetzt werde ich ihr die Wahrheit sagen, sie soll wissen, das wird ihr nichts ausmachen“. „Dich habe ich nie wirklich geliebt, sie ist die wahre Liebe meines Lebens, mit Anny will ich sterben, du kannst nie so sein wie sie Claudia, du hast nicht einmal ein Herz für die Tiere, du bist hier der Egoist!“ Claudia bekam einen Weinkrampf und schrie ihn an: „Verschwinde aus meiner Wohnung, ich will dich nie wieder sehen, gehe zu deiner Hure, die du liebst!!!“ Marco dachte, „warum benimmt sie sich so, sie hat doch diesen Alexander, hat er sie denn nicht befriedigt, wie ich das sehe, muss er doch mit ihr geschlafen haben, was will sie von mir“. „Kannst du bitte deine Freundin zurückhalten, ich will doch nur meine Sachen holen, dann bin ich weg für immer“, sagte Marco zu Alex.

Alex nahm Claudia in die Arme und beruhigte sie: „Bitte Claudia, lass ihn gehen, es hat doch keinen Sinn, wenn ihr euch streitet, ihr seid doch erwachsene Menschen. Dass ihr euch scheiden lasst, das ist doch nicht Neues, und außerdem hast du mich. Du weißt doch, ich bin für dich da!“ Claudia sah Alex an und dachte, „Ja ich habe meinen Alexander, der wird mich beschützen, und er liebt mich, Marco war nie wirklich für mich da, ihm war ich nur eine Last, er hat jetzt eine Tierärztin, die ist reicher als ich, ich habe keinen Reichtum, er soll gehen“. Sie beruhigte sich und wartete ab, bis Marco seine Sachen packte.

Als Marco fertig geworden ist, kam er noch einmal ins Wohnzimmer, um ihr zu sagen, dass er fertig ist. „Claudia, ich glaube, dass ich alles habe, wenn ich etwas vergessen habe, darf ich es mir holen, den Schlüssel lasse ich dir da. Ich darf dich doch anrufen, oder haben sie etwas dagegen Alexander?“ Alex sah ihn an und verstand Claudias Verzweiflung, denn sogar er als Mann fand Marco verführerisch und war neugierig, wer die Frau ist, die sein Herz eroberte. Wenn Claudia das nicht geschafft hatte, sein Herz zu erobern, wie schaut die andere Frau dann aus, die es geschafft hat. Marco machte kein Geheimnis daraus, und in seinem Gesichtsausdruck konnte Alex lesen, wie glücklich und verliebt Marco war. Alex war Marco nicht böse deswegen, denn er bekam seine Frau und er antwortete: „Sie können jederzeit kommen, ich bin nicht böse“, und schaute Claudia an. „Stimmt doch Claudia, Marco kann doch jederzeit seine Sachen holen?“ Sie sah Marco an und in seinen Augen sah sie, wie verliebt er war, die Augen strahlten und waren klar wie Wasser. Sie schaute Alex an, der sie verliebt angeschaut hat, und dachte, „ich bin doch auch in Alex verliebt, vielleicht ist es besser so, er soll gehen", obwohl ihr das Herz weh getan hat. Aber sie konnte nichts daran ändern, denn sie wird Marco nie mehr bekommen. Es ist besser, ihn öfters zu sehen als im Streit mit ihm auseinander zu gehen. „Entschuldige Marco, ich wollte dich nicht verletzen, du kannst jederzeit deine Sachen holen, wann immer du willst. Ich habe jetzt Alex, der wird auf mich aufpassen. Du kannst ruhig zu ihr gehen, mach dir keine Sorgen um mich, ich werde dich nur noch wegen der Scheidung anrufen." Sie stand auf und gab Niko einen Kuss. „Pass mir auf ihn auf", sagte sie noch traurig.

Alex begleitet Marco zu Türe hinaus. Als Marco schon am Gang stand, dreht er sich noch einmal zu Alex und sagte: „Passen sie bitte auf sie auf, ich bin froh, dass sie bei ihr sind, dass sie nicht alleine ist, aber sie als Mann müssen das verstehen. Ich liebe Anny und kann ohne sie nicht sein, ich muss gehen." Alex klopfte ihm auf die Schulter und lachte. „Machen sie sich keine Sorgen, sie ist in guten Händen und was die Liebe zu ihrer Anny betrifft, ich verstehe sehr gut wie das ist, wenn sich ein Mann verliebt. Ich habe das am eigenen Leib erfahren. Ich habe auch von heute auf morgen meine Familie wegen einer Frau verlassen, und da waren auch Kinder in Spiel. Bei ihnen ist es leichter, sie haben keine Kinder, ich wünsche ihnen viel Glück mit ihrer Anny und keine Sorgen, auf Claudia passe ich auf." Marco schaute Alex an und bedankte sich. Keine Spur von Eifersucht, im Gegenteil, er war froh, dass Claudia jemanden gefunden hat und nicht alleine ist.

Es wäre Marco schwer gefallen, sie traurig und mit gebrochenem Herzen zurückzulassen. Aber Gott sei Dank war das nicht der Fall und sie hatte Alex bei sich. Ein großer Stein, der Marco sehr belastet hatte, ist ihm von der Seele gefallen. Sie war in guten Händen und nicht alleine, dachte Marco, während er Niko in die Praxis brachte und Anny einen Kuss gab, den Sabine, die gerade in das Zimmer kam, sah und einen Freudenschrei ausstieß. „Na endlich!!!" Anny und Marco sahen sie erschrocken an. „Was ist?", fragte Marco. Sabine lacht und meint: „Ich habe schon lange darauf gewartet, das zu sehen. Ich wusste, dass das irgendwann passieren wird!" Marco wusste immer noch nicht, um was es geht, und fragte wieder: „Was passieren wird? Worauf wartest du Sabine!?" Sie lacht erfreut und sagt: „Das ihr euch endlich küsst, ich habe doch gewusst, dass ihr Gefühle für einander habt, und ich muss das hier loswerden, ihr seid ein Traumpaar!!!"

Marco verstand, was Sabine sagen will und lachte, er stellte sein Kopf neben Annys Kopf und fragt: „Stimmt's? Wir passen doch super zusammen?" Sabine antwortet mit sicherer Stimme: „Wie ich euch gesagt habe, ein Traumpaar."

Marco küsste Anny wieder leidenschaftlich, Sabine merkte das Knistern zwischen den Beiden und verließ den Raum etwas beschämt. Als nächstes kam Daniel herein und sah, wie sich Marco und Anny küssen. „Entschuldigung", sagte Daniel und wollte wieder aus der Türe raus gehen, als er bemerkte, was da los war. Er drehte sich überrascht um und sagte: „Marco! Anny! Ich wusste es!" Beide schauten lachend Daniel an und Marco fragte: „Überrascht?" Während Anny lachend den Blick von Daniel versteckt, lacht Daniel mit und sagt: „Es war nur eine Frage der Zeit, dass ihr euch küsst, es war nicht auszuhalten, wie verliebt ihr jeden Tag in die Praxis gekommen seid , aber es freut mich für euch, dass ihr endlich euren Gefühlen folgt und zueinander findet. Schön, das freut mich", sagte Daniel und verlies den Raum mit einem lachenden Gesicht.

Marco sagt zu Anny: „Schau Liebste, jeder freut sich für uns, außer Claudia, aber das ist verständlich." Anny fragt: „Wie ist es gelaufen, hat sie dir Probleme gemacht?" Marco antwortet entspannt: „Nein, Gott sei Dank hat sie einen neuen Lover bei sich gehabt, ich bin so froh, dass sie uns keine Probleme macht. Zu wissen, dass sie nicht alleine und traurig ist, das bedeutet mir sehr viel. Und dieser Alex scheint gut auf sie aufzupassen, ein ganz netter Mann." Anny schaute Marco überrascht an und fragt: „Macht es dir nichts aus, dass sie schon einen Neuen hat?" Marco schaute ihr in die Augen und nahm ihre Hände. „Anny, du kannst dir nicht vorstellen, wenn ich dir sage, dass ich Claudia nie wirklich geliebt habe. Das ich, bis ich dich getroffen habe, nicht gewusst habe, was Liebe wirklich ist, das ich nie wirklich geliebt habe, niemanden!"

Annys Herz schlug schneller, es war voller Freude. Das von Marco zu hören, hatte sie sich immer gewünscht, dass sie die Einzige, die Marco je geliebt hat, ist, brachte sie zum weinen, aber sie unterdrückte ihre Tränen und fragte: „Marco... ist das wirklich war, hast du nie eine andere Frau außer mir geliebt?" Marco schaute ihr in die Augen und mit einem ehrlichen Gesichtsausdruck sagte er: „Anny... Nie im Leben habe ich gedacht, dass so eine starke Liebe existiert, dass mein Herz vor Freude aus meiner Brust springt, wenn du den Raum betrittst, oder wenn ich dich angeschaut habe. Es war die schönste Zeit, zwei Monate mit dir zu arbeiten, dich anzuschauen, den Duft zu riechen, der einem Rosengarten ähnlich ist. Aber es brachte mich um, wenn ich ohne dich war, wenn ich dich nicht gesehen habe und dich nicht berühren dürfte, ich war wie krank. Ich liebe dich so sehr, dass ich bereit bin, für dich zu sterben. Du bist ein Geschenk Gottes, ich liebe nur dich, meine geliebte Anny, und werde immer nur dich lieben. Das weiß ich zu hundert Prozent, dass nur du mein Leben bereicherst und die größte Freude in meinem Leben bist, das musst du mir glauben."

Anny konnte ihre Tränen nicht mehr halten, sie umarmten sich und Anny weinte leise. Sie dachte, wie sehr sie Marco liebt und wie sehr sie gelitten hatte, als sie ihn nicht berühren durfte. Das die Liebe, die zwischen ihnen war, wirklich Gottes Geschenk ist und sie es nie aufs Spiel setzen dürfen. Sie flüsterte ihm ins Ohr: „Ich liebe dich mein Liebster." Marco bemerkte die weinende Stimme, und wischte ihr die Tränen vom Gesicht. „Weine nicht Liebste, sonst weine ich auch, und das schaut nicht sehr gut aus, wenn ein Mann weint". Seine Augen füllten sich auch mit Tränen, Marco konnte sie nicht mehr halten, und sie rannen aus seinen Augen. In diesem Moment kam Sabine wieder rein. „Ist was passiert, warum weint ihr?" fragte sie erschrocken.

Marco und Anny schämten sich und wischten die Tränen vom Gesicht. Anny antwortete: „Nur aus Glück Sabine, nur aus Glück!" Sabine dachte, „Gott! Ist das schön, sie lieben sich so sehr, dass sie aus Liebe weinen müssen, das ist sehr, sehr selten" und sie sagte: „Weint nur, das befreit die Seele, aber vergesst nicht auf unsere Patienten, die draußen warten." Anny dachte, „auf die habe ich fast vergessen", sie nahm Niko zu sich und Marco brachte seine Sachen in die Wohnung zu Anny. Danach kam Marco in die Praxis und sie fuhren später zusammen nach Hause, um Hund und Katzen miteinander bekannt zu machen. Das wird keine leichte Aufgabe sein.

Marco war schon draußen, als Claudia die Tierpraxis betrat, sie wollte unbedingt Anny sehen. Daheim fand sie keine Ruhe, nicht einmal Alex konnte sie davon abhalten, Anny einen Besuch abzustatten. Bei der Türe sah sie Sabine im Warteraum stehen, die gerade einen Hund raus brachte. Claudia sah die Frau, die dort stand und dachte, „Das ist sie! Wegen der hat er mich verlassen!" Sie dachte, Sabine wäre Anny. Sabine war eine durchschnittliche Frau, blond mit langen Haaren, sie trug einen weißen Mantel, also nichts Besonderes. Claudia wurde selbstbewusster, sie ging zu Sabine und fragte sie: „Sind sie Dr. Kristen?" Sabine drehte sich um und antwortete: „Nein, ich bin Sabine, die Tierarzthelferin, wollen sie mit Dr. Kristen reden?" Claudia sah sie etwas überrascht an und sagte: „Ja bitte, es ist dringend, ich kann nicht warten!" Sabine betrat den Raum, wo Anny gerade die Behandlung einer Katze durchführte und fragte: „Anny hast du Zeit, eine Dame will dich dringend sprechen. Sie scheint etwas wütend zu sein."

Anny dachte gleich an Claudia und sagte: „Sobald ich mit der Behandlung fertig bin, wie schaut sie aus Sabine?" „Wütend!", antwortete sie. Anny lacht. „Ja, das weiß ich, aber wie schaut sie denn wirklich aus, ist sie blond oder schwarz?“ „Sie ist blond, mittelgroß und schlank, sehr schlank!“ „Ich hole sie, wenn ich hier fertig bin“, sagte Anny. Draußen waren nicht sehr viele Leute, nur ein Herr mit einem Hund und eine Dame mit ihrem Hasen. Das kann auch Daniel erledigen, dachte Anny. Wie sie mit der Behandlung fertig geworden ist, schaute sie sich in den Spiegel. Sie muss doch gut ausschauen, wenn die Ex von Marco sie besuchen sollte. Sie machte die Ordinationstüre auf und schaute direkt Claudia an, die Anny gesehen hat und auf ihren Sitz picken geblieben ist.

Sabine sah, dass Anny Claudia mit ihrem Blick suchte, sie deutete mit der Hand auf Claudia. „Ja, das ist die Dame, die dich sprechen will.“ Claudia sah Anny und dachte, „Nein... das ist sie nicht, bitte lieber Gott, lass das nicht Anny sein, die ist... die ist viel zu schön, das ist sie nicht“, beruhigte sich Claudia selbst. Gleichzeitig wurde sie auch wütend, wie kann sie schöner sein als ich, sie geht wahrscheinlich mit jedem Mann, der einen Schwanz hat, ins Bett. Durch ihren Kopf gingen giftige Gedanken. Anny kam zu ihr und fragte: „Wollten sie mich sprechen?“ Claudia sah Anny von unten an, den Mund hatte sie dabei offen. Zuerst schluckt Claudia den Knödel, der ihr im Hals steckt, dann fragte sie: „Sind sie Anny,... Doktor Kristen?“

Anny lächelt und dachte, das muss Claudia sein, so wie sie Marco beschrieben hat. Anny steckte ihr die Hand entgegen und sagte. „Ich bin Anny, mit wem habe ich das Vergnügen?“ Claudia verlor den Respekt, den sie vorhin gehabt hat, die Eifersucht packte sie und sie sah Anny streng an. Die Hand gab sie ihr nicht, sie sagte: „Ach sie sind die, die meinen Mann fickt!“ Anny sah sie etwas beschämt an, denn da waren doch noch Leute, nicht viele, aber immerhin hörten die beiden Wartenden, was Claudia zu Anny sagte. Sie schauten Anny an, Anny sah sie an und zu Claudia sagte sie: „Fr. Domani! Ich bitte sie! Sie müssen schon aufpassen, was sie sagen. Kommen sie bitte in mein Büro!“ Claudia drehte sich zu den wartenden Personen und sagte: „Sie kennt meinen Namen, kein Wunder, sie teilt meinen Mann mit mir!“ Und sie begleitete Anny ins Büro. „Setzen sie sich, Fr. Domani!“

Claudia hat keine Ruhe zu sitzen, sie hat nie gedacht, dass Anny so eine schöne Frau ist, sie hat immer geglaubt, dass Marco wegen des Geldes und wegen ihres Titels eine Affäre mit Anny angefangen hat. Claudia dachte, dass sie diejenige war, die schön ist, aber als sie Anny sah, kam sie sich wie ein hässlicher Frosch vor. Aber das wollte sie nicht zeigen und umso größer wurde ihre Eifersucht auf Anny. Claudia wollte sie beleidigen und sagte: „ Also sie sind Anny, die meinen Mann vögelt!!!“ Anny sah sie streng an und sagte: „Was wollen sie Fr. Domani? Sie sind doch nicht gekommen, um mir das zu sagen, oder!?“ Claudia wollte sie verletzen und sagte: „Er wird sie nie lieben, so wie er mich geliebt hat. Ich bin diejenige, die ihn raus geworfen hat, er wollte mich nie verlassen, sie sind nur ein Spielzeug, das er nach einigen Wochen satt hat, wie alles bis jetzt. Ich kenne meinen Marco, er braucht ab und zu ein neues Spielzeug, sie sind nur ein Spielzeug für ihn, das hat er öfters gemacht."

Anny wusste das sie kein Spielzeug war, denn die Liebe, die sie bei Marco gespürt hat, war echt. Sie lachte und meint: „Ich weiß, wie sehr sie verletzt sind und wie ihnen zumute ist, das kann ich sehr gut verstehen und es tut mir leid, wirklich sehr leid, ich wollte sie nicht verletzen. Ich habe über einen Monat gegen die Gefühle, die ich für Marco habe, gekämpft. Aber das hat keinen Sinn gehabt, es war dasselbe, wie wenn ich gegen einen Sturm kämpfen würde." Claudia glaubte nicht, dass eine Tierärztin, die erfolgreich ist und so hübsch, für Marco so viel empfinden würde. Die kann doch jeden haben, warum gerade Marco, sie wollte nichts von Liebe wissen. „Bitte verschonen sie mich mit Liebe, Marco kann nicht lieben. Die Liebe, die mein Mann spürt, ist höchstens zwischen den Beinen. Marco ist Italiener, er will nur einen guten Fick und wenn er genug hat, dann kommt er zu mir zurück. Also wenn sie ein bisschen Stolz haben, dann schmeißen sie ihn raus, bevor er ihnen weh tut!"

Anny wusste, dass aus ihr die Eifersucht spricht und sagte: „Sie täuschen sich gewaltig, Marco liebt mich und ich liebe ihn, für sie tut es mir leid, und ich kann sie gut verstehen. Aber bitte verstehen sie uns auch. Wir lieben uns, das ist sicher, ich bin doch nicht von gestern. Marco ist nicht der erste Mann, den ich habe, ich liebe ihn Claudia und er liebt mich, bitte verstehen sie das. Je schneller sie die Situation begreifen, desto schneller werden sie Marco loslassen können, zwischen uns ist es sehr ernst!" Claudia sah, dass sie so nichts ausrichten konnte und fing mit der Mitleidsmasche an. „Dieser Mistkerl!!! Er wollte mit mir leben, wir haben einen Kredit für die Wohnung und die Einrichtung aufgenommen, wie soll ich jetzt das alles bezahlen? Ich habe nicht einmal Eltern, die mir helfen würden in so einer Situation, wie soll ich alleine das alles bezahlen!!!"

Anny sah sie an, sie tat ihr leid und sie sagte noch einmal: „Bitte Claudia, setzen sie sich, wir werden eine Lösung finden. Ich bin auch an ihrer Situation schuld, und ich werde ihnen helfen. Wie viel Schulden haben sie denn?" Claudia sagte weinend die Summe, die sie der Bank schulden. Anny hatte Geld, und es bedeutete ihr nicht viel. Dass Claudia mit Schulden übrig bleibt, wollte sie auch nicht und deswegen fragte sie Claudia, ob sie einverstanden wäre, ihr die Schulden zu begleichen, was Claudia wiederum freute, denn sie dachte,

„wenn sie meinen Mann genommen hat, soll sie doch die Schulden auch übernehmen." Anny fand, dass die Schulden von Claudia und Marco nicht sehr hoch waren, sie hatte zehnmal so viel Geld auf dem Sparbuch. Claudia beruhigte sich, in ihrem tiefsten Inneren war ihr Anny sogar sympathisch. Jetzt hatte sie auch Marco verstanden, dass er sich in Anny verliebt hatte, würde sie auch, wenn sie ein Mann wäre, denn Anny war großzügig, gutherzig, hübsch und dazu noch reich. Sie redeten dann ganz normal miteinander.

Als Marco zurück kam, war Claudia nicht mehr da. Anny erzählte Marco, dass seine Frau sie besucht hatte, und dass sie dann ganz normal miteinander gesprochen haben. Marco wollte so schnell wie möglich die Scheidung, aber Anny sagte zu ihm: „Wir haben schon darüber gesprochen, sie will selber die Scheidung haben und sie wird nächste Woche die einvernehmliche Scheidung einreichen. Die Schulden, die ihr gemeinsam habt, werde ich begleichen. Sie tut mir sehr leid, ich wäre auch unglücklich, wenn ich dich verlieren würde." Marco küsste sie und sagt: „Du bist ein besonders guter Mensch, meine liebste Anny. Sogar meine Ex-Frau tut dir leid, aber das kannst du nicht machen. Ich will nicht, dass du die Schulden bezahlst. Wie schaut das aus, wenn das jemand hört, wird er glauben, dass ich dich nur ausnützen will. Bitte Anny, tu das nicht", sagte Marco ernsthaft.

Anny hatte das von Marco erwartet, sie schaut ihn liebevoll an und sagte: „Wenn du mich liebst, dann lässt du mich eure Schulden begleichen. Was habe ich davon, wenn ich Geld besitze und du neben mir unglücklich bist, weil du Schulden hast. Immerhin bin ich auch dafür verantwortlich, dass ihr euch scheiden lässt und wenn ich dir etwas bedeute, dann lass mich in dein Leben hinein. Ich will alles mit dir teilen, auch deine Probleme." Marco sah den Gesichtsausdruck von Anny und wusste, dass sie es wirklich so meinte, wie sie es sagte. „Was für ein Herz hast du, du bist nicht von dieser Welt, zeige mir deine Flügel, wo hast du sie versteckt, du bist ein Engel, wo sind sie, zeige sie mir?" Er kitzelte sie, sie lacht herzlich, sie spielen miteinander wie kleine glückliche Kinder.

Bald haben alle erfahren, dass Marco bei Anny wohnt. Die Eltern von Anny wollten Marco unbedingt kennenlernen und haben die Beiden zum Weihnachtsessen eingeladen, wo auch ihr Bruder Felix und seine Freundin Susanne eingeladen sind. Auch Patrick und seine Freundin sollten kommen und Sandra als beste Freundin von Anny muss auch teilnehmen. Aber auf Marco haben sie sich am meistens gefreut. Niko, Tommy, Felix und Benjamin sind auch schon Freunde geworden. Anny und Marco konnten es nicht glauben, dass Niko sich so schnell an die Katzen gewöhnen wird. Bald machte

Niko den Katzen alles nach, sogar das Katzenklo benutzt er mit. Marco hätte nie gedacht, dass sein Leben mit Anny in so kurzer Zeit so harmonisch wird, und dass sein Leben erst dann begann, als sie sich kannten. Alles stimmte bei Anny und Marco, sie sind ein Herz und eine Seele.

Claudia und Alexander wohnten zusammen, seit dem Tag als Marco sie verlassen hat. Alex ist nur mehr nach Hause gegangen, um seine notwendigsten Sachen zu holen. Claudia liebt Marco immer noch, aber es blieb ihr nichts anderes übrig, als sich mit ihrem Schicksal zu versöhnen und ihn gehen zu lassen. Sie wollte keine Ehe aus Mitleid und reichte die Scheidung ein.

Der Heilige Abend war schon da und Anny hatte eine besondere Überraschung für Marco, weil er aus Italien kommt. Da er seit über einem Jahr seine Großeltern nicht mehr gesehen hat, wollte Anny ihn mit einer Woche Urlaub in der Toskana ganz in der Nähe von seinem Geburtsort überraschen, sie buchte in einer zum Hotel umgebauten, für die Toskana typischen, Burg und der Urlaub soll gleich nach den Weihnachtsfeiertagen stattfinden. Das alles zu organisieren, ohne das Marco etwas davon erfährt, war nicht einfach, denn er wollte jede freie Minute bei ihr sein. Unter der Woche war ihr Bruder Felix und seine Verlobte Susanne bereit, bei den Katzen und dem Hund zu schlafen, denn Anny konnte sie nicht alleine lassen, das wusste ihr Bruder Felix. Immer wenn Anny weggefahren ist, war Felix bei den Katzen so lange in ihrer Wohnung, bis sie vom Urlaub zurück gekommen ist. Am Heiligen Abend war die Tierklinik geschlossen, nur in dringenden Fällen waren Daniel und Sabine in der Weihnachtszeit zu erreichen.

Marco brachte den Weihnachtsbaum, Anny holte den Weihnachtsschmuck und bei Weihnachtsmusik schmückten sie den Baum, sie singen dabei und alle fünf Minuten küssten sie sich. Auch die Katzen hatten ihre Freude daran, sie fanden die Weihnachtskugeln sehr anziehend und spielten damit. Niko jagte die Katzen durch die Wohnung, weil Anny mit den Katzen schimpfte, er wollte helfen und beschützte den Schmuck vor den Katzen, die auf Niko keine Rücksicht nahmen und ihn provozierten. Anny und Marco hatten schon lange nicht so viel Spaß wie an diesem Tag, nicht nur, dass sie so glücklich miteinander sind, auch die Katzen und der Hund fühlten die Harmonie und die Zufriedenheit in der Wohnung. Als Marco Claudia verlassen hatte, wusste er zu diesem Zeitpunkt nicht, wie schnell er sein altes Leben vergessen wird und sich an sein neues Leben gewöhnen wird. Mit Claudia hatte Marco kein schlechtes Leben gehabt, in seiner Ehe mit ihr fehlte jedoch immer etwas, aber er wusste nicht, was das war. Jetzt weiß Marco, was ihm immer gefehlt hatte, die Liebe, die bedingungslose Liebe, die vollkommene Liebe. Jetzt weiß Marco, was es war, und er hat sein Glück gefunden, seine geliebte Anny war alles in seinen Leben. Manches Mal sah Marco sie an und dachte: „Wie kann mir so etwas passieren, womit habe ich diese wunderbare Frau verdient? Ich war nie besonders nett zu anderen Menschen, ich habe vielen Frauen das Herz gebrochen, und Claudia habe ich am meisten weh getan, muss es da nicht so sein, das ich deswegen leide? Stattdessen bekomme ich die schönste, die klügste, die gutmütigste Frau auf der Welt.“

Marco bekam oft Angst, Angst dass ihm nicht etwas Schlimmes erwarten könnte, denn so viel Glück zu spüren kann doch nicht normal sein, irgendwo in seinem Hinterkopf war immer ein kleiner Zweifel da, aber der richtet sich nicht gegen Anny. Marco glaubte, das Gott ihm eine Falle gestellt hatte, er konnte es sich nicht erklären auch nicht beschreiben, aber er spürte eine gewisse Angst, die in ihm lauerte, die ihm sagte: „Gib acht, das ist nur eine Falle, es gibt auf dieser Welt kein Glück.“ Aber das, was er im Moment spürt, ist das pure Glück, auch die Liebe von Anny war echt, sie zeigte ihm jeden Tag, wie sehr sie ihn liebt. Was kann das sein, was sein Glück bedroht, was will im seine innere Stimme sagt? Es gibt kein Anzeichen dafür, dass sein Glück in Gefahr sei, dennoch empfindet Marco eine Angst, die ihm die Luft zum atmen raubte, wenn er nur daran dachte, Anny zu verlieren.

Marco hatte Anny die Türe zu seiner Seele zu weit aufgemacht, sie hat sich dort einen ganz besonderen Platz ausgesucht, kein Mensch wird jemals diesen Platz einnehmen können. Nicht einmal seine Kinder, die er mit Anny bekommen wird, können diesen Platz einnehmen und das machte ihm Angst, das ist die Angst, die ihm sagte: „Du bist abhängig, abhängig von einem Menschen, ohne Anny kannst du nicht mehr leben!“ Anny empfindet genau dasselbe für Marco, ihr Leben hatte keinen Sinn ohne ihn, die Liebe die sie für ihn empfindet, machte Anny genau so viel Angst wie Marco, doch sie redeten nicht darüber, nur die Küsse sagten einander, wie sehr sie von einander abhängig sind.

Er überlegte schon lange, was er ihr zu Weihnachten schenken kann. Bevor er mit Anny etwas hatte, zerbrach er sich schon den Kopf darüber, was man so einer Frau, die alles hat, schenken könnte. Schmuck hatte sie genug, und außerdem war Anny keine Frau, die sich mit viel schmückte, auch ihr Garderobenraum platzte aus allen Nähten, so voll war er. Marco dachte an ganz etwas Besonderes und überlegte, ihr einen Heiratsantrag zu machen, denn obwohl er noch mit Claudia verheiratet war, ist das kein Hindernis, nach der Scheidung Anny zu heiraten, denn Claudia wollte in die Scheidung einwilligen. Marco besorgte einen Verlobungsring mit kleinen Brillanten, er war nicht sehr teuer, aber er kam von ganzem Herzen und aus tiefster Seele, Marco wollte sie mehr als alles auf der Welt, und das war nicht ihr Reichtum, auch nicht Annys Geld, es war die Liebe. Und wenn sie in einem einzigen Raum oder auch unter einer Brücke leben würden, beide sehr arm wären, selbst dann wollte er sie heiraten und Kinder mit ihr haben, es war egal, wer sie war und was sie hat, wichtig ist nur, dass er sie über alles liebte.

Draußen war es kalt, die Dämmerung kam und die Lichter gingen eines nach dem anderen an, denn sie hatten einen Blick über Wien von der Wohnung aus gehabt. Gemütliche Weihnachtsstille war in ihren Herzen, noch nie hatte Marco und Anny so intensiv das Glück gespürt wie an diesen Tag. Im Kamin prasselte ein gemütliches Feuer, neben dem Kamin der große, gold-rot geschmückte Weihnachtsbaum, darunter die Geschenke, die von Katzen und Hund bewacht werden. Anny und Marco standen in der Küche, sie bereiten das Essen für Heilig Abend vor, es war keiner eingeladen, nur sie und die liebsten Tiere, die sie hatten. Sie wollten an diesem besonderen Abend ganz alleine sein.

Als sie fertig mit dem Essen waren, wollten sie sich endlich beschenken und Anny nahm ein Kuvert, das unter dem Weihnachtsbaum lag, in ihren Augen ein besonderer Glanz, auf ihren Lippen ein Lächeln, sie schaute Marco in die Augen und sagte: „Frohe Weihnachten mein Liebster, das ist für dich, ich hoffe das du damit Freude hast!" Marco nahm neugierig das Kuvert, gab Anny einen Kuss und öffnete es, sein Mund ist offen geblieben: „Anny... Das... das ist doch...". Anny lachte erfreut. Marco war so überrascht, dass er kein Wort richtig aussprechen konnte. „Liebste!!! Du bist doch... ein Urlaub in meinem Heimatort, die Überraschung ist dir wirklich gelungen Anny, wann fahren wir weg?" Marco stand auf und bevor ihm Anny die Antwort geben konnte, nahm er sie fest an sich und küsste sie ganz leidenschaftlich. „Danke!", sagte er mit Tränen in den Augen.

Marco dachte an seine alten Großeltern, die er schon fast ein Jahr nicht gesehen hatte, und sah ihre überraschten Gesichter vor sich. Anny sagte: „Ja mein geliebter Marco, wir fahren am 26. weg. Eine Woche werden wir dort sein, für die Katzen und Hund habe ich auch gesorgt, mein Bruder Felix und Susanne kommen zu uns und du kannst endlich deine Großeltern besuchen, und ich habe die Gelegenheit, deine Familie und deinen Geburtsort zu sehen. Marco nahm sein Geschenk unter dem Weihnachtsbaum, das er für Anny elegant verpacken lassen hatte, es war nicht groß, nur ein kleine Schachtel.

Anny schaute die Schachtel etwas fragend an, sie dachte, dass sich eine Kette oder eine Uhr darin befindet, nie war sie auf die Idee gekommen, was sich in Wirklichkeit darin befindet.

Mit strahlendem, aber schüchternem Blick brachte Marco ihr die Schachtel, setzte sich neben Anny auf das Sofa und nahm ihre Hand. „Liebste Anny... ich... ich habe sehr gründlich über dieses Geschenk nachgedacht, ich weiß ganz genau was ich will, ich will dich, ich will mit dir leben, mit dir Kinder haben, ein Haus im Grünen, viele Tiere, ich will dich glücklich machen, jeden Tag meines Lebens möchte ich dir schenken. Ich weiß, dass es der schnellste Entschluss auf der Welt ist, ich weiß auch, dass ich noch verheiratet bin, aber trotz allem will ich nur dich, das ist sicher, du weißt es. Ich habe dir schon einmal gesagt, du bist die einzige Frau, in die ich mich verlieben konnte, nur du hast meine Seele erobert, ich liebe nur dich und glaube mir, ich meine es sehr ernst mit dir. Ich weiß, dass du mich auch liebst, was hindert uns daran, für immer zusammen zu bleiben, Anny... willst du meine Frau werden?“

In Annys Augen sammelten sich die Tränen, als Marco ihr diese Frage gestellt hatte, konnte sie sie nicht mehr halten, sie flossen aus ihren Augen wie Wassertropfen, ihr Herz zersprang vor Glück und nie hätte sie gedacht, dass sie ein so einfacher Heiratsantrag zum Weinen bringen würde. Sie kannte viele Männer, die ihr Herz erobern wollten, sie waren alle intelligent und gutaussehend, aber keiner von ihnen konnte Annys Herz gewinnen. Sie lachte alle aus, nur bei Marco, den sie etwas mehr als zwei Monate kennt und erst seit ein paar Wochen mit ihm eine Liebesaffäre begann, bekam sie Herzklopfen. Sie war voller Freude und Glück, nur mit Marco wollte Anny ihr Leben teilen, nur er erweckte die Liebe in ihrem Herzen, er war für sie der Wahre, der Einzige, die schönste Liebe ihres Lebens. Ja sie konnte sich ein Leben mit ihm vorstellen, sie konnte sich nur nicht vorstellen, ohne Marco zu leben. Die paar Wochen, die sie miteinander verbracht haben, waren wertvoller als ihr ganzes Leben. Anny hatte viele Geschenke zu Weihnachten bekommen, aber dies war das schönste Geschenk ihres Lebens.

Sie schaute Marco verliebt an, wischte sich die Tränen vom Gesicht und antwortete: „Ja! Ja! Ich will dich heiraten mein Liebster! Ich liebe dich Marco und will mein Leben mit dir teilen, du bist das schönste Geschenk meines Lebens!“ Marco umarmte sie, die Liebe wurde von Tag zu Tag größer, sie küssten sich und hatten das Gefühl, nie genug voneinander zu bekommen. Obwohl sie einander alles gaben und sich ständig liebten, war das Verlangen nacheinander unstillbar, wie wenn ein Durstiger tropfenweise Wasser verabreicht bekommt, wie ein Hungriger, der sich nie satt essen konnte, so war das Verlangen nacheinander. Der Heilige Abend war erfüllt mit viel Liebe und Harmonie, auch die Haustiere fühlen sich wohl mit den Beiden.

Am nächsten Tag war es so weit, Marco sollte Annys Eltern zum ersten Mal sehen, er wusste, dass sie beide Ärzte waren und dass er womöglich in die Hölle des Löwen musste. Marco dachte nach: „Sicher werden sie mich ausfragen. Von wo ich komme, was ich gelernt habe, die Fragen werden nicht einfach zu beantworten sein, was kann ich ihnen schon anbieten, außer das ich meine Eltern in jungen Jahren verloren habe, ein Ausbildung als Koch und Kellner habe. Reich bin ich auch nicht, sie werden denken, dass ich ihre Tochter wegen ihres Geldes heiraten will, na ja... ich werde ihnen beweisen, dass ich ihre Tochter liebe. Und wenn sie mich kennengelernt haben, werden sie mich hoffentlich gern haben, ihr Bruder Felix war auch sehr nett, vielleicht mache ich mir um sonst Sorgen, sie werden schon ganz nett sein, so wie meine geliebte Anny, sie ist schließlich ihre Tochter."

Wie Marco im Badezimmer beim Rasieren so nachdenkt, umhüllten ihn von hinten zwei Hände. „Was ist denn mein Liebster, du schaust so nachdenklich aus?" Marco drehte sich zu Anny, nahm sie in die Arme und sagt: „Ach Anny.... es ist nur... deine Eltern werden von mir enttäuscht sein, ich habe nichts, ich bin nicht reich, und Doktor bin ich auch nicht, was werden sie nur von mir halten?" Anny küsste ihn auf die Brust und sagte: „Marco... mein Liebster, ich kenne meine Eltern, sie werden dich lieben, besonders meine Mutter. Sie liebt Italiener, du wirst sehen, sie sind gar nicht so wie andere Eltern, sie sind ganz locker, wie wenn sie keine Ärzte wären. Habe keine Angst, ich bin doch bei dir, und wenn ich dich liebe, dann glaube mir, wird meine Familie es auch tun." Marco war etwas ruhiger, aber trotzdem hatte er einen gewissen Respekt vor ihren Eltern.

Als sie vor dem Haus parkten und aus dem Auto ausgestiegen sind, sagte Anny: „Da bin ich aufgewachsen." Sie blickte auf eine kleine Villa, der Eingang vor dem Tor, durch den man in den Garten sehen konnte, war für Marcos Augen überwältigend und als er das Haus ihre Eltern sah, kam er sich noch ärmer vor als er ist. Der Garten war prächtig, obwohl Winter war und Marco eigentlich nicht die volle Pracht vom Blumenmeer sehen konnte, war der Garten auch im Winter sehr grün, der Eingang zur Haustüre mit weißen Natursteinen belegt, die großen halbrunden weißen Treppen machten das Haus perfekt, und Marco noch unsicherer. Anny sah Marco an und wusste, was in ihm vorgeht, nur helfen konnte sie ihm leider nicht, denn Marco muss da alleine durch.

Die Haustüre geht auf und Maria stand vor ihnen. „Hallo mein Kind, kommt rein!“ Anny sagte: „Mutti darf ich dir meinen Marco vorstellen! Marco streckte Maria die Hand zur Begrüßung hin. Maria war von Marcos Aussehen überrascht und fragte: „Ist dies der Mann, der meiner Tochter den Kopf verdreht hat?“ Lachend streckte sie ihm auch die Hand entgegen und begrüßte Marco: „Es freut mich, dass ihr endlich zu einander gefunden habt!“ Marco war sehr positiv von der Begrüßung überrascht und sagte: „Mich freut es auch sehr, sie kennen zu lernen, Anny hatte mir schon gesagt, wie nett sie sind, aber dass sie so gut aussehen, das habe ich jetzt erst gesehen, jetzt weiß ich, wem Anny die Schönheit zu verdanken hat!“ Eine männliche Stimme meldet sich aus dem Vorzimmer: „Ich hoffe, dass sie nach ihrem Vater kommt!“, sagte Manfred, während er zuerst seine Tochter herzlich begrüßt, und sich dann zu Marco dreht. „Sie sind also der Mann, der meiner Tochter den Kopf verdreht hat!“ Und streckte ihm die Hand entgegen, um ihn zu begrüßen.

Marco erwiderte seine Geste, und dachte, „komisch, warum sagen beide, ich hätte Anny den Kopf verdreht, hoffentlich ist das nicht böse gemeint.“ Aber er lässt sich nichts anmerken und lacht gezwungen. Manfred meint: „Kommt meine Kinder, wir warten schon auf euch.“ Sie begleiten Maria und Manfred in den großen Salon, wo die restlichen Gäste saßen, einige Gesichter kamen Marco sehr bekannt vor, andere wiederum nicht. Anny kennt alle und begrüßte sie, darunter waren Tanten, Onkeln, Cousinen und Cousins, Anny ging von einem zum anderen mit Marco hinterher und sie begrüßten jeden im Raum. Die einzigen, die Marco kannte, waren Felix und Susanne, Freundin Sandra und Peter. Marco war froh, irgendein bekanntes Gesicht dort zu sehen, so fühlte er sich etwas besser, nicht so verklemmt.

Alle im Raum bewunderten Anny und Marco, wie gut sie zueinander passten. Sie waren auch das glücklichste Paar im Raum. Nach einiger Zeit entspannte sich Marco und genoss die Stimmung, die zwischen den Gästen und seinen „Noch-nicht-Schwiegereltern“. Maria hatte ihre Haushälterin, die ihr zur Hand ging, so konnte sie ihre Kinder und Gäste unterhalten. Marco schaute sich unauffällig im Raum um, er fand keine einzige Kleinigkeit, die nicht zusammen passte, es war alles perfekt, wie in einem Musterhaus, das man präsentierte, um es zu verkaufen, aber es war nicht so, da lebten Menschen drinnen und trotzdem alles sauber.

Das Essen war hervorragend, ein sechsgängiges Menü, wie man es in den besten Restaurants bekam und er saß zwischen für ihn reichen Leuten, aber sie waren nicht voreingenommen, alle waren nett und freundlich, keiner fragte ihn nach seiner Exfrau oder nach seinem früheren Leben, sie fragten nur nach seiner Abstammung, und bewunderten sein Land. Es waren trotzdem ganz normale Menschen, und Annys Eltern akzeptierten Marco, wie wenn er immer zu Anny gehört hätte. Als alle Gäste gegangen sind, nur Marco, Anny, Felix und Susanne bei den Eltern blieben, bekam jeder sein Geschenk. Anny erzählte ihren Eltern, dass sie und Marco, so bald die Scheidung von seiner Frau durch ist, heiraten wollen. Die Hochzeit sollte im Mai stattfinden und Felix war erfreut, das zu hören. „Da sehe ich eine doppelte Hochzeit!!!", sagte er erfreut. „Das ist eine gute Idee, meine beiden Kinder heiraten am gleichen Tag, wir werden eine Hochzeit für euch organisieren", schwärmte Maria. Manfred meint: „Warten wir erst ab, ob Marco die Scheidung bis dorthin durchbringt." Marco sagte darauf: „Ich sehe kein Problem, Claudia hat schon einen neuen Mann an ihrer Seite, sie wird mir keine Probleme machen und zwingen kann sie mich nicht, bei ihr zu bleiben, außerdem liebe ich Anny, das weiß sie auch."

Anny meint auch, dass Marco bis Mai frei ist und sie heiraten können. Manfred drehte sich zu Marco, sein Blick war ziemlich ernst: „Wenn du meine Tochter glücklich machst, wirst du wie ein zweiter Sohn von uns angenommen, aber Gnade dir Gott, wenn du ihr weh tust, dann nimm dich von mir in acht. Sie ist mein kleines Mädchen und kein Mann der Welt darf meiner Anny weh tun!!!" Marco lief ein kalter Schauer über den Rücken, er verstand Manfreds Sorge, aber diese Drohung machte ihn etwas unsicher, er wusste aber ganz genau, dass er Anny niemals weh tun könnte, er liebt sie mehr als sich selbst. Anny weh zu tun bedeutete, sich selber weh zu tun. Marco schaute Manfred in die Augen und sagte: „Ich verspreche dir... wenn ich Anny jemals verletzen sollte, dann kannst du mit mir machen, wonach dir zumute ist, aber ich weiß ganz genau, dass sie mein Leben ist, und ich will deine Tochter glücklich machen, ich liebe Anny."

Gott sei Dank sind sie unter sich alleine gewesen, die anderen Gäste sind schon gegangen, sonst wäre es noch peinlicher für Anny gewesen. Sie wollte nicht, dass ihr Vater Marco so in die Zange nimmt, aber Felix und Maria war es auch peinlich, wie Manfred mit Marco sprach. Alle drei kritisierten Manfred, nur Susanne und Marco verstanden Manfred, sie wussten, dass er seine Kinder nur beschützen wollte. Der Abend verlief gemütlich, außer diesem kleinen Misston von Manfred war die Stimmung sehr gelassen. Alle saßen im Wohnzimmer beim Kaminfeuer, Manfred und Maria erzählten die schönsten Erlebnisse von Anny und Felix, aber auch die tollpatschigsten Geschichten. Das Grundstück von Manfred und Maria war so groß, dass die Nachbarn von dem lauten Lachen nicht gestört werden konnten, zum Schluss haben alle miteinander Tränen gelacht.

Dieser Abend ging auch vorbei und Anny und Marco konnten es nicht erwarten, wieder alleine zu sein, denn obwohl sie einen schönen Abend mit den Eltern verbrachten, war es trotzdem am schönsten, zu zweit und ungestört zu sein. Als sie nach Hause kamen und die Türe aufsperrten, warteten schon acht hungrige Augen auf sie. Niko verfolgte Anny auf Schritt und Tritt, sie musste ständig aufpassen, damit sie nicht auf Niko steigt, die Kater sind aber nicht gewöhnt, dass sie an zweiter Stelle stehen und aus lauter Eifersucht rannten sie durch die Wohnung wie die wilden Tiere. Dabei gaben sie Töne von sich, dass Marco und Anny vor lauter Lachen alles liegen gelassen haben, um sie zu beobachten. Niko vergaß auf sein Fressen und stand neben Marco und Anny wie versteinert, nur die Augen bewegten sich von links nach rechts, bis er verstanden hat, dass die Katzen eigentlich auf ihn eifersüchtig sind und der Protest auf seine Kosten geht. Wie von einer Biene gestochen fing auch Niko an mitzumachen, um Anny und Marco zu beeindrucken. In dieser Wohnung war es wirklich nicht fad!

Am nächsten Tag stand Anny früh auf, um die Koffer für die Reise in die Toskana zu packen. Als sie die Augen aufschlug, blickte sie in ein traumhaftes Gesicht, ihr Marco lag neben ihr, so friedlich, so schön, stundenlang konnte sie ihm beim Schlafen beobachten, und ihr Herz vor lauter Liebe schmerzt. Sie wünschte sich, dass dieses Gefühl nie wieder vergeht und diese Liebe bis in die Ewigkeit anhält. Die Liebe, die sie für Marco empfindet, gab ihr die Kraft, sie hatte das Gefühl, alles unbeschwert und ohne Müdigkeit erreichen zu können. Als Marco munter wurde, war bereits alles für die Reise vorbereitet, sogar Susanne und Felix sind gekommen um bei den Katzen und beim Hund zu bleiben, damit Anny und Marco ohne Sorgen in die verdienten Ferien fahren können.

Es war ein wunderbares Gefühl für Marco, in seiner Heimatstadt im Herzen der Toskana angekommen zu sein. Es war zwar ziemlich kalt, die Weinhügel ein wenig mit Schnee bedeckt, die Häuser alt, aber sehr romantisch, genau der richtige Ort für Verliebte. Anny beobachtete Marcos Augen, die vor lauter Begeisterung strahlten, als sie an seinem Geburtsort ankamen. Anny lenkte das Auto und Marco zeigte ihr den Weg, der zu seinen Großeltern führt, sie war begeistert von diesem mediterranen Flair, das sich durch die kleinen Gassen hinzieht.

Alte Häuser, die mit roten Ziegeln verkleidet sind, kleine Kioske, die die Spezialitäten der Toskana verkauften, Weinhügel rundherum. Menschen, die noch sehr einfach erschienen, ältere Frauen, die noch Kopftücher trugen und Herren mit Hüten. Hie und da sah man noch Leute von Heute, ansonsten fühlte sich Anny wie im Mittelalter. Marco zeigte Anny einen Weg, der so eng und steil war, so dass sie Mühe hatte, ihn zu befahren. Vor ihnen ein kleines altes Häuschen und draußen ein älterer Mann, der gerade Holz hackte, Marcos Großvater. „Schau Liebste, das ist mein Großvater“, sagte Marco voller Freude.

Anny blickte einen sympathischen alten Mann an, der Marco und Anny im Auto sah, und ihnen mit ausgestreckten Händen entgegen kam. Marco sprang aus dem Auto und aus der Haustüre sah er auch schon die Großmutter kommen, um die Beiden zu begrüßen. Beide umarmten ihren Enkelsohn, die Großmutter weinte bei der Begrüßung, Anny stand daneben, verstand kein Wort, das sie miteinander redeten und lächelte verlegen. Marco nahm Anny bei der Hand und stellte sie ihren Großeltern vor. Als Anny der Großmutter Sofia die Hand entgegen strecken wollte, um sie zu begrüßen, nahm sie die Großmutter in die Arme und gab Anny links und rechts einen Kuss, dasselbe machte auch der Großvater Marcello. Anny verstand kein Wort, was sie zu ihr sagten, sie konnte nur feststellen, dass sie sie akzeptiert hatten und das Claudias Name nicht erwähnt wurde. Marco hatte seinen Großeltern am Telefon alles über Anny erzählt, auch sein Jugendfreund wusste über die Trennung von Claudia und über die große Liebe zu Anny Bescheid.

Als sie in das Haus gingen, sah sich Anny verlegen und unauffällig um, ihr Hertz tat ihr bei diesem Anblick weh. Ein alter Holzofen, auf dem noch gekocht wird, daneben gehacktes Holz und auf dem Ofen zwei alte kleine Töpfe, in denen das Essen kochte. Sie konnte nicht erkennen, was es war, aber es war nicht viel drinnen, ein altes Sofa stand im Eck, davor ein alter Tisch, der Holzboden war schon so abgenützt, so dass man die Farbe nicht definieren konnte, auf einer Wand hingen ein paar Bilder, unter anderem auch von Marco. Es war alles sauber, aber auch bescheiden. „Da ist mein Liebster aufgewachsen", dachte Anny und hielt Marcos Hand fest.

Die Großeltern wussten vor lauter Freude nicht, was sie als erstes tun sollen, auf einmal standen die ganzen Wintervorräte auf dem alten Tisch. Schinken, Käse, Tomaten und Paprika in Gläsern, Rotwein, selbstgemachter Fruchtsaft, sie brachten, was sie fanden, um ihren Enkel zu verwöhnen. Großmutter Sofia streichelte Anny ständig übers Haar und sagte immer „Bella“. Anny wusste nur, dass dieses Wort schön bedeutet, den Rest verstand sie nicht, aber sie lächelte die Großeltern lieb an. Marco hielt die ganze Zeit über Annys Hand und küsste sie, sobald die Großeltern nicht hinschauen. Eine halbe Stunde später kam auch Marcos bester Freund Antonio vorbei, um die schönste Frau der Welt, so hat Marco sie nämlich beschrieben, zu sehen. Anny verstand sich mit Antonio sehr gut, denn er war nach Marco der Einzige, mit dem sie reden konnte und der auch ihre Sprache sprach. Aber nicht nur Antonio wurde neugierig, wie Anny ausschaut, sondern auch die halbe Nachbarschaft war da, um sie zu sehen.

Ihre Ankunft im Florenzer "Thermenhotel" mussten sie auf Nachmittag verschieben. Anny war ein wenig von der Freundlichkeit der Italiener überfordert, aber auch gleichzeitig begeistert ,vor allem von Marcos Großeltern, die sie einerseits bedauert hatte, andererseits für ihre Bescheidenheit bewunderte! Anny sprach perfekt Deutsch, Englisch und Französisch und sie dachte, dass das genügen wird, nie im Leben hatte sie gedacht, das Italienisch nach Deutsch die wichtigste Sprache sein wird, die ihr Leben prägen würde. Sie kam sich wie ein Esel in dieser Gruppe vor, nahm sich aber zur nächsten Gelegenheit vor, auch Italienisch zu lernen, denn in der kurzen Zeit, die sie Marco kannte, war das wirklich nicht möglich.

Marco lachte und amüsierte sich, er kam kaum nach, ihr alles zu übersetzen was sie sagten, sie merkte nur, dass ihm die Ankunft bei seinen Großeltern gut tat, und er sich in dieser kleinen Ortschaft sehr wohl fühlt. Weiterns nahm Anny sich vor, Marcos Großeltern etwas unter die Arme zu greifen und die paar Jahre, die ihnen noch blieben, zu erleichtern und dann sah sie vor dem kleinen Fenster, als sie nach draußen schaute, um die Landschaft zu bewundern, unter einer Zypresse einen Karton liegen, halb zerrissen und vom Schnee nass. Unter diesem nassen Karton bewegte sich etwas pelziges Kleines und bei genauerer Betrachtung sah sie drei kleine Babykatzen, die unter diesen Karton mit ihrer Mutter gelegen sind, um ein wärmeres Plätzchen zu finden.

Jetzt kamen sie heraus, weil sich die Sonne kurz zeigte. Anny wusste im ersten Moment nicht, ob die Katzen zu jemanden gehörten oder heimatlos waren, sie wusste nur, dass sie das unbedingt in Erfahrung bringen musste. Sie sprang ohne ein Wort zu sagen auf und ging zu den Katzen hinaus, um sie aus der Nähe anzuschauen. Ganz vorsichtig schlich sie sich heran, um sie nicht zu verscheuchen. Die Kleinen waren nicht einmal scheu, nur ihre Mutter war etwas vorsichtig und war gerade dabei, eine von den dreien weg zubringen. Als Anny ihr die Hand entgegen streckte, um sie zu streicheln, blieb sie stehen und schaute Anny mit ihre großen Augen an. Sie dürfte hungrig gewesen sein und dachte, dass Anny sie füttern würde, die Augen waren voller Hunger, ihr Fell ziemlich ungepflegt. Sie wusste im ersten Moment nicht, was sie als erstes tun soll, ihre Babys in Sicherheit bringen, sich in Sicherheit bringen, oder ihrem Hunger nachgehen. Sie entschied sich, ihrem Hunger nachzugehen.

Ganz vorsichtig, mit ausgestreckten Körper, immer zum Sprung bereit, näherte sie sich vorsichtig Annys Hand und als sie merkte, dass die Hand kein Futter bereithält, nahm sie eines ihrer Babys in das Maul und verkroch sich unter der Schachtel. Marco beobachtet dieses Schauspiel vom Fenster aus, sein Herz füllte sich mit Liebe und Freude, in seinem Kopf gingen ein paar Gedanken herum. „Claudia würde so etwas übersehen, aber nicht meine Anny, deswegen hat sie mein Herz erobert, das ist der Grund. dass ich sie über alles liebe, sie ist die Frau meines Lebens, das ist meine Anny."

Marco rannte hinaus, umarmte seine Anny und küsste sie. Anny schaute Marco traurig in die Augen und sagte: „Sie sind sicher auf sich alleine gestellt und haben kein Zuhause, die Katze ist so hungrig, dass sie ihre Scheu fast vergessen hat." „Weißt du Liebste", sagte Marco mit ruhiger Stimme, „für solche Fälle habe ich vorgesorgt." In seiner Hand hielt er die Autoschlüssel, er ging zum Auto, sperrte den Kofferraum auf und holte eine große Dose Katzenfutter heraus, auch an Näpfe hat Marco gedacht. Anny lachte erleichtert. „Marco Liebster, du hast es gewusst!" Als sie die Schüsseln mit Katzenfutter füllten, schauten unter dem nassen Karton vier Pelzköpfe heraus und mit großer Vorsicht näherten sie sich den Schüsseln, aber als sie das Futter gerochen haben, vergaßen sie ihre Scheu und fraßen um ihr Leben, aber doch mit gespitzten Ohren in Richtung der beiden unbekannte Menschen.

Einige der Nachbarn standen vor der Haustüre und beobachteten Anny und Marco, wie sie sich um die Katzen gekümmert haben, einige lachten und zeigten kein Verständnis. Eine Nachbarin meinte: „Da werden sie aber genug zu tun haben, wenn sie sich um alle Tiere, die hier kein Zuhause haben, kümmern!" Antonio mischte sich ein. „Sie ist Tierärztin und Marco arbeitet bei ihr, sie kümmern sich gemeinsam um Tiere, die kein Zuhause haben." Einer der Neugierigen fragte sogar ganz erstaunt, ob man denn damit überhaupt Geld verdienen könne. Marcos Großmutter lachte ihn frech an und sagte: „Wenn du wüsstest, wie viel sie im Monat verdient, würdest du auch anfangen arme Tiere zu retten."

Der Nachbar wurde neugierig und fragte: „Na wie viel wird sie schon verdienen?" Marcos Großvater Marcello antwortete: „Anny verdient mehr in einem Monat als du im ganzen Jahr!" Anny und Marco bemerkten nicht einmal, was hinter ihren Rücken geredet wurde, sie waren mit den Katzen beschäftigt, die Kleinen hatten nicht genug Streicheleinheiten und hörten nicht zum Schmusen und Schnurren auf. Die Mamakatze kam auch ganz vorsichtig, als sie merkte, dass die zwei Menschen ihnen nichts Böses tun wollen, denn Katzen haben einen sechsten Sinn und würden es sofort durchschauen, wenn ihnen jemand weh tun will. Einige Stunden später haben die Katzen schon ein kuscheliges Häuschen bekommen. Anny, Marco und Antonio haben ein Holzhaus gebaut und Marcos Großeltern brachten ein paar alte Decken, die sie hinein platzierten, Futter gab es auch bis am nächsten Tag genug. Der Tag war sehr lehrreich für Anny, sie wollte täglich die Großeltern besuchen, aber auch die Katzen versorgen, und dann nach Wien mitnehmen.

Am Nachmittag, müde und erschöpft von der Reise und dem ganzen Trubel bei Marcos Großeltern, sind sie endlich im Thermenhotel angekommen. Ein erster Blick in die Empfangshalle war für die beiden schon Entspannung, im Zimmer eine Kuschelecke, im Schlafzimmer ein Himmelbett, alles war so, dass man sich nur wohl fühlen konnte. Endlich wieder alleine, das Verlangen, einander zu küssen, sich zu berühren, war groß, die Schmetterlinge im Bauch fühlten sie immer stärker, je länger sie beieinander waren. Jede Geste, jede Bewegung und jedes Lächeln von Anny füllte Marcos Herz mit Liebe und Freude am Leben auf, noch nie war er so fröhlich und glücklich wie in der kurzen Zeit mit Anny. Anny geht es genau so, kein Mann konnte ihr Herz mit so viel Liebe füllen, keiner brachte sie so zum Lachen und aus Liebe zu weinen wie ihr geliebter Marco. Natürlich hatten sie ab und zu ein schlechtes Gewissen wegen Claudia, aber sie konnten nicht anders, es war wie ein Zwang, wie ein Puzzleteil, der das perfekte Bild entstehen lässt.

Nach einer Woche Entspannung, täglichen Besuchen bei Marcos Großeltern, Katzen versorgen und mit Antonio und seiner Freundin nachts Florenz unsicher machen, starteten sie die Rückreise nach Wien mit vier Katzen und einem kleinen Hund, den sie am letzten Tag verlassen und alleine durch die Gassen der Großstadt herum irren sahen. Die Katzen hatten kein Problem mit dem Hund, denn er war selbst ein Baby, so um die zwölf Wochen alt, schwarz- weiß, sehr mager und stank wie ein Stinktier! Eigentlich sehr arm! Aber dankbar, dass man ihm Futter, ein warmes Plätzchen und Streicheleinheiten gab.

FÜNF MONATE SPÄTER

Eine nasse Schnauze küsste Marco wach, eine Minute später dann auch Anny, sie machte die Augen auf und blickte auf einen kleinen frechen Hund, der die Zunge weit draußen hatte und sich über seinen Erfolg freut, einen von ihnen munter zu bekommen. „Niko", sagte Anny lachend, während der Kleine eine Rennstrecke aus ihrem Bett machte und spielen wollte. Anny blickte auf die Uhr, es war schon zehn Uhr vormittags, sie hatten keinen Dienst, in der

Ordination waren Sabine und Annys neuer Kollege Daniel geblieben. Anny und Marcos Hochzeit fand am nächsten Tag statt, die Hochzeit veranstalteten Annys Eltern in ihrem Garten. Wie sie von Anfang an wollten, ist es eine Doppelhochzeit geworden, Felix und Susanne, Marco und Anny heirateten an einem Tag. Marco umarmte sie fest, küsste ihren Hals und ließ Anny nicht aus dem Bett rausgehen. „Bleib noch bei mir, die ganze Nacht habe ich Sehnsucht nach dir gehabt!“ Anny lachte. „Ich war die ganze Nacht bei dir, Liebster“, sagte sie zärtlich. „Das ist mir zu wenig, ich will dich am liebsten fressen“, sagte Marco liebevoll und biss sie leicht in den Hals. Sie kuschelten miteinander, bis sie sich noch einmal liebten, es war jedes Mal schöner als das vorige Mal, und jedes Mal hatten sie Zuschauer dabei. Entspannt blieben sie noch im Bett liegen und erinnerten sich an die letzten Monate.

„Nie hätte ich gedacht, dass die Scheidung von dir und Claudia so schnell durchgeht“, sagte Anny erleichtert. Marco meinte: „Sie war doch froh, dass wir den Kredit bezahlt haben, und sie die Wohnung und das Auto behalten durfte.“ Anny küsste seine Hand und sagte leise: „Das war nicht leicht für dich, mein Liebster!“ Marco schaute sie an und lachte zärtlich. „Anny, du bist mein Leben, du bist alles, was ich im Leben will, dich werde ich heiraten, und mit dir will ich alt werden, dir gehört mein ganzes Leben, aber nicht erst morgen, sondern vom ersten Tag an, als ich dich gesehen habe, meine liebste Anny.“

Sie freute sich über die liebevollen Worte, Anny konnte nicht genug davon kriegen, es erfreute ihr Herz jedes Mal, wenn er so zärtlich und voller Liebe zu ihr sprach. Sie legte ihren Kopf auf seine Brust, atmete tief ein und dachte: „Was für ein Glück! Ich habe den schönsten, liebsten und gutherzigsten Menschen getroffen, von dem man nur träumen kann, und morgen ist es so weit, ich werde ihn heiraten! Danke lieber Gott! Danke für dieses Geschenk, das du mir spät aber doch gegeben hast, ich bin so glücklich. Mit meinen Marco werde ich so viel Gutes tun, dass du stolz auf uns sein wirst, wir werden weiterhin arme Tiere retten, Tierschutzorganisationen in den ärmeren Länder gründen, wir werden weiterhin die Tiere an einen guten Platz vermitteln, so wie den kleinen Hund, der so glücklich ist, und die vier Katzen, die einen guten Platz bekommen haben. Mit ihm werde ich alles schaffen, nur bitte ich dich mein lieber Gott, gib uns weiterhin die Liebe und die Kraft, alles zu bestehen und das uns kein Schicksal auseinander bringt.“

Sie dachte so intensiv nach, dass sie nicht merkte, dass ihr die Tränen über ihr Gesicht liefen. Marco hob ihren Kopf, um sie zu küssen, denn er dachte über dasselbe nach und sah ihre Tränen. „Warum weinst du, Liebste? fragte Marco mit trauriger Stimme. Sie lächelte ihn an und sagte: „Weil ich glücklich bin, weil ich dich liebe, mein Liebster!" Marcos Herz füllte sich mit Liebe, er nahm sie fest an sich und küsste sie so intensiv, dass sie wieder Lust verspürten, miteinander zu schlafen, aber die Katzen haben das durchschaut und dachten: „Genug ist genug!" Alle drei Kater und der Hund standen auf einmal im Bett, schauten sie mit großen Augen an, so wie wenn sie sagen würden: „Und wo ist unser Futter heute?" Anny lachte und fragte Marco: „Siehst du das, was ich sehe?" Marco lachte und sagte: „OK... OK, ihr habt gewonnen, wir verschieben es für die Nacht." Anny stand auf, gab ihnen ihr Futter, alle vier waren glücklich und jagten durch die Wohnung.

Annys Eltern hatten ein kleines Vermögen für die Hochzeit ihrer Kinder ausgegeben, alles sollte perfekt sein, schließlich hatten sie nur die Beiden und jetzt haben sie eine Tochter und einen zweiten Sohn dazu gewonnen. Im riesigen Garten ist jetzt ein Blumenmeer entstanden, schon beim Tor ist alles mit weißen Schleifen und Blumen geschmückt. Personal überall, Menschen, die den schönsten Tag ihrer Kinder organisieren, Kellner, die für das Wohl der Gästen sorgen, Monteure, die den großen Pavillon für die Trauung montieren, weiße Bänke für die Gäste während der Zeremonie. Maria kam nicht nach, alles zu erklären, an jeder Ecke lauerte ein Fragender. der etwas wissen wollte, aber das machte ihr nichts aus, im Gegenteil, sie fühlte sich wie eine Chefin, die das Kommando hatte, jeden zur Arbeit zu bewegen. Manfred fühlte sich wie ein wandelnder Bankomat, jeder der Geld wollte, kam zu ihm, aber das war gut so, denn dafür hatten Maria und Manfred jahrelang gespart.

Anny, Sandra und Susanne sind in der Stadt beim Schneider, um die Brautkleider endlich zu holen. Anny war keiner gut genug, der Schneider Schmidt hatte schon die fünfte Änderung vorgenommen, Susanne war schon beim zweiten Mal mit ihrem Kleid zufrieden. Anny dagegen wollte ein perfektes Kleid, es durfte nicht zu lang, nicht zu kurz sein und kein zu tiefes Dekolleté haben. Sandra war schon verzweifelt, jedes Mal, wenn sie dachte, jetzt ist das Kleid fertig, hat Anny einen Fehler gefunden, um den armen Schneider zu ärgern. So wie er das schon langsam glaubte, aber das stimmte nicht, denn was Anny wollte war nur, dass sie für ihren geliebten Marco die schönste Braut ist. Sie probiert das Kleid zum letzten Mal und kam mit einem strahlenden Lächeln aus der Kabine heraus. Sandra freute sich, dass sie endlich zufrieden war und sagte: „Jetzt ist es perfekt!" Der Schneider war auch erleichtert, noch eine Änderung hätte er nicht überlebt!

Susanne ärgerte sich, dass sie so voreilig ihr Kleid genommen hatte, denn das von Anny raubte jedem Menschen den Atem. Annys Kleid war mit Kristallen besetzt, ein Kleid wie es nicht von der Stange zu kaufen gibt, es war eine

Eigenproduktion von Anny. Selbst der Schneider wunderte sich über sein Werk und griff zum Fotoapparat, um Anny mit diesem Kleid zu fotografieren. Sandra lachte erleichtert und sagte zu Anny: „Du bist wunderschön Anny, Marco wird in Ohnmacht fallen, wenn er dich so sieht, noch dazu die Frisur, die du morgen machen wirst, und wenn du dich erst schminkst…“ Anny fragte wieder unsicher: „Werde ich ihm wirklich mit diesem Kleid gefallen?“ Sandra lächelt sie an und antwortete: „Anny… Marco liebt dich und wenn du im Pyjama vor den Altar trittst, das musst du doch wissen!“ Susanne meinte: „Was soll ich sagen, mein Kleid wirkt wie ein Hauskleid neben deinem, dein Bruder wird weglaufen, wenn ich vor ihm stehe.“

Anny lachte verlegen und entschuldigte sich. Sandra erklärt Susanne die Situation: „Weißt du Susanne, Anny meint es nicht böse, sie ist in Marco so verliebt, dass für sie nichts gut genug ist, sie würde alles für ihn tun und ich muss ehrlich zugeben, dass ich mich wirklich für sie freue, dass sie endlich den richtigen Mann gefunden hat. Denn du hättest sie früher erleben sollen, sie war eine richtige Egoistin, kein Mann war für Anny gut genug, bei jedem Mann hat sie einen Fehler gefunden, aber seit sie Marco kennt, ist sie ein anderer Mensch geworden, und dieses positive Strahlen in ihren Augen bekommt keiner mehr weg!“ Sie ergriff Annys Kopf und drehte ihn zu Susanne, damit sie sieht, wie positiv und strahlend Anny aussieht. Alle drei lachten, während Herr Schmidt unauffällig amüsiert zuhört, wie sie von den Männern und der Liebe sprachen.

Der Tag war schnell vorüber, Anny und Marco hatten sich kaum zu Gesicht bekommen, jeder von ihnen hatte etwas anderes zu tun, aber Gott sei Dank gibt es heutzutage ein Handy. Sie riefen einander fast stündlich an, um zumindest die Stimme des Anderen zu hören. Die Nacht sollte noch anstrengender werden, denn die Männer hatten einen Polterabend geplant, natürlich ohne Frauen. Dabei waren Marco, Felix, Freunde von Felix und Marcos bester Freund Antonio, die Party fand bei Felix statt. Die jungen Männer taten alles, um diese Nacht für Marco und Felix unvergesslich zu machen, Anny und Susanne blieben bei den Eltern im Haus und organisierten ebenfalls eine Party, aber nur für die Frauen.

Annys Eltern waren überflüssig und mussten die Nacht bei Anny in der Wohnung mit den Katzen und dem Hund verbringen. Trotz der Versuche von Marco und Annys Freunden, die Beiden zu einen Seitensprung zu bewegen, blieben sie einander treu, bei Felix und Susanne klappte es nicht, sie taten es Beide, aber es blieb bei einen kleinen Seitensprung! Gott sei Dank fand die Trauung am frühen Nachmittag statt, denn sie mussten ihren Rausch ausschlafen. Manfred und Maria hatten Mühe, alle munter zu bekommen. Bei Felix stand Manfred sich vor der Wohnungstüre die Füße platt, bis im Marco endlich verschlafen die Türe öffnete. „Verdammt Kinder! Es ist schon nach Zehn, wollt ihr eure eigene Hochzeit verschlafen“, schrie sie Manfred an. Anny und Susanne schafften es nicht, ins Schlafzimmer zu gehen, sie blieben samt ihren Freundinnen im Wohnzimmer und schliefen verstreut durch den Raum, jede dort, wo sie einen Platz fand.

Maria wusste, wie sie die Damen munter bekommt, sie schaltete den CD Player so laut und durch die schrille Melodie sprangen sie alle aus ihrem Schlaf und rennen einander nieder. Maria lachte von ganzem Herzen, den Damen war nicht zum Lachen zumute, sie schauten sie alle böse an, Anny griff sich an den Kopf. „Mutter bitte!!! Geht es auch sanfter?“, sagte sie genervt. Maria konnte nicht aufhören zu lachen und sagte: „Das hätte ich aufnehmen müssen, ihr habt ausgesehen wie die verschreckten Hühner, wenn der Wolf sie fangen will!“ Anny schaute sie streng an und sagte nur: „Ha, ha sehr lustig!!!“ Maria wurde ernst und sagte: „Kommt Kinder, ihr müsst fertig werden, das Personal ist schon da, die Friseurin wartet draußen, die Männer werden bald kommen, ihr müsst hinauf ins Zimmer, sonst sehen euch Marco und Felix vor der Trauung. Und ihr wisst, das bringt Unglück!“ Anny hörte den Namen Marco und fragte verzogen: „Wo ist mein Marco?“ Maria kam zu ihr, setzte sich neben ihre Tochter, streichelte Ihr übers Haar und fragte lächelnd: „Hast du schon Sehnsucht nach deinem Marco?“ Anny noch mehr verzogen antwortet leise: „Ja... ich vermisse meinen Marco, hat er mich mit einer anderen betrogen, Mama?“

Sandra fiel ihr ins Wort, bevor Maria etwas sagen konnte und antwortete: „Anny bitte! Wie oft noch, Marco hat dich sicher nicht betrogen, verstehst du das denn nicht. Ich kenne Männer, die Frauen betrügen, dein Marco hat nur für dich Augen, er liebt dich, du dumme Nuss!!!“ Anny freute sich, kreuzte beide Hände auf ihrer Brust und sagte: „Ich liebe ihn viel, viel mehr, ich vermisse ihn so.“ Susanne etwas nachdenklich, den Blick nach unten gerichtet, bereut die Schmuserei mit dem Stripteasetänzer und sagte: „Ich vermisse meinen Felix auch sehr!“ Anny und Sandra sahen sich an und mussten ihre Gesichter vor Maria verbergen, damit sie ihr lachen nicht bemerkt.

Draußen rannten sich die Leute fast nieder vor Stress, alles muss bis zwölf Uhr fertig sein, die Verwandten von Marco wurden bereits in einem Hotel untergebracht und werden rechtzeitig mit einem Bus vom Hotel zur Hochzeit gebracht. Der Sekt ist gekühlt, die Gläser poliert, alles wartet auf die ersten Gäste, nur Anny und Susanne hatten noch Stress. Marco und Felix sind auch schon da, kaum zu glauben, dass sie so frisch ausschauen, niemand würde ihnen anmerken, dass sie die ganze Nacht gefeiert haben. Eine Stunde noch bis zur Trauung, Marco schwitzte schon im Frack, sein Herz klopfte wie verrückt, er hat auch keine Ahnung, wie Anny ausschaut. Felix war dagegen gelassener, er kennt ja seine Susanne schon drei Jahre, Marco und Anny sind noch frisch verliebt, und die Hochzeit ist rekordverdächtig, die schnellste Hochzeit der Welt. Nicht einmal die Verwandten untereinander kannten sich und Marcos Großeltern kamen zum ersten Mal nach Wien.

Die ersten Gästen trafen schon ein, beim Gartentor wurden sie mit einem Glas Sekt empfangen, alle Frauen wie am Laufsteg gekleidet, man konnte meinen, dass ein Modewettbewerb statt fand. Die Herren sahen dagegen wie die Pinguine aus, dunkle Anzüge und weiße Hemden, nur die Krawatten unterscheiden sich von den anderen. Die Frauenaugen suchten den verführerischen, schönen Italiener. Die Gerüchteküche brodelte, sie hatten von Marco gehört und kannten alle Anny, wie wählerisch sie ist und waren deshalb alle neugierig, wie er aussah. Aber sie mussten nicht lange suchen, denn Marco und Felix kamen bald, um die Gäste persönlich zu begrüßen und ab diesen Tag hatte Anny einige Neiderinnen, denn sie beneideten sie um ihren Italiener.

Anny und Susanne sind endlich fertig, Sandra ist Annys Trauzeugin, Antonio ist Marcos. Der Priester stand schon im Pavillon bereit, die Gäste nahmen auf den weißen Bänken Platz, die linke Seite besetzten die Verwandten von Marco und Susanne, die rechte Seite die Gäste von Anny und Felix und in der Mitte ein roter Teppich, auf die Kinder die Rosen auf den Teppich streuen werden, wenn Anny und Susanne von ihren Vätern zum Altar geführt werden. Die Musiker spielten den Hochzeitmarsch. Anny war ziemlich nervös, aber glücklich, endlich wird sie ihren geliebten Marco heiraten, endlich werden sie ihre Liebe offiziell besiegeln.

Manfred kam ins Zimmer, die Tränen sammelten sich in seinen Augen, als er seine Tochter sah, er lächelte sie an, holte tief Luft und sagte: „In meinem ganzen Leben habe ich noch nie so eine schöne Braut gesehen." Das konnte er nur sagen, weil die zweite Braut nicht zuhörte, denn sie war gerade mit ihrem Vater beschäftigt. Manfred umarmte seine Tochter und küsste sie vorsichtig auf die Stirn. Anny bedankte sich mit einer zittrigen Stimme, da sie schon sehr nervös war. Manfred hielt ihr seinen Arm hin und sagte: „Es ist so weit, meine hübsche Tochter, gehen wir." Anny nahm ihren Vater unter dem Arm, Susanne den ihren und sie gingen im Takt zum Altar. Als sie den Gang entlang kamen, zitterten Marcos Knie wie bei dem ersten Kuss von Anny, seine Hände schwitzten, das Herz raste. In diesem Moment durfte keiner seinen Blutdruck messen, denn das wäre eindeutig ein Notfallpatient gewesen. Anny kam mit einem strahlenden Gesicht den Gang entlang, die Augen leuchteten, alle Blicke richteten sich auf sie. Susanne war auch nicht schlecht, aber Anny raubte jedem Mann den Verstand, ganz zu schweigen von Marco, der fast ohnmächtig wurde, als sie Manfred ihm übergab. Schweigend standen alle vier vorm Priester, der mit der Predigt begann.

Kein Laut war zu hören, nur das Vogelgezwitscher und die Stimme vom Priester, ein Übersetzer stand neben ihm, um das, was er redete, ins Italienische zu übersetzten. Die nahen Verwandten konnten ihre Tränen nicht halten, ganz besonders Maria nicht, die voller Glück die großartige Rede des Priesters verfolgte und sah, wie glücklich ihre Kinder waren. Eine Stunde dauerte die Zeremonie, zum Schluss hörte man nur vier Mal „Ja ich will", und sah weiße Tauben, die über ihnen flogen. Alle Vier waren unter der Haube. Die Gäste standen Schlange, um den Vier zu gratulieren, Geschenke gab es nicht viel, nur Blumen für die Bräute und Glückwunschkarten mit Geld, einige gute Freunde haben sich etwas Besonderes als Geschenk einfallen lassen.

Nie im Leben hätten Marco und Anny gedacht, dass so ein Glücksgefühl existiert, sie hatten oft davon geträumt, aber sie haben es nie gefühlt. Heute war der Tag gekommen, wo beide sich wünschten, diesen Tag festhalten zu können, dieses Stück Glück in die Ewigkeit mitnehmen zu dürfen. Die Gefühle und die Liebe für einander waren so stark, dass sie sie überfluteten, am liebsten würden sie ein Stück für jeden Tag in die Zukunft mitnehmen und täglich davon abschneiden. Die Hochzeitsreise hatten Marco und Anny erst in einer Woche geplant, da zuerst Felix und Susanne gefahren sind, um danach bei den Katzen und dem Hund zu bleiben, denn Anny hatte nur zu ihnen und zu Marco soviel Vertrauen, dass sie sorgfältig auf ihre Babys aufpassen. Sie hatte sie wie ihre Kinder angesehen, sogar an ihrer Hochzeit musste eine Tiersitterin mit Niko dreimal am Tag Gassi gehen und die Kater tagsüber betreuen.

Diesen Tag konnten sie so, wie jeden anderen auch nicht festhalten. Ob es ihnen Recht war oder nicht, war er auch schon vorüber, aber was nicht vorüber war, ist die Erinnerung an diesen Tag, den sie in die Zukunft mitnehmen werden.

KAPITEL 3

WANDLUNG EINER LIEBE

EIN JAHR SPÄTER

Der Frühling zeigte sich in seiner schönsten Pracht, die Rosen hatten schon Knospen, noch ein, zwei Wochen und sie verbreiten ihren Duft in Annys und Marcos kleinen Garten. Das Jahr ist schnell vergangen, aber sie hatten in dieser Zeit viel erreicht, unzähligen armen Tieren ein Heim gegeben, vielen das Leben gerettet. Ihre Liebe ist stärker geworden, sie hatten bald das Gefühl; ohne einander nicht atmen zu können, alles was sie unternahmen, taten sie nie ohne einander. Sie waren eine Seele in zwei Körpern. Manches Mal hatten sie Angst vor diesem unbeschreiblich schönen Gefühl, das sie für einander hatten. Angst, dass sie einander verlieren und nicht mehr in diesem Leben zu Recht kommen könnten und in solchen Momenten sahen sie sich in die Augen und umarmten sich fest, ohne ein Wort zu sagen.

Anny und Marco hatten oft einen Gedanken, und manches Mal sagte einer einen Satz und der andere dachte daran. Sie hatten großen Respekt voreinander, jeder achtete auf seine Worte, um den anderen nicht zu verletzen, sie können miteinander lachen und weinen. Wenn einer einen Wunsch hatte, freute sich der andere, ihn zu erfüllen, wenn einer leidet, leidet der andere mit. Jeder, der sie kannte, bewunderte sie, sie gaben ein perfektes Paar ab.

Die Tierpraxis war jeden Tag voll von Menschen, die mit ihren Hunden und Katzen kamen, schnell verbreitete sich ihr guter Ruf und dass Anny in der ganzen Umgebung die beste Tierärztin war. Nicht nur, dass sie sich um jedes Tier hundertprozentig kümmerte, sie hatte auch das beste Team, das sie unterstützte und die Preise waren auch angemessen. Nach der Arbeit trafen sich Anny und Marco mit Sandra und ihren Freund Peter zum Abendessen. Die vier waren auch schon unzertrennlich, sie konnten miteinander über alles reden. Sandra liebte Anny wie eine Schwester, aber seit sie mit Marco zusammen war, sind der Kontakt und die Treffen immer häufiger geworden. Ohne dass es jemand ahnte, ist Marco der Grund geworden, Sandra liebte Marco heimlich, sie wollte das nicht und schämte sich dafür, aber sie konnte nichts dagegen tun. Er hatte gewisse Reize, die sie zum nachdenken brachten und der Wunsch, mit ihm zu schlafen, war sehr groß. Aber das durfte niemand wissen. Insgeheim wünschte sie, er würde Anny verlassen, ohne es zu wollen, musste sie wissen, wie es mit ihnen steht, ob sie sich streiten, oder die Liebe zwischen ihnen nachgelassen hat.

Aber jedes Treffen war eine Enttäuschung für Sandra, denn Marco und Anny waren verliebt wie am ersten Tag. Ins Restaurant kamen sie Hand in Hand, beim Tisch setzten sie sich nebeneinander, sie küssten sich auch ständig und das machte sie etwas unglücklich. Anny erzählte Sandra die intimsten Details von ihr und Marco und merkte nicht, dass sie in ihrer Freundin den Wunsch erweckte, denselben Mann zu haben, mit ihm die gleichen Erlebnisse zu teilen wie Anny. Sandra wurde von Tag zu Tag mit ihrem eigenen Leben unglücklicher. An diesen Abend merkte sogar Anny, das mit ihrer Freundin irgendetwas nicht stimmte, sie schaute so unglücklich und gereizt aus. Anny legte ihre Hand auf die ihre und fragte: „Ist alles in Ordnung mit dir, Sandra?" Ihre Augen sind größer geworden, als sie Anny berührte und Sandra dachte: „Oh Gott, hat sie mich durchschaut, ist das schon offensichtlich? Jetzt muss ich auf mich aufpassen, Anny darf nicht merken, dass ich in Marco verliebt bin."

Sandra lächelte etwas verlegen und antwortete: „Alles in Ordnung Anny, ich hatte heute viel Stress in der Arbeit, das ist alles." Peter schaute Anny an und sagte: „Du hast vollkommen recht, sie ist in letzter Zeit sehr nachdenklich, mir sagt sie auch nicht, was sie belastet." Sandras Augen wurden noch größer, sie schaute Marco an und dann Anny, und dachte: „Was redet der Trottel, ist der denn vollkommen irre geworden? Jetzt muss ich mich vor Anny und Marco rechtfertigen, die werden es merken und dann ist unsere Freundschaft zu Ende und ich werde Marco nicht mehr sehen." Sandra lächelte Peter an und sagte: „Aber Peter, ich habe dir doch erzählt, dass es im Hotel stressig ist, wir haben einen neuen Direktor bekommen, er ist sehr genau und streng, willst du das nicht verstehen, dass mich dies beschäftigt", sagte sie etwas strenger.

Marco meinte: „Ja das kann ich gut verstehen, wenn der Chef streng ist, freut einem das Arbeiten nicht!" Sandra freute sich, dass sie Marco verstanden hat und sagte: „Siehst du Peter, Marco versteht mich und du nicht, das ist enttäuschend!" Anny nahm Marcos Hand und küsste seine Finger, sie lächelt ihn an und sagte: „Ich hoffe, dass ich nicht zu streng zu dir bin, Liebster." Marco küsste sie und antwortete: „Du bist der liebste, der beste und der attraktivste Chef, den ich je im Leben gehabt habe." Anny schaute die Gruppe an und sagte: „Ab Montag ist Marco der Chef." Sandra fragte neugierig: „Warum, wo bist du dann?" Anny antwortete: „Ich bin in Salzburg bei einem Ärztekongress eingeladen, und Marco muss mich in dieser Zeit vertreten." Sandra dachte insgeheim: „Das ist schön, vielleicht ist das meine Chance, Marco zu verführen, und wenn sie auch meine Freundin ist, sie musste sich nicht gleich den schönsten Mann aussuchen, dann muss sie damit rechnen, dass sie ihn mit anderen Frauen zu teilen hat“, aber sie lässt sich das nicht anmerken und sagte: „Das wird sicher nicht leicht für euch, ihr wart noch nie auseinander, seit ihr zusammen seid. Peter meinte: „Eine kleine Abwechslung schadet nicht, die paar Tage sind schnell vorüber.“

Marco schaute Anny so traurig an, als ob er ihr sagen wollte: „Bitte nimm mich auch mit.“ Aber er wollte nicht dumm erscheinen und sagte nur: „Ich vermisse dich jetzt schon.“ Sie schaute in seine Augen, die voller Liebe zu ihr sprachen. Es fiel ihr schwer, ohne ihn die drei Tage zu sein, aber es war nicht anders möglich, sie musste an diesem Kongress teilnehmen, und Marco hatte in der Tierklinik viel zu tun. Daniel war ein guter Tierarzt, aber ohne Anny ist es nicht einfach, die paar Tage zu überstehen, und Sabine, die normalerweise die rechte Hand in der Klinik war, ist jetzt schwanger. Sie konnte nur ein paar Stunden aushelfen. Marco und Anny hatten eine Anzeige aufgegeben und suchten einen Tierarzthelfer oder eine Helferin, Marco konnte auf keinen Fall mit nach Salzburg.

Nur noch zwei Tage und zwei Nächte miteinander und diese Tage wollen sie verbringen, wie wenn es keine anderen mehr geben wird, kein Besuch sollte sie stören, sie wollten auch niemanden besuchen, nur sie und ihre Babys. Als sie nach Hause kamen, warteten alle drei Kater und Nico vor der Türe auf sie, hungrig und schmusebedürftig waren sie alle. Anny und Marco hatten schon ein Ritual entwickelt. Marco zündete bei Maxis Urne eine Kerze an und machte Kaffee für sich und Anny. Anny fütterte die hungrigen Mäuler, die sie auf jeden Schritt verfolgten. Als alle zufrieden waren, setzten sie sich auf die Bank und da es draußen wärmer geworden ist, sitzen sie auf der Terrasse und ließen den Tag ausklingen.

Das Licht des Vollmondes bestrahlte Annys Gesicht, sie sah so verführerisch aus, ihre Haare glänzten, die Augen spiegelten Leidenschaft. Marco betrachtete sie gerne, wenn sie redet und lacht, jedes Lächeln von ihr brannte sich tief in seine Seele ein. Seine Liebe und sein Verlangen nach ihr wurden immer stärker. Marco sitzt lässig auf dem Sessel, mit einer Hand stützte er seinen Kopf und schaute Anny voller Leidenschaft an. Lächelnd hörte sie zu reden auf und fragte: „Was hast du Liebster, du schaust mich so süß an, was hat der Blick zu bedeuten?“ Marco atmete tief ein und sagte: „Anny... ach Anny, ich liebe dich so sehr.... so sehr, dass es mir in die Seele weh tut. Jeden Tag verbringen wir zusammen, und trotzdem kriege ich nicht genug von dir, das Leben mit dir ist wie ein Traum, du bist so verständnisvoll, so gutherzig, du denkst so wie ich, und handelst so wie ich. Ist das wirklich war, dass wir zusammen sind, oder träume ich nur einen wunderschönen Traum seit über einem Jahr."

In Annys Augen sammelten sich die Tränen, denn sie empfindet dasselbe für ihn, seit Marco in ihr Leben kam, ist die ganze Welt schöner geworden, jede Blume, jeder Strauch, sogar der Regen, den sie nie wollte, war für Anny schön. Alles was sie tat, fiel ihr leicht, das Leben mit Marco konnte tausende Jahre dauern, ohne das sie genug von seiner Liebe hat. Anny stand auf, setzte sich auf seinen Schoss, umarmte ihm und sagte: „Ach Liebster, es ist schwer, die Gefühle zu beschreiben, ich weiß ganz genau, was du empfindest, mir geht es genau so. Das Leben mit dir ist wie ein Traum, aber wenn das ein Traum ist, dann möchte ich nie aufwachen. Die Wirklichkeit würde mich umbringen, denn ohne dich war ich ein trauriger und unglücklicher Mensch trotz allem, was ich besitze, mir hat immer etwas gefehlt, ich wusste nur nicht, was es war. Aber jetzt weiß ich es, du warst es... du mein Liebster", sagte sie mit leiser Stimme, während ihre Augen glänzten und nach seiner Liebe verlangten.

Marcos Herz füllte sich mit Liebe und Leidenschaft, seine Hände streichelten ihren Körper, seine Lippen suchten ihre, sie küssten sich innig und konnten nicht genug von einander bekommen. Das Telefon läutete, aber sie hoben nicht ab. Marco nahm sie in die Arme und küssend trug er sie ins Schlafzimmer hinein. Die Türe machte er mit einem Fuß zu, ohne von jemand gestort zu werden, liebten sie sich lange.

Der Montag, an dem sie wegfahren musste, war schon da, der Wecker klingelte um sechs Uhr, keiner von Beiden wollte aufstehen, sie kuschelten sich aneinander und stellten den Wecker nochmals, in zehn Minuten musste er wieder läuten. Noch verschlafen küsste Marco ihr Gesicht, sie erwiderte seine Küsse, bis daraus mehr geworden ist, aufgestanden sind sie erst um halb sieben. Die Katzen und Niko waren am Vorabend und am Vormittag besonders liebesbedürftig. Anny und Marco wunderten sich, wie verschmust sie waren.
Auch Marco konnte von Anny nicht genug bekommen und sagte: „Bitte Liebste, fahre vorsichtig, mir fällt es sehr schwer, drei Tage ohne dich zu sein." Anny lacht und sagte: „Marco Liebster, ich bin doch kein kleines Kind und es ist nicht weit, nur drei Stunden mit dem Auto. Die drei Tage sind schnell vorüber, du wirst sehen, ich werde dich jede Stunde anrufen." Marco war ungewöhnlich ängstlich und sagte: „Ach Anny.... kannst du nicht absagen und hier bleiben." Anny lächelte und sagte: „Marco... ich werde dich auch sehr vermissen, aber

Liebster, verstehe mich, dort erfahre ich viel über die neuesten Forschungsergebnisse und das hilft uns in unserer Tierpraxis. Du weißt, die Tiere gesund zu bekommen ist unser Ziel. Ich liebe dich Marco und ich verspreche dir, ich schau keinen anderen Mann an, du bist mein Leben und nur dich liebe ich mein Liebster, bitte vertraue mir", sagte sie voller Überzeugung.

Marco spürte eine Veränderung, es war, als ob ihm der Boden unter den Füßen weggezogen wird und das machte ihm große Angst, er konnte dieses Gefühl nicht beschreiben, aber es schnürte ihm seine Kehle zu. Marco wollte auch keine Panik machen, denn was soll Anny von ihm denken. Als Anny diese Worte sagte, hörte Marco auf, lästig zu sein. Er wollte nicht, das Anny denkt, er wäre eifersüchtig und beruhigte sich selbst, indem er zu sich sagte: „Ich liebe sie wahrscheinlich zu sehr, deshalb habe ich Angst um sie, sie kann schon auf sich aufpassen, ich sollte aufhören schwarz zu malen." Marco umarmte sie fest, seine Hände wollten sie nicht mehr loslassen, sie blieb in seinen Armen und wollte auch nicht recht weggehen, aber die Pflicht war stärker und er ließ sie los. Anny nahm ihre Babys eines nach der anderen hoch, küsste sie fest und ließ sie los. Sie schauten sie mit einem traurigen Blick an, als ob sie zu ihr sagen wollen: „Bitte bleib da", aber sie konnten nicht reden.

Im Vorzimmer stand Anny mit dem Koffer und ihrer Handtasche, schaute Marco so an, als ob sie jetzt schon Sehnsucht nach ihm und ihren Babys hatte und sagte: „Ich liebe dich Marco, vergiss das bitte nie! Unsere Babys sind bei dir gut aufgehoben." Marco streichelte ihre Haare und lachte. „Du weißt, dass ich sie genau so wie du liebe, sie sind in den besten Händen, mache dir bitte keine Sorgen und fahre vorsichtig." Ein Schritt zur Türe und sie dreht sich wieder zu Marco. Er nahm sie in die Arme und sie küssten sich ein letztes Mal. Als sie in den Lift eingestiegen ist, sagte er noch einmal: „Bitte Liebste, pass auf dich auf und ruf mich gleich an, wenn du ankommen bist." Anny rief ihm durch die sich bereits schließende Lifttüre zu: „Ich liebe dich und ich werde mich gleich bei dir melden, wenn ich angekommen bin."
Marco kam in die Tierpraxis, er musste die Büroarbeiten die sonst Anny erledigte übernehmen. Schon im Warteraum standen viele Bewerber die sich um die Stelle als Tierhelfer/in bewerben wollten, Marco bat sie einen nach dem anderen ins Büro vom Anny zum Gespräch, aber seine Gedanken waren bei Anny.

Annys Handy läutete, es war Sandra, sie wollte wissen ob sie weggefahren ist und erzählte ihr, dass sie am Vorabend mit Peter einen Streit hatte. Anny schaltete ihre Freisprecheinrichtung ein und wollte Sandra aufmuntern, denn sie hörte sich sehr unglücklich an. Anny fragte: „Was ist passiert, du hörst dich sehr traurig an, komm erzähle es mir, ich bin unterwegs nach Salzburg, habe die Freisprecheinrichtung an und höre dir aufmerksam zu?“ Sandra begann zu weinen und sagte traurig: „Es ist aus! Ich kann so nicht mehr weiter, Peter ist lieb, aber sehr fad, er hat nur sein Geschäft im Kopf, keine Ahnung von Romantik. Stundenlang erzählt er mir von seiner Arbeit und wenn wir uns niederlegen, schläft er sofort ein. Wir hatten schon seit Wochen keinen Sex mehr.“

Anny wunderte sich, denn das hatte ihr Sandra nie erzählt, sie dachte immer, dass sie Peter liebte und hat sie nie gefragt, wie ihr Sexualleben ausschaut. In letzter Zeit sprachen sie viel und oft miteinander, aber nur über Marco. Anny machte sich Vorwürfe, sie merkte in diesem Moment, dass sie etwas egoistisch war, denn sie redete mit Sandra und erzählte ihr, wie toll der Sex mit Marco ist, fast jedes Detail, dabei war Sandra so unglücklich. Anny sagte: „Oh Süße... das tut mir leid, und ich Trottel habe nur von mir und Marco erzählt und dich nie gefragt, wie es dir geht. Was kann ich tun, um das wieder gut zu machen?“, fragte Anny. Sandra beruhigte sich etwas und sagte: „Du kannst nichts dafür Anny, ich bin schuld, ich habe nie so einen großen Wert auf die Liebe gelegt, aber du hast mich eines Besseren belehrt, dein Leben mit Marco ist so ansteckend, dass ich mir wünsche, auch so wie du die wahre Liebe zu finden. Ich will auch geliebt werden, nicht dass ich auf dich und Marco eifersüchtig bin, ganz bestimmt nicht, aber du wolltest immer die wahre Liebe finden, und ich habe darüber gelacht. Ich dachte, dass diese Liebe nicht existiert und jetzt sehe ich, wie glücklich du bist und das man die wahre Liebe finden kann, wenn man will.“

Anny lachte, sie erinnerte sich an Sandras Worte, als sie sagte: „Du suchst den Prinzen auf dem weißen Pferd, vergiss es, den gibt es nicht.“ Anny erinnerte Sandra an ihre Worte, sie lachten beide. Sandra fragte Anny: „Bist du mir böse. wenn ich Marco heute Abend zum Essen einlade, ich brauche Trost, und du bist ja nicht da?“ Anny überlegte kurz, sie war etwas erschrocken. Sandra hatte seit Wochen keinen Sex, sie war zutiefst unglücklich, dann bewunderte sie Anny, weil sie Marco kennengelernt hat und sie suchte die wahre Liebe. Auch wenn sie Anny wie eine Schwester liebte, hatte sie um ihren Marco Angst. Sandra war auch sehr attraktiv und konnte die Männer leicht verführen. Anny wusste, dass Marco sie liebt, aber Garantie für die Liebe gibt es nicht. Als keine Antwort kam, fragte Sandra noch einmal: „Anny, du hast doch nichts dagegen?“ Anny riss sich von diesem Gedanken los und antwortete flott: „Nein, nein natürlich nicht! Du kannst mit meinen Marco Essen gehen, und pass mir auf ihn auf. Du weißt, die schlimmen Weiber, die ihn mit den Augen ausziehen, wenn wir fortgehen", sagte sie Spaß halber, damit Sandra auf keine dummen Gedanken kommt. Wusste aber nicht, dass ihre beste Freundin Sandra schon bei der Begrüßung mit Marco feucht zwischen den Beinen war, wenn er sie berührte.

Nach etwa drei Stunden kam Anny zum Tierärztekongress, sie war pünktlich. Vor dem Gebäude warteten einige junge Ärzte, bis die Versammlung vollständig ist. Als Anny über die Treppe kam, hörten sie auf zu reden und schauten sie alle an. Sie begrüßte alle freundlich und ging an ihnen vorbei, hinter ihr hörte sie einige flüstern: „Wau, hast du die gesehen, die ist so hübsch." Einer fragte, ob sie denn auch am Kongress teilnimmt, ein anderer meinte, dass er das dann im Hotel feststellen wird können, denn wenn sie eine von uns ist, wird sie am Abend mit uns Essen.

Eines war klar, Anny gehörte die ganze Aufmerksamkeit der jungen Ärzte, sie stand im Mittelpunkt. Im großen Saal waren endlich alle versammelt, auch Anny hielt ihren Vortrag. Die ganze Zeit über hatte sie das Gefühl, von einigen Männern auf Schritt und Tritt beobachtet zu werden, aber das war nichts neues, dieses Gefühl hatte sie, seit sie ein Teenager war. Im Hotel ging die Bewunderung weiter, sie hatte keine Ruhe von Männern, die sie unbedingt erobern wollten, sie versprühten ihren ganzen Charme, um ihr zu gefallen, aber Annys Herz gehörte nur einem Mann. Sie liebte ihn so sehr, dass sie die anderen Männer nicht einmal wahrgenommen hatte. Jede freie Minute rief sie Marco an, die charmanten Männer hatten nicht einmal eine Chance, denn sie hing ständig am Telefon und führte mit ihren Marco Gespräche. Anny vermisste ihn furchtbar, auch ihre Katzen und Nico, die drei Tage waren wie drei Wochen für sie.

Am selben Abend rief Sandra Marco an und lud ihn zum Essen in ein Restaurant ein. Bevor er Sandra zugesagt hatte, fragte er Anny, ob das für sie in Ordnung war. Anny wusste bereits Bescheid, denn sie hatte vor ihm ein Gespräch mit Sandra gehabt, sie freute sich darüber, dass Marco sie darüber informiert hatte, denn das stärkte ihr Vertrauen zu Marco.

Sandra war früher als ausgemacht im Restaurant. Marco hatte sich nichts dabei gedacht, als ihn Sandra zum Abendessen eingeladen hatte, für ihn war das selbstverständlich, mit der besten Freundin seiner Frau essen zu gehen. Marco hatte Respekt vor Sandra, aber keine Hintergedanken, geschweige denn Gefühle für sie. Sandra hatte dagegen die Freundschaft mit Anny auf die Seite gestellt und wollte unbedingt mit Marco einen One-Night-Stand haben, ohne dass Anny jemals davon erfährt. Sandra war ganz scharf auf Marco, noch dazu hatte sie mit Peter keinen Sex, sie wollte auch keinen anderen Mann. Mit ihrem attraktiven Aussehen konnte sie fast jeden haben, blonde Frauen mit langen Beinen und langen Haaren hatten Vorrang bei den Männern, aber in diese war sie nicht verliebt, es war Marco, der sie reizte, koste es was es wolle.

Nervös saß Sandra bei Tisch, den Blick auf die Türe gerichtet, sie überlegte, wie sie das anstellen soll. Sie hatte ihren reizvollen Minirock und eine Spitzenbluse mit tiefen Ausschnitt, ihre prallen Brüste luden die Männer zu sexistischen Phantasien ein und sie dachte: „Dem wird Marco nicht widerstehen können." Ihre langen übereinander gekreuzten Beine und ihre High-Heels sollte Marco bereits bei der Tür bemerken und zum Seitensprung bewegen. Fünfzehn Minuten später als vereinbart kam Marco bei der Tür herein, die reizvolle Frau hatte er nicht bemerkt, er sah nur Sandra, die beste Freundin seiner Anny. Gehetzt kam Marco Sandra näher. „Entschuldige die Verspätung Sandra, in der Tierklinik war heute viel los, Anny fehlt uns sehr und die Einstellung vom neuen Tierhelfer erfordert viel Zeit." Sandra lächelt ihn an. „Das ist kein Problem, ich warte gerne auf dich Marco", sagte sie mit einem tiefen und verführerischen Blick.

Marco bemerkte die andere Sandra, aber er wusste nicht, was das jetzt zu bedeuten hatte und setzte sich ihr gegenüber. „Habe ich einen Hunger", sagte Marco und nahm die Speisekarte in die Hand. Sandra gab alles von sich, um ihre Reize zu präsentieren, jeden Trick versuchte sie. Den Minirock, der ohne hin kurz war, ließ sie noch kürzer erscheinen, damit Marco auf ihre schönen langen Beine aufmerksam wird, ihr Dekolleté schob sie nach unten, damit er ihre Brüste, die leicht bedeckt waren, bemerkte. Aber Marco schaute nicht hin, er war mit seiner Bestellung beschäftigt. Als der Kellner kam und sie das Essen bestellten, fragte Marco vorsichtig: „Wo ist eigentlich dein Peter?" Sandra hatte wieder diesen Blick, mit dem sie Marco eigentlich fragen wollte, ob er mit ihr ins Bett will und antwortete: „Er ist genau wie Anny viel beschäftigt, wir brauchen die beiden nicht, ich finde es schön, mit dir alleine zu sein, du nicht Marco?" Er schaute sie fragend an und war ein wenig verunsichert über die Antwort von Sandra. Marco fragte vorsichtig: „Seid... ist... habt ihr Schluss gemacht?"

Sandra dachte, jetzt ist die Gelegenheit da, um mit ihm eine schöne Nacht zu verbringen antwortete: „Sozusagen, wir haben uns auseinander gelebt, Peter ist ein fader Mensch, und ich brauche viel mehr Aufmerksamkeit, ich brauche einen richtigen Mann... einen, der nicht von in der Früh bis zum Abend mit seinem Computer beschäftigt ist und dann wie tot ins Bett fällt. Ich will lieben und geliebt werden, schließlich bin ich nicht unattraktiv, oder?" Marco bemerkte Sandras Absicht und dachte: „Das bespricht man doch mit einer Freundin, aber nicht mit ihrem Mann, es sei denn, sie will etwas damit erreichen." Marco, etwas verlegen, sagte: „Ja das stimmt, du bist eine gutaussehende Frau, aber hast du mit Peter denn darüber gesprochen? Was sagt er dazu?" Sandra sagte: „Ich habe es satt, mit ihm zu reden, ich liebe Peter nicht mehr!"

Marco wollte mehr wissen und fragte, ob sie jemanden anderen kennen gelernt hätte? Sandra ergriff wieder die Chance und sagte: „Wen denn? Die, die mir gefallen, sind verheiratet und die, die ich nicht will, sind hinter mir her." Marco wurde neugierig und provozierte Sandra mit seinen Fragen. „Wie soll denn der Mann ausschauen, der dir gefallen würde?" Sandra dachte, dass es jetzt so weit ist und während der Kellner das Essen brachte, beschrieb Sandra den Mann, der ihr Herz erobert hatte. „Er soll südländisch ausschauen, einen gut gebauten Körper haben und dunkle Haare, einen sexy Blick, volle Lippen, küssen wie ein Gott und im Bett sein wie eine Rakete!"

Bei dieser Beschreibung schaute Marco sie tief in die Augen, sie gab ihm deutlich zu verstehen, dass sie ihn meinte. Marco verstand Sandras Botschaft, er war nicht dumm und solche Schlangen wie Sandra kannte er von früher zur Genüge. Marco wollte sie jetzt provozieren und dachte: „So ein falsches Luder, mit Anny wie eine Schwester, und mit mir will sie ins Bett gehen, ich will genau wissen, ob das wirklich so ist", und fragte: „Gibt es diesen Mann schon?" Sandra war bereit für die Wahrheit, sie war schon ganz geil, mit ihm ins Bett zu gehen, in Annys Welt zu sein, nur für eine Nacht. Sie beugte sich nach vor und sagte mit verliebten Blick: „Oh Ja!!! Ja, den gibt es schon, und ich bin bereit, alles aufs Spiel zu setzen, um ihm eine unvergessliche Nacht zu schenken!" Marco schaute sie provokant an und fragte: „Weiß dieser Mann schon über sein Glück Bescheid?"

Sandra dachte, jetzt oder nie. Sie schaute Marco an und lächelnd sagte sie: „Nein, aber er wird es gleich erfahren." „Gleich erfahren? wo ist er? Ist das der nette Kellner", provozierte Marco sie wieder. „Ich will dich Marco, mit allem was du hast, ich liebe dich und will dir eine wundervolle Nacht schenken. Ich weiß, dass Anny meine beste Freundin ist, aber sie hat sich den schönsten Mann ausgesucht und sie muss damit rechnen, dass sie ihn mit anderen Frauen teilt. Sie wird nie davon erfahren, ich will nur die eine Nacht mit dir verbringen, sonst nichts, bitte erfülle mir diesen Traum!"

Marco bekam die Bestätigung, dass er sie durchschaut hatte, sie tat ihm leid, denn Sandra hatte sich wirklich in ihn verliebt. Wenn er Anny nicht kennen würde, würde er ihr diesen Gefallen tun, aber wie konnte er das machen, wenn sein Herz nur einer Frau gehörte, seiner Anny, es blieb kein bisschen Gefühl für andere Frauen, seine ganze Liebe gehörte nur ihr, er konnte Anny mit keiner anderen Frau betrügen, geschweige denn mit Annys bester Freundin. Marco schaute sie enttäuschend und gleichzeitig traurig an und sagte: „Sandra, du bist eine sehr attraktive Frau, jeder Mann würde sich glücklich schätzen, mit dir Sex zu haben, aber du bist Annys beste Freundin, ich muss dir ehrlich sagen, dass ich mit dir nicht schlafen kann. Nicht weil du nicht schön bist, sondern aus diesem Grund, weil meine ganze Liebe deiner Freundin Anny gehört. Ich würde dich nicht glücklich machen. Das was dir Anny womöglich erzählt hat, dass unser Liebesleben wunderbar ist, das hat nur mit unserer Liebe zu tun und nicht, weil ich ein toller Mann bin. Verstehst du Sandra... es hat nichts mit Sex alleine zu tun, nur unsere Liebe kann das ermöglichen."

Sandra wollte das nicht wahr haben, in diesem Moment war Anny ihr stärkster Feind. Sie sah so traurig aus, sie fühlte sich wie die unattraktivste Frau, die niemand haben will und sie versuchte erneut, ihn zu erobern. „Marco bitte, es fällt mir schwer, dir das zu sagen, bitte weise mich nicht ab, ich habe seit Monaten nichts anderes im Kopf außer dir. Bitte erfülle mir nur diesen einen Traum, ich schwöre es dir, Anny wird nie davon erfahren. Komm, gehen wir zu mir." Und sie streckte ihm die Hand entgegen. Marco sah sie an und sagte: „Es tut mir leid Sandra, aber ich empfinde nicht dasselbe für dich, ich liebe Anny, und es würde mich freuen, wenn sie nie etwas davon erfahren würde, das würde ihr das Herz brechen." Marco griff nach seiner Geldbörse, nahm das Geld und legte mehr als er sollte auf den Tisch, stand auf und sagte: „Das hier ist nie passiert!!!"

Er ging zur Tür hinaus, schüttelte seinen Kopf und in diesem Moment rief ihn Anny an. Sandra blieb wie versteinert auf ihren Sessel sitzen, die Augen füllten sich mit Tränen, der Kellner kam zu ihr und fragte: „Haben sie sonst noch einen Wunsch?" Die Frage, die der Kellner gestellt hat, hörte Sandra nicht, sie reagierte darauf nicht. Die Nacht war für Sandra lang, sie suchte in Nachtlokalen nach einen Ersatz für Marco und wachte mit einem fremden Mann in einer fremden Wohnung in der Früh auf, und einem riesigen Kater.

Der dritte Tag begann, Anny war so froh, dass sie es nicht erwarten konnte, dass dieser Tag vorüber ging. Der Kongress dauerte lange und so wie es üblich war, wollten die Ärzte eine Abschlussfeier machen, denn einige kannten sich noch von ihren Studienzeiten. Auch Anny traf einige Studienkollegen bei diesem Kongress und normalerweise sollte der dritte Tag nach dem Abschluss der Beste sein, denn danach wird die Sau raus gelassen, jeder freute sich auf diesen Abend. Das Hotel war noch bis zum nächsten Tag in der Früh gebucht, jeder wusste, dass die Ärzte ihre Hemmungen und guten Manieren vergaßen, um eine schöne und unvergessliche Nacht zu verbringen. Anny hatte nur eines im Kopf, schnell nach Hause fahren, um ihren Liebsten und ihre Babys zu sehen. Die drei Tage ohne sie haben ihr gereicht, zwischen so vielen Menschen, die in ihrer Nähe waren, fühlte sie sich einsam ohne Marco.

Marco ging früher aus der Tierklinik, um für Anny ein Geschenk zum ersten Hochzeitstag zu besorgen. Leicht hatte es Marco nicht, ein Geschenk für seine Anny auszusuchen, sie hatte einen feinen Geschmack, aber er ließ sich von seinem Herzen leiten und kaufte ihr einen Brillantring als Zeichen seiner Liebe und buchte einen Flug nach Paris für zwei Personen. Venedig wäre auch nicht schlecht, aber das ist ja sein Heimatland und Paris liebte Anny, und drei Tage zu zweit zu verbringen, wäre genau das Richtige für Verliebte, die ihr erstes Jahr als verheiratetes Paar feiern.

Marco war es nicht recht, dass Anny gleich nach dem Abschluss fahren will, er wusste, dass die drei Tage sie sehr mitgenommen haben und dass das hohe Konzentration erfordert hatte. Natürlich hatte er Sehnsucht nach ihr, und er konnte es auch nicht erwarten, sie wieder in die Arme zu nehmen, aber Marco machte sich Sorgen um sie und sagte: „Bitte Anny, fahre morgen, es ist mir nicht recht, wenn du dich müde hinter das Steuer setzt und das noch am Abend." Aber Anny konnte nichts im Weg stehen, sie fühlte sich Topfit, wenn sie daran dachte, dass sie in drei Stunden zu Hause bei ihrem Marco und ihren Babys sein konnte. Keine Abschlussparty der Welt konnte sie dazu bewegen, da zu bleiben. Da Marco sie nicht dazu bewegen konnte, im Hotel zu übernachten, wollte er sie mit einem feinen Essen überraschen, das er für sie vorbereiten wollte. Fröhlich und voller Leidenschaft kaufte er Lebensmittel, Kerzen und ein perfekt gedeckter Tisch sollten die Romantik im Raum steigern. Singend kam Marco nach Hause, als erstes legte er eine CD auf, die seine Stimmung noch steigerte. Die Kater und Niko kamen ganz verschlafen aus ihren Körben heraus und schauten ihn sehr traurig an. Marco verstand die miese Stimmung nicht und nahm einen nach dem anderen in die Arme, küsste sie und tanzte mit ihnen durch die Wohnung. Die Wohnung war von der Putzfrau, die an diesem

Tag da war, perfekt zusammen geräumt, denn Anny legte großen Wert auf die Sauberkeit. Nun kann seine Anny nach Hause kommen, nur das Essen musste noch gekocht werden, dann steht der romantischen Nacht nichts mehr im Wege, dachte Marco, während er singend und tanzend das Essen vorbereitete.

Anny hatte länger gebraucht als sie sich vorgenommen hatte, denn so leicht konnte sie auch nicht gehen. Alle alten und neuen Bekannten wollten sich von ihr verabschieden, dann noch ihre Mutter, die sie anrief, bevor sie bei der Türe hinausging. Kaum war das Telefonat mit ihrer Mutter und ihren Vater beendet, rief sie auch ihr Bruder an, alle waren ungewöhnlich freundlich zu ihr. Anny wunderte sich über alle, sie dachte: „Komisch, was würden sie machen, wenn ich für ein Jahr weggehen würde, wenn sie mich jetzt schon vermissen."

Nervös von den vielen freundlichen Menschen und ihrer Familie rief sie Marco noch einmal an, um ihm zu sagen, dass sie sich endgültig auf dem Weg nach Hause macht. Er war auch nicht besser als die anderen, denn ständig sagte er: „Bitte Liebste, fahre vorsichtig, ich liebe dich", wiederholte er mehrere Male.

Endlich fühlte sie die Autobahn unter ihren Rädern, Gas... Gas, schnell nach Hause, dachte sie und war so gut aufgelegt, wie noch nie in ihrem Leben. Vor ihren Augen sah sie Marcos Gesicht, ihre Lippen küssten ihn bereits, ihre Hände fühlten das Fell Ihrer Babys, im Radio spielten sie ihre Lieblingslieder und Anny singt laut mit. Einige Kilometer hatte sie schon hinter sich gelassen, so schnell ist sie noch nie gefahren, die linke Spur verließ sie nicht, seit sie auf der Autobahn fuhr. Eine halbe Stunde noch höchstens, dann ist sie zu Hause, einmal noch Marco Bescheid sagen, dass es nicht mehr lange dauert, bis sie nach Hause kommt. Sie nahm das Telefon und wählte seine Nummer, Marco meldet sich. „Hallo meine Schönste", sagte er liebevoll. „Hallo mein Liebster, ich werde in einer halben Stunde da sein, mach dich auf eine erotische Nacht gefasst", sagte sie leidenschaftlich. Marco erwiderte und sagte: „Oh ja... auf diese Nacht freue ich mich sehr, ich kann es kaum erwarten, dich zu vernaschen, meine geliebte Frau. Die drei Tage wirst du mir mit deiner Liebe bezahlen!" Sie lachte herzlich und sagte: „Mehr als das mein Liebster, mit meiner ganzer Seele, denn sie gehört dir, nur dir ganz alleine!" Auf ein Mal wurde Anny ernst und sagte: „Ich liebe dich Marco, bitte vergiss das nie!" Marco wurde auch ernst und erwiderte: „Oh Gott Anny! Ich bin verrückt nach dir, es ist schlimmer, als das erste Mal, als ich dich küsste, du bist mein Leben" Anny fühlte dieselbe Liebe für ihn. „Ich bin gleich zu Hause und das muss ich am eigenen Leib spüren." Marco konnte es kaum noch erwarten. Als sie das Gespräch beendet hatten, legte sie ihr Handy auf den Beifahrersitz. Durch ihren Kopf gingen ein paar Gedanken, der Tag, als Marco mit Nico in die Klinik kam, die Tage, als sie ineinander verliebt waren und keiner den ersten Schritt wagte, einander seine Liebe einzugestehen, der Tag, als er sie zum ersten Mal küsste, als sie geheiratet haben und die Woche auf Mallorca.

Langsam wurde es dunkel, die Lichter der entgegenkommenden Autos blendeten sie in ihren Augen, auf einmal hörte sie das quietschen von Reifen, Scheinwerfer schienen ihr direkt ins Gesicht, ein riesiger LKW näherte sich ihrem Wagen. Der Lenker hatte einen Sekundenschlaf, er schleuderte, durchbrach die Mittelleitschiene und krachte mit voller Wucht frontal in Annys Auto. Die nachfolgenden Fahrzeuge konnten nicht mehr rechtzeitig bremsen und fuhren auf sie auf, es kam zu einer Massenkarambolage. Ein Meer von Blaulichtern durchflutete die Autobahn, sie musste für mehrere Stunden gesperrt werden. Rettung, Feuerwehr und Polizei hatten alle Hände voll zu tun, einige bluteten stark, die anderen mussten aus ihren Fahrzeugen befreit werden, nur wenige waren bei Bewusstsein.

Marco saß mit den Katzen und dem Hund nervös zu Hause und schaute jede Minute auf die Uhr, Minuten wurden zu Stunden. Eine halbe Stunde sagte sie, es ist bereits eine Stunde vergangen, seit Marco mit Anny zuletzt telefonierte. Nico fing an zu heulen, er setzte sich auf seine Hinterbeine, hob den Kopf und jaulte wie ein kleines Kind, die Katzen folgten ihm, sie gaben auch Töne von sich, die Marco unter die Haut gingen. Ein kalter Schauer lief ihm über den Rücken, was hatte dieses Jaulen zu bedeuten? Ist etwas mit seiner geliebten Frau passiert, wen kann er fragen, wer würde ihm die Frage beantworten? Als erstes drehte Marco das Radio auf, um zu hören, ob auf der Autobahn ein Unfall passiert ist. Nichts! Nur Musik, die ihn furchtbar nervte und Moderatoren, die gute Laune hatten.

Marco nahm das Handy und versuchte erneut, Anny zu erreichen. Das Handy läutete, doch es nahm keiner ab, sein Gesicht wurde ernst, seine Hände zitterten, den Gedanken, das seiner Geliebten Anny etwas passiert sein könnte, ließ er nicht zu. Immer, wenn ihm dieser Gedanke durch den Kopf ging, schüttelte er unbewusst den Kopf, als ob er diesem Gedanken nicht Platz machen wollte. Die Blicke der Katzen und des Hundes zeigten ihm, dass etwas nicht in Ordnung war, er nahm einen nach dem anderen in die Arme, seine Augen füllten sich mit Tränen und er beruhigte sie. „Macht euch keine Sorgen, eure Mami wird bald kommen", sagte er mit trauriger Stimme.

Das Auto von Anny ist so stark beschädigt worden, dass die Feuerwehr lange gebraucht hatte, um sie aus dem Wrack zu befreien. Die Männer staunten, als sie bemerkten, dass sich ein Stück Blech vom Auto wie ein scharfes Messer in ihre Brust gebohrt hatte. Ihr Gesicht war so wie immer, kein einziger Kratzer, nur dieses Stück in ihrer Brust ließ ihre lebensgefährliche Verletzung sofort erkennen. Die Sanitäter legten sie auf eine Matte mitten auf die Straße, aber sie konnten keine Vitalfunktionen mehr erkennen. Aufgrund der Schwere der Verletzungen wurde vom anwesenden Notarzt keine Reanimation mehr begonnen. Jedes Zeichen sprach dagegen, im Auto hatte Anny kein Lebenszeichen von sich gegeben, als sie sie befreiten, atmete sie nicht mehr, als der Notarzt ihren Puls fühlen wollte, spürte er nur eine kalte Hand.

Anny stand daneben, als der Arzt zu den Anderen sagte: „Es tut mir leid, aber sie ist tot!“ Anny sah nicht hin, sie sah nur die vielen blauen Lichter, die die Straße durchfluteten, sie war so durcheinander, dass sie nicht einmal wusste, was passiert ist. Es muss ein Unfall passiert sein, dachte sie und erinnerte sich, dass sie Tierärztin war, im Notfall konnte sie auch Menschen helfen. Anny schrie in die Gruppe: „Ich kann helfen, was kann ich tun?“ Auf der Straße war es zwar laut, aber nicht so laut, das sie keiner hören konnte. Sie ging zu einem der Männer, versuchte ihn zum berühren, um ihm zu sagen, dass sie helfen will, doch ihre Hand konnte den Mann nicht greifen. Sie versuchte es erneut, doch jedes Mal ist ihre Hand durch die der Männer durchgegangen.

Das Handy von Anny läutete wieder, sie erkannte ihren Klingelton, sie suchte nach ihrem Handy, denn sie wusste, das Marco sie anrief, für ihn hatte sie einen eigenen Klingelton gespeichert. Anny suchte nervös nach ihrem Handy, ein Polizist hielt es in der Hand, sie rannte zu ihm und hörte in diesem Moment den Polizisten sagen: „Es ist wieder Marco, was soll ich tun?“, fragte er den anderen Polizisten, der ihm sagte: „Ja nicht abheben, du kannst ihrer Familie nicht am Telefon sagen, dass sie tot ist. Ich habe die Polizeiinspektion benachrichtigt, die Kollegen sind schon zu ihrem Mann gefahren.“

Als Anny das hörte, spürte sie einen kalten Luftzug durch ihre Seele, sie schrie so laut: „Verdammt, hört mich den keiner hier!!!“ Sie wollte den Polizisten das Handy aus der Hand reißen, mit ganzer Kraft griff sie nach ihrem Handy, aber sie hatte wieder versagt. Als sie eine heftige Bewegung machte, spürte der Polizist einen starken Wind durch seine Haare, er drehte sich zur Seite und fragte die anderen Männer, die neben im standen: „Habt ihr das auch gespürt?“ Die anderen haben nichts mitbekommen und deuteten nur „nein“ mit dem Kopf. Als der Polizist zu Seite ging, sah Anny eine Person auf dem Boden liegen, sie schaute noch ein Mal hin und sah sich selbst, sie schaute genauer hin und sah dieses Stück Blech, das in ihrer Brust steckte, direkt im Herz.

Anny wurde bewusst, dass sie tot ist, aber wenn sie tot war, warum stand sie noch dort, warum hörte sie keiner? Auf ein Mal erinnerte sie sich an alles, dass Marco zu Hause auf sie wartet, die starke Liebe für ihn und ihre Babys, ihre Familie und Freunde, die Tierpraxis, das ganze Leben lief wie ein Film vor ihren Augen. Ist das jetzt endgültig der Abschied von allen gewesen, gibt es kein Zurück mehr, wird sie ihren geliebten Mann nie wieder sehen, nie wieder den Duft seiner Haut einatmen, nie wieder seine Wärme spüren? was werden ihre Babys ohne sie machen, wird sich jemand um sie kümmern, werden sie jemanden haben, der sie füttert, oder werden sie traurig ins Heim abgeschoben.

Sie konnte nichts mehr tun, es war endgültig, Warum musste sie sterben, gerade jetzt, wo sie am glücklichsten war, wo sie das Leben so stark in sich spürte. „Warum?“ fragte sie sich, während die Tränen, die niemand sah, nur so hinunter flossen, und keiner da war, der ihren Schmerz linderte. Alles tat ihr weh, aber kein körperlicher Schmerz, denn einen Körper hatte sie nicht mehr, es war ein seelischer Schmerz, der viel mehr weh tat als alle körperlichen Schmerzen. Anny wurde immer schwächer, wie eine kleine Flamme, die der kleinste Windstoß ausblasen konnte. Auf ein Mal spürte sie eine angenehme Wärme, ein strahlendes Licht kam auf sie zu, es war nicht das Licht von der Straße, es war mächtig, dieses Licht strahlte in zartem Blau, gemischt mit strahlendem Rosa.

Sie hob den Kopf und wie eine Wärmelampe, die sie bestrahlte, kam es immer näher, sie erkannte ein Lebewesen, oder besser gesagt eine göttliche Gestalt, die große weiße Flügel hatte und lächelnd sich wie zum Schutz über sie beugte. „Anny... Hab keine Angst“, sagte die Gestalt, „mein Name ist Gabriel, ich bin dein Schutzengel, ich kenne dich besser als du dich selbst. Von dem Tag an, als du zur Welt kamst bis zum heutigen Tag war ich dein Begleiter, jede traurige Stimmung, jeder Schmerz, jede Freude habe ich mit dir geteilt.“

Anny kam zu Kräften, stand auf und schaute Gabriel wütend an: „Du bist mein Schutzengel!!? Was ist ein Schutzengel? Einer, der zugelassen hat, dass ich sterbe!!! Wo warst du, als der Unfall passiert ist, warum hast du nicht auf mich aufgepasst? Ist das nicht deine Aufgabe gewesen? schrie ihn Anny wütend an.

Gabriel schaute sie mit verträumten Augen an, freundlich sagte er mit seiner sanften Stimme: „Ich weiß, wie du dich fühlst, ich spüre deinen Schmerz, aber heute konnte ich dir nicht helfen, denn du hast deine Aufgabe erfüllt. Den Körper, den du hattest, musstest du verlassen, auf dich wartet die nächste Aufgabe, Anny.“ Sie wollte das nicht war haben und sagte: „Ich habe noch lang meine Aufgabe nicht erfüllt! Ich kann meinen Mann nicht verlassen, und meine armen Katzen und meinen Hund, wer soll sich jetzt um sie kümmern? Bitte, bitte, hilf mir, mach mich wieder lebendig. Ich kann ohne Marco nicht sein...“ flehte Anny Gabriel an. „Anny, beruhige dich“, sagte Gabriel, „ich kann dir nicht mehr helfen, meine Aufgabe ist es nur, dich zu unserem Gott zu bringen. Du kannst eine Woche auf der Erde verbringen und dich von allen verabschieden und ich werde an deiner Seite sein. Wo du nur willst, sag es mir nur und wir sind dort. Bitte glaube mir, nichts ist so schlimm, wie du es jetzt in diesem Moment empfindest.“

Fast zwei Stunden sind vergangen, seit Marco mit Anny gesprochen hat, da kann etwas nicht stimmen. Das war nicht ihre Art, sich nicht zu melden, wenn ihr etwas dazwischen gekommen ist. Marco hatte Angst, Angst von der Wahrheit, Angst, dass seiner geliebten Frau etwas Schlimmes passiert sein könnte. Als erstes dachte er, dass die Polizei Bescheid wissen müsse, wenn ein Unfall passiert sei, er nahm das Handy und wollte gerade die Nummer wählen, als bei der Türe läutete. Marco wusste im ersten Moment nicht, ob er sich freuen oder Angst haben soll. Er dachte an Anny, aber warum sollte sie läuten, sie hatte den Schlüssel bei sich, vielleicht ist sie überfallen worden und man hat ihr die Tasche und das Auto gestohlen, wenn das so war, dann wäre er froh darüber. Marco dachte nach und ging zur Tür, Katzen und Hund bewegten sich nicht, sie rannten nicht zur Türe, so wie sie es immer getan haben, wenn sie spürten, das Anny oder Marco nach Hause kamen.

Marco machte die Türe auf, vor ihm standen zwei Polizisten, die ihn mit ernster Miene begrüßten. „Guten Abend! Sind sie Herr Marco Domani?“ Marco schaute die Polizisten an und sagte: „Der bin ich, was kann ich für sie tun?“ Einer der Polizisten fragte: „Dürfen wir hereinkommen?“ Marco scherzte mit ihnen und sagte: „Hat meine Frau etwas angestellt, ist sie eingesperrt worden?“ Die Polizisten schauen einander an, sie wussten, dass sie eine schwere Aufgabe hatten und mussten ihm, so leid es ihnen auch tat, die Wahrheit sagen. „Setzen sie sich Herr Domani“, sagte ein Polizist freundlich. Marco merkte die Freundlichkeit und bedauernde Art der Polizisten und in diesem Moment wünschte er sich, dass das nicht eintritt, was ihm die Mimik der Polizisten verrät. Marco setzte sich auf die Couch, die Polizisten setzten sich neben ihm, einer fing zu erzählen an: „Es…. Wir wurden aufgefordert, ihnen die nicht sehr angenehme Nachricht zu überbringen, ich… wir mein Kollege und ich… wir bedauern ihnen mitteilen zu müssen, dass ihre Frau Anny Kristen verunglückt ist!“

Marco hat nicht richtig hingehört, er war so nervös, in seinen Ohren war so ein starker Druck , dass er nicht hörte oder besser gesagt, nicht hinhören wollte, was die Polizisten zu ihm sagten. Er fragte: „Wo ist sie, in welches Spital ist meine Frau eingeliefert worden?“ Die Polizisten sahen sich wieder an, man merkte ihnen ihr Bedauern an, einer war etwas couragierter als der andere und sagte: „Herr Domani… es tut uns leid, sie ist nicht im Spital, sie ist leider Gottes bei dem Unfall ums Leben gekommen… sie ist tot!“ Die Polizisten redeten mit ihm, Marco hörte nichts mehr, in diesem Moment hatte er das Gefühl, als ob sein Körper in der Erde versinkt. In seiner Seele spürte Marco einen eisigen Wind wehen, in seinem Herzen einen schweren Felsen, die Stimme hatte versagt, dabei hatte er das Verlangen zu schreien, so laut, dass die Enge in seiner Brust leichter wird, weinen, aber die Tränen froren ein, nur ein Zittern am ganzen Körper war da, ein kalter Schweißausbruch erfasste ihn.

„Aufwachen!!!!!“ schrie er in sich, das ist nur ein böser Traum, aber er war wach, weglaufen, die Zeit zurückdrehen, sie nicht wegfahren lassen, es muss doch möglich sein, die Zeit zurück zu drehen, gingen die Gedanken in Marcos Kopf herum. Die zwei Polizisten standen hilflos da, sie sahen den Schock deutlich an Marcos Gesicht, sie versuchten ihm mitzuteilen, dass sie es von Herzen bedauern und das sie gut verstehen, wie ihm zu Mute ist und dass das Leben weiter gehen muss. Aber Marcos Augen waren glasig, sein Gesicht starr, nur die Schweißausbrüche gaben ein Lebenszeichen von ihm, in seinem Kopf lief ein Film, der sein ganzes Leben umfasste ab. Die Polizisten sahen, dass sie ihn so nicht alleine lassen können und fragten: „Hr. Domani, haben sie Verwandte oder Freunde, die wir verständigen sollen?“ Nach dem dritten Mal antwortete Marko mit trauriger Stimme: „Bitte verständigen sie Annys Eltern, ich kann es nicht!“

Die Polizisten dachten, telefonisch können sie den Eltern nicht mitteilen, dass ihre Tochter ums Leben gekommen ist, sie rufen in der Polizeiinspektion an und schickten noch zwei Polizisten zu Annys Eltern, um die traurige Nachricht zu überbringen. Aber was machen sie mit Marco, konnten sie ihn alleine lassen, oder sollen sie die Rettung rufen? Wie sie so mit einander beraten, was sie tun sollten, kriegte Marco das mit, er riss sich zusammen und sagte: „Macht euch keine Sorgen, mir geht es gut, ich brauche keine Rettung, bitte seit so nett und lasst mich alleine, ich brauche nur etwas Ruhe." Die Polizisten waren froh, endlich ein paar Worte von ihm gehört zu haben und verabschiedeten sich in der Hoffnung, dass ihm besser ging. Marco saß auf der Couch, jede Minute vergrößerte sich sein Schmerz, Fragen über Fragen, auf die er keine Antwort fand. Warum... warum ist das Schicksal so grausam zu ihm, was hat er Schlimmes getan, dass er in seinem Leben so bestraft wird? Wie soll er jetzt ohne Anny leben, er hatte sie so geliebt. Marco erstickte in der Wohnung, der Tisch war noch für das Abendessen gedeckt, die Kerzen ohne Flamme, das Essen kalt, die Wohnung leer, nur die Katzen und sein Hund Niko gaben ihm ein wenig Wärme. Sie taten ihm leid, aber Marco war selber leer und konnte kein Wort zu ihnen sagen. Er sah, wie traurig sie waren und wusste, dass sie das genau spürten, dass Anny tot war, aber er konnte ihnen nicht helfen. Sein Kopf war schwer, in seinen Augen waren Tränen, die nicht raus konnten, in seinem Herzen ist der schwere Stein immer größer geworden. Er musste raus, raus und weglaufen, weglaufen vor seinem Schicksal, weglaufen von sich selbst, weit weg von der Wahrheit, einen Wald suchen und die ganze Trauer. die seine Seele zerriss, rausschreien.

Marco stand auf, das Licht ließ er brennen, die Türe zog er hinter sich zu, den Schlüssel ließ er in der Türe stecken, die Terrassentüre ist offen geblieben. Als er beim Haustor war, traf er auf ein Paar, das sich gerade küsste, die Beiden waren so glücklich, ein paar Schritte weiter ein zweites Paar, die herzlich lachten. Marco hasste sie in diesem Moment, am liebsten würde er ihnen sagen: „Aufhören!!! Bitte hört auf zu lachen, meine geliebte Frau ist tot!!!" Aber keiner spürte seinen Schmerz, die Welt hat nicht aufgehört zu existieren, es wird wieder ein Morgen und ein Übermorgen geben, die Sonne wird auch wieder scheinen, aber nicht mehr für Marco, sie hat für alle Zeiten ihren Glanz verloren.

Als er den kleinen Berg hinunter ging, merkte er nicht einmal den eisigen Wind und den Regen, der leicht vom Himmel fiel. Was für ein Leben soll er führen ohne seine Anny, welche Frau kann diese seelische Wunde heilen, auf was soll er sich noch freuen? Wie er die Straße, die schwach beleuchtet war, hinunter ging, merkte er nicht, dass die Tränen seine Sicht behinderten, er wusste auch nicht, wohin ihn seine Füße trugen. Marco hatte kein Ziel mehr im Leben, am liebsten wünschte er sich den Tod, sterben, so wie seine geliebte Frau, bei ihr sein und sei es in der tiefsten Dunkelheit. Und wäre es nur für einen Tag, sie zu fragen, wie das passiert ist, ob sie Schmerzen hatte, warum hat sie ihn verlassen, den Duft ihrer Haut noch einmal zu spüren, noch ein Mal sie zu küssen und zu berühren. Aber der Tod war so endgültig, ohne Wiederkehr, warum musste sie gleich sterben, konnte sie nicht nur verletzt sein, er wäre bereit, sie ein ganzes Leben lang zu pflegen, nur um bei ihr zu sein, aber er bekam nicht einmal die Chance, sie ein letztes Mal zu küssen.

Ein Stück Wald war vor ihm, ein paar Schritte nur noch, dann ist im Wald. Als Marco den Wald betrat, schaffte er es nicht, drei Schritte hinein zu kommen, er kniete sich nieder, mit beiden Händen umfasste er sein Gesicht und schrie so laut er konnte: „Anny!!!!!!!!!!!!!!!!!!!!!!!!!!!!! Anny!!!!!!!!!!!!!!!!!!! Liebste!!!!!!!!!!!!! Warum!!!!!!!!!! Warum nimmst du mir das Liebste auf der Welt weg, was hast du mit mir vor, du verdammter Gott!!!!!!!“ In diesem Moment glaubte er, dass ihm die Luft wegbleibt und sein Herz aufhören würde zu schlagen, aber er war noch da, in seiner Trauer ohne Antwort auf seine Fragen weinte er sich die Augen heraus. In diesem dunklen Wald, keine Menschenseele weit und breit zu sehen, hatte Marco keine Angst verspürt, es war ihm egal, was mit ihm passiert, Lust zum Leben hatte er auch nicht mehr. Für alles machte er Gott verantwortlich, den Glauben an ihn hatte er wieder gewonnen gehabt, als er mit Anny traf, aber jetzt dachte Marco, dass das nur ein fauler Trick war, um ihm wieder das Herz für alle Zeit zu brechen. Die schönen Zeiten mit Anny dienten nur dazu, um ihm zu zerstören.

Trauer, Wut, und Hilflosigkeit beherrschten seinen Körper so stark, dass er Stunden auf dem Waldboden niederkniend blieb, in seinem Kopf die schönsten Momente mit Anny, in seinem Herzen eine riesige Wunde, sein Körper geschwächt. Wie wenn er einen Wettlauf mit der Zeit gemacht hätte, merkte er nicht einmal, dass er dabei Gesellschaft hatte, und das er die ganze Zeit über geküsst worden war, den Schmerz, den er empfindet, mit dem liebsten Menschen teilte. Anny stand die ganze Zeit über neben ihm, ihr Engel brachte sie zu ihm und Marcos Engel beschützte ihn. Anny sah alles, sie konnte nur nicht mit ihrem Liebsten reden, zwischen ihnen waren zwei Welten, sie konnte ihn sehen, er sie aber nicht und das machte sie traurig. Fragen an Engel Gabriel blieben unbeantwortet, er konnte Anny nicht verraten, wie es weitergeht und was Gott mit ihr vor hatte, er sagte nur: „Du musst Geduld haben, nichts ist so schlimm wie du es im Moment empfindest, das ist nur eine Prüfung, die du und Marco bestehen musst. Bitte glaube an unseren Heiligen Vater, er ist der größte und der liebste Gott und er weiß, was er tut.“

Anny empfand Hass für Gabriel, wie konnte er sagen, dass Gott gut ist, wenn er mir das Liebste auf der Welt nimmt, warum bestraft er sie beide so sehr, was hat er vor mit ihnen, warum konnte sie nicht alt werden, wie viele Menschen auch, warum musste sie sterben, wo sie mit Marco so glücklich war? Ist das ein grausamer Gott, wenn er nicht will, dass sich zwei Menschen lieben. Das alles dachte Anny, während sie versuchte, Marco zu berühren, doch die Hand konnte sein weinendes Gesicht nicht erreichen. Wie gern würde sie neben ihm sitzen und ihm in die Augen schauen, ihm sagen, dass sie da ist und das er aufhört, so elendig traurig zu sein, aber nichts was sie tat, erreichte ihn.

Hilflos und verängstigt saß sie neben ihm, Körper hatte sie keinen mehr, aber die Schmerzen und die Traurigkeit waren schlimmer als je zu vor. Der Wunsch Marco zu küssen, ihn zu berühren, zerriss ihre Seele, sie flehte Engel Gabriel unaufhörlich an, ihr zu helfen, auch mit Marcos Engel Michael sprach sie und bat ihn um Hilfe, aber keiner von ihnen erfüllte ihren Wunsch. „Was passiert mit mir jetzt?" fragte Anny Gabriel traurig, er antwortete ihr: „Du hast eine Woche Zeit, um dich von deiner Familie zu verabschieden, wenn dein Körper die Erde bedeckt, wirst du diese Welt verlassen müssen. Ich werde bei dir sein, und ich werde dich hinauf begleiten, das ist meine Aufgabe." Anny hörte nicht auf zu weinen und fragte: „Was passiert mit meinen geliebten Marco, wie wird er ohne mich zu Recht kommen, was geschieht mit meinen Babys, wird er in der Lage sein, auf sie aufzupassen? Was werden meine Eltern und mein Bruder ohne mich machen, wie wird ihr Leben sein?"

Engel Gabriel spürte ihren Schmerz, aber auch ihren Hass auf Gott und ihn, und er war ihr nicht böse, denn er spürte ihre Trauer und sagte zu ihr: „Marco wird lange traurig sein, sein Schmerz und seine Trauer werden langsam vergehen, aber seine Liebe wird für immer dir gehören, genau so, wie deine Liebe ihm gehören wird, du wirst ihn immer in deiner Seele tragen, dein Bruder und deine Eltern werden nicht mehr dieselben sein. Dein Vater wird einen Herzinfarkt erleiden, aber er wird nicht sterben, seine Zeit ist noch nicht gekommen, deine Mutter ist etwas stärker, die Liebe zu dir wird immer bestehen bleiben, du wirst in allen Herzen eine Heilige bleiben. Deine Katzen und dein Hund werden dich lange Zeit vermissen, du kannst sie jederzeit besuchen und mit ihnen reden, sie können dich sehen, und mache dir keine Sorgen, Marco wird immer auf sie aufpassen, sie werden nie im Stich gelassen werden. Habe Geduld, du wirst auf ein ewiges Leben vorbereitet und ihr werdet für immer zusammen sein, das verspreche ich dir. Aber bleib bei Gott, sei nicht so verzweifelt, alles geht vorbei", sagte Gabriel, als er merkte, dass Anny die Kraft verließ.

Die Polizisten haben inzwischen Annys Eltern informiert, die Nachricht vom Annys Tot traf sie wie ein Stich ins Herz. Maria rief sofort Felix und Susanne an, am Telefon konnte sie ihnen nichts sagen, sie musste aufpassen, dass Felix nicht merkt, dass sie weint. Als Felix und Susanne eintrafen, hatte Manfred beim Anblick seines Sohnes einen Schmerz im Herzen verspürt, seine linke Hand schmerzte sehr. Maria konnte nicht abwarten, bis Felix und Susanne den Raum betreten, sie bekam einen Weinkrampf. Als sie im Wohnzimmer standen, sah Felix die Tränen seiner Eltern, er stand wie eine Statue mitten im Raum, kalte Schauer liefen ihm über den Rücken. Er wollte nicht einmal wissen, was passiert ist, denn er hatte schon eine Ahnung, dass mit seiner Schwester etwas war, wusste aber nicht was. Felix dachte an ein Spital, schwere Verletzungen, aber nicht an den Tod.

Felix sah seine Eltern an, die mit ihren Augen zu ihm sprachen und fragte voller Angst: „Was ist mit meiner Schwester?“ Manfred zitterte das ganze Gesicht, Maria verspürte ein Würgen im Hals und ein Verlangen zu schreien und zu weinen, aber sie musste ihm die Wahrheit sagen, ihre Augen waren rot und, sagte sie sagte: „Deine Schwester hatte einen schrecklichen Unfall!“ Felix dachte, dass sie verletzt im Spital liegt und fragte seine Eltern: „Wo ist sie, in welchem Spital liegt meine Schwester?“ Maria und Manfred schauten einander an und konnten sich gegen ihre Trauer nicht mehr wehren. Maria weinte laut und sagte: „Deine Schwester liegt nicht im Spital, sie ist tot!!!!!“

Felix spürte seinen Körper nicht mehr, er hatte in diesem Moment das Gefühl, als ob ihm jemand das Herz aus seinen Leib gerissen hätte, Susanne schrie, die Hände schlug sie übers Gesicht. „Nein!!!!!! Bitte lieber Gott, das darfst du Marco und uns nicht antun, sie kann nicht tot sein, gerade jetzt, wo sie so glücklich war.“ Felix wurde nur bleich und setzte sich auf die Couch, er zitterte am ganzen Körper, die Vorstellung, seine geliebte Schwester nie wieder zu sehen, nie wieder mit ihr zu reden, verursachte solche Schmerzen in seiner Seele, dass er sich fragte, wozu das alles, was ist das Leben, wo ist sie jetzt? Es kann doch nicht sein, dass ich sie nie wieder sehen werde. Warum ist sie tot, was für einen Sinn hat das verdammte Leben, gibt es einen Gott, und wenn doch, warum ist er so grausam zu Menschen, wieso nimmt er mir meine einzige Schwester weg.

Als Felix so in traurige Gedanken versunken war, hört er Susanne schreien: „Vater!!!!!“ „Was ist los mit dir? Ruf die Rettung!“ schrie Maria, Felix stand auf und sah, wie sein Vater bewusstlos zusammenbrach. Der Notarzt stellte einen Herzinfarkt bei Manfred fest, er wurde schnellstens ins Spital gebracht. Maria war verzweifelt, die Tochter gestorben, der Mann im Spital, sie hatte fürchterliche Angst, nicht auch noch ihren Mann zu verlieren. Als Manfred auf der Intensivstation lag und die Ärzte um sein Leben kämpften, konnten Maria und Felix nichts mehr tun als beten. Die Ärzte schickten sie nach Hause, denn sie durften nicht bei Manfred bleiben. Felix dachte an Marco, er versuchte ihn schon das zehnte Mal telefonisch zu erreichen, aber das Handy läutete, ohne das Marco heran geht. Felix machte sich schon Sorgen um ihn, zuerst brachte er Maria nach Hause, Susanne sollte bei ihr bleiben, er versuchte Marco zu erreichen und fuhr schließlich zu ihm in die Wohnung.

Als Felix zu der Wohnungstüre kam, brauchte er nur die Türschnalle zu drücken und er war schon drinnen, die Türe war nicht zugesperrt, im Wohnzimmer ein perfekt gedeckter Tisch, in der Küche das Abendessen, das bereits kalt war, acht traurige Augen, die Felix um Hilfe baten, als er die unendlich kalte und traurige Wohnung betrat. Das Licht brannte in fast allen Räumen, die Terrassentüre weit offen, auf dem Tisch Marcos Handy und zehn verpasste Anrufe von Felix. In Felix Herzen hat sich ein Krampf breit gemacht, er wusste, dass Marco Anny unendlich liebte und wusste, dass das kein gutes Zeichen war. Es war schon ziemlich spät, aber Felix musste Marcos Freund Antonio anrufen und fragen, ob er etwas übers Marcos Verbleib weiß. Antonio hatte erst von Felix erfahren, dass Anny ums Leben gekommen ist. Im selben Moment setzte sich Antonio ins Auto und fuhr nach Wien, um in der schweren Zeit bei Marco zu sein. Felix rief noch bei der Polizei an, ob die etwas über Marco wissen, aber keiner konnte Felix helfen.

Erst Stunden später konnte er weinen, hilflos saß er auf der Couch, die Gedanken und die Hilflosigkeit, nicht helfen zu können, nicht verhindern zu können, dass seine geliebte Schwester stirbt. Marco nicht helfen zu können, für seinen Vater nichts tun zu können, brachten ihn zum Weinen, so wie nie zuvor in seinem Leben, weinen, um diesen Krampf von seinem Herzen los zu werden.

Fast Mitternacht, in dem dunklen Wald hörte Marco eigenartige Geräusche, es machte ihm keine Angst, die Tränen auf seinem Gesicht trockneten nicht mehr. In Gedanken bei seiner geliebten Anny, was für ein Leben erwartet ihn jetzt, wie soll er sich mit dem Tod seiner Frau abfinden, wie soll er jemals wieder lachen können, wem kann er noch vertrauen? Der Wunsch tot zu sein, ließ ihn nicht mehr los, zu sterben, um bei ihr zu sein. Der Wald wurde immer dichter, Marco ging da durch, ohne Angst und Scheu, mit dem Wunsch zu sterben, egal wie. Außer ein paar Kratzer im Gesicht und zerrissenem Gewand hatte Marco nichts gehabt, der Tod ist nicht gekommen. Irgendwann nach fünf Uhr in der Früh stand er in einem großen Park, den er nicht kannte, müde und traurig saß er auf einer Bank, die ersten Sonnenstrahlen wärmten sein weinendes Gesicht.

Die Augen schwer und angeschwollen, sah er, wie Frühaufsteher mit ihren Hunden spazieren gehen.

Ein älterer Mann kam zu ihm und fragte: „Kann ich ihnen helfen?“ Marco hatte Mühe, den Mann anzuschauen, er senkte den Kopf hinunter und antwortete: „Nein danke, mir ist nicht mehr zu helfen.“ Die Leute redeten miteinander, eine Frau meinte, dass er sicher betrunken sei, eine Andere wieder sagte: „Der Mann schaut aus, wie wenn er verprügelt worden wäre, schau sein Gesicht und sein Gewand an, sein Gesicht geschwollen, sein Hemd zerrissen, der ist sicher verprügelt worden.“ Der Herr, der Marco angesprochen hat, sagte: „Irgendetwas stimmt mit dem Mann nicht, ich rufe jetzt die Polizei, sie sollen sich um ihm kümmern.“ Als zwei Polizisten zu Marco kamen, schlief er bereits auf der Bank, es waren die zwei Polizisten, die ihm die Nachricht vom Tod seiner Frau übermittelten. Als sie sich ihm näherten und Marco die Augen aufmachte, erkannten ihn die Polizisten sofort, er tat ihnen leid, sie erkannten dass sie ihn in dieser schweren Zeit nicht alleine lassen durften. Aber auch Engel Michael flüsterte einem Polizisten die richtigen Worte ins Ohr: „Herr Domani“, sagte ein Polizist, „was ist mit ihnen passiert, warum ist ihr Gewand zerrissen, sind sie betrunken?“

Marco schaute mit seinem müden Blick die Polizisten an und antwortete: „Betrunken bin ich vom Leben, dieses verdammtes Leben, ich brauche es nicht mehr, wenn sie tot ist, will ich auch tot sein“, sagte Marco mit weinender Stimme. Die zwei Polizisten sahen einander an, der eine schluckte nur und zuckte mit den Schultern, sie waren ratlos, ein Polizist legte seinen Arm auf Marcos Schulter und sagte: „Ja mein Freund, ich verstehe sie, das Leben ist nicht immer leicht, aber sie können daran nichts ändern, und sich das Leben zu nehmen, bringt gar nichts. Sie müssen da durch, sie ist tot, ich weiß wie ihnen zu Mute ist, ich habe ehrlich gesagt auch nicht die richtigen Worte, die ihnen helfen können, aber ich kann ihnen nur sagen, dass es ihr nichts bringt, wenn sie sich umbringen. Denn sie ist tot und sie können sie nicht mehr lebendig machen, außerdem habe ich gesehen, dass sie einen kleinen Hund und mehrere Katzen zu Hause haben, wollen sie, dass sie im Heim landen?“

Mit dieser Frage hatte der Polizist Marco ins Herz getroffen, denn er wusste, was die Katzen und Hund Niko Anny bedeutet haben und auf ein Mal blickte er etwas nüchterner in die Zukunft. Die Worte von Anny kamen wieder, als sie sagte: „Wenn mir etwas passiert, bitte Marco, pass auf meine Babys auf, sie dürfen nie im Heim landen, versprich mir, dass du auf sie genau so aufpassen wirst wie ich.“ Marco kamen die Tränen, die Augen waren schon müde und taten ihm weh vor lauter Weinen, aber die Worte, die ihm Anny sagte, waren wie wenn sie in diesem Moment zu ihm sprach. Marco schaute die Polizisten an und sagte: „Danke! Sie haben mir die Augen geöffnet, ich verspreche, dass ich sofort nach Hause fahren werde, und auf meine Katzen und den Hund aufpassen werde. Sie waren für meine Frau wie ihre Kinder, dass bin ich meiner Anny schuldig, dass sie zu mindestens ein schönes Leben haben." Ein Polizist bat Marco an, ihn nach Hause zu fahren, denn ihr Revier war nicht weit von seiner Wohnung.

Anny und Engel Gabriel waren bei Manfred, Anny schaute ihren Vater an, den starken Mann, dem nie etwas weh getan hatte, der immer für alle da war, und jetzt liegt er da, angeschlossen an unzähligen Apparaten, die ihn am Leben erhielten. Doch Anny weiß, dass ihr Vater nicht sterben wird, was ihre Mutter und ihr Bruder nicht wissen konnten. Anny konnte überall hinkommen, wo sie sich hinwünschte und im selben Moment wollte sie zu ihr nach Hause, um ihre Babys zu sehen. Kaum hat sie ihren Wunsch an Engel Gabriel ausgesprochen, war sie auch schon dort.

Anny stand mitten im Wohnzimmer, daneben ihr Schutzengel, Niko rannte zu Anny und wusste nicht, was er im ersten Moment tun soll. Bellen, sich freuen, weglaufen, Angst haben? Die Kater waren auch schon da, alle vier standen einen Meter entfernt von Anny und waren total irritiert. Felix, der auf dem Sofa eingeschlafen war, ist munter geworden und wunderte sich, was die Tiere plötzlich hatten. Felix sah, wie Niko bellend zwei Schritte nach vor und drei Schritte zurück läuft und die Kater einen dicken Schwanz hatten, der nach oben gerichtet war, knurrend und ängstlich auf den Fleck starrten, wo Anny stand. Felix spürte nur am ganzen Körper eine Gänsehaut, dieser Anblick war rätselhaft, wie sich die Tiere aufführten. Anny weinte, als sie ihre Babys anschaute, sie sagte zu ihnen: „Habt keine Angst, ich werde euch nichts tun, ich liebe meine Babys doch, seit nicht traurig, eines Tages werdet ihr zu mir kommen, dann werden wir uns nie wieder trennen, habt bitte noch Geduld.

Als Anny diese Worte zu ihnen sagte, schauten sie alle an und mit ihrer Gestik und ihren Augen sprachen sie mit ihr. Niko sagte: „Was ist mit dir, ich sehe dich nicht deutlich?" Anny sagte: „Ich weiß mein Kleiner, ich bin jetzt in einer anderen Welt, das ist nicht schlimm. Mir tut es um euch leid, aber macht euch um mich keine Sorgen und habt vertrauen zu Marco, er wird auf euch aufpassen, das weiß ich." Tommy fragte: „Kommst du nie wider zu uns nach Hause?" Anny versuchte ihn zu streicheln und mit weinender Stimme sagte sie: „Mami wird immer über euch wachen, ihr werdet keinen Hunger und keinen

Durst leiden, ich werde euch immer beschützen. Schaut her, das ist Engel Gabriel, er ist euer Schutzengel, er wird, wenn ich nicht da bin, auf euch aufpassen, das verspreche ich meinen Babys!"

Felix saß da und sah, wie die Tiere beruhigt die Blicke links und rechts bewegten, als ob sich jemand im Raum bewegte und sie verfolgten ihn mit ihren Blicken. In diesem Moment kam Marco herein, Felix sprang vom Sofa und ging mit schnellen Schritten auf Marco zu. Als Marco Felix anblickte, umarmte er ihn fest und weinte bitterlich und auch Felix weinte, wie er Marco so elendig traurig und mit zerrissenem Gewand sah. Beide wiederholten mehrere Male: „Es tut mir so leid." Einige Minuten später traf auch schon Antonio ein, beim Anblick seines besten Freundes ist Antonio schwer ums Herz geworden. Wie er gestrahlt hatte, als Anny und Marco im Sommer die Großeltern besucht hatten, wie glücklich er mit Anny war. Alle, die die Zwei gesehen hatten, hatte insgeheim ein bisschen der Neid gepackt. Was ist aus diesem glücklichen und strahlenden Menschen nur geworden, nie hatte ihn Antonio so erlebt, dabei ist er mit Marco zur Schule gegangen. Er war da, als seine Eltern starben, aber so unglücklich und so verloren hatte Marco noch nie ausgesehen. Die drei saßen zusammen, die Erinnerung an die schöne Zeit mit Anny war ihr Trost, sie wussten aber nicht, dass Anny bei ihnen war und alles mit hörte, was sie erzählten, nur die Kater und Hund Niko konnten sie sehen. Sie lagen friedlich, aber doch traurig in einem Umkreis von einem Meter, Anny saß bei ihnen und streichelte sie, nur sie konnte Anny berühren.

Die Nachricht von Annys Tod verbreitete sich am nächsten Tag wie ein Lauffeuer. Schock und Trauer in allen Gesichtern, aber am meisten war Sandra betroffen. Die beiden waren wie Schwestern, aber am meisten tat Sandra der letzte Abschied von Anny weh, denn sie benahm sich wie eine läufige Hündin, die Marco verführen wollte, sie hatte sich insgeheim gewünscht, Anny wäre tot, als sie Marco nicht erhört hatte, und jetzt ist der beste und der liebste Mensch, der Sandra je etwas im Leben bedeutet hatte, wirklich gestorben. Sandra fühlte sich wie ein Mörder, die Schuldgefühle brachten sie um, sie konnte nicht einmal zur Arbeit fahren und Marco konnte sie nicht anrufen, denn was sollte sie ihm für einen Trost geben. Den ganzen Tag nahm Sandra keine Anrufe entgegen, empfing auch keinen Besuch, nahm die Fotos von sich und Anny in ihren schönsten Zeiten und weinte den ganzen Tag.

Alle, die Anny kannten, bedauerten ihren Tod. In die Tierklinik kam Patrick, denn die Tiere mussten weiterhin versorgt werden. Vor dem Eingang der Tierklinik war schon eine schwarze Fahne aufgehängt, um die Tierklinik lagen

Blumen und standen brennende Kerzen, keiner lachte, alle waren betroffen, alle traurig, jeder fragte sich: „Wie kann Gott nur so gemein sein, jetzt nahm er sie zu sich, wo sie am glücklichsten war, warum ist das Leben so kompliziert? Was passiert mit dem Menschen, wenn er stirbt?“ In so einem Moment kam sich jeder Mensch so klein wie eine Ameise vor, so unnötig, so bedeutungslos, in so einem Moment dachte jeder an Gott und eine höhere Macht, die über jeden Menschen wacht. Und sie haben nicht Unrecht damit, denn fast jeder Mensch, sogar die Tiere, haben einen Schutzengel, der sie unermüdlich bei Tag und bei Nacht in jeder Situation begleitet und beschützt, bis ihr Tag gekommen ist, an dem sie die Erde verlassen müssen.

Anny sah die Menschen, nur sie sahen sie nicht und sie sah die Engel, die über Menschen und Tier wachen, sie sind alle fröhlich und gut gelaunt, strahlend schön, und jeder schenkte ihr ein Lächeln. Nur Menschen, die unter starken Depressionen litten, begleiteten ihre Schatten, auch bösartige Menschen hatten keinen Engelsbegleiter. Anny spürte die Leichtigkeit und das Licht, das ihre Seele wärmte, es gefiel ihr, wie sie sich fühlte. Sie war leicht, konnte überall sein, keine Müdigkeit und keinen Hunger verspürte sie, sie konnte glücklich sein, wenn sie nicht alle anderen zurücklassen müsste. Besonders tat es ihr in der Seele weh, weil Marco und ihre Babys nicht bei ihr waren, aber noch war nicht alles verloren, denn Engel Gabriel hatte ihr versprochen, dass sie eines Tages alle wieder zusammen sein werden. Ab jetzt war Annys Ziel, alles zu tun, um mit ihrem liebsten Mann in die Ewigkeit zu gehen, und das beide mit ihren Babys zusammen leben, denn sie wusste jetzt, dass das Leben auf der Erde nicht der Endgültigkeit gehört, dass es nach dem Leben ein anderes Leben gibt, ein viel schöneres als auf der Erde.

Das Leben nahm seinen Lauf, das Begräbnis von Anny musste organisiert werden und keiner hatte die Kraft dazu, am wenigstens Marco. Er fühlte sich krank und in Stich gelassen von Gott und der Welt, das Einzige, was ihn am Leben hält, war sein Versprechen, dass er Anny gab, als sie über Leben und Tod sprachen, und Anny von ihm verlangte, im Fall des Falles, wenn sie sterben sollte, für die Tiere und die Tierklinik zu sorgen. Nur das Versprechen trieb Marco weiter, am nächsten Tag aufzustehen und zu funktionieren.

Eine Woche ist bereits vergangen, seit Anny ums Leben gekommen ist und der Tag war da, von dem Marco sich gefürchtet hatte, der Tag, an dem er seine geliebte Frau, seine große Liebe, zu Grabe trägt, seine ganze Zukunft zu Grabe träg. Nie wieder wird Marco Liebe empfinden, sein Herz wurde zu Stein, seine Augen waren ausgetrocknet, nie wieder wird eine Träne seine Augen befeuchten, nie wieder wird er sich von Herzen freuen können und nie mehr lachen, mit Anny geht alles Schöne mit ins Grab. In der kalten Kirche in einem Sarg, geschmückt mit Blumen, liegt Anny und ganz nahe beim Sarg standen die engste Verwandten und Freunde vom Anny, bei ihrem Kopf ihr geliebter Mann. In der Kirche stiegen sich die Leute gegenseitig auf die Zehen, so war die Kirche mit Menschen gefüllt. Alle, die Anny gekannt hatten, waren da, nur ein Mensch fehlte und das war ihr Vater, er kämpfte selber um sein Leben, das tat Anny sehr weh. Sie war da, sie konnte alles beobachten, nur sie sah niemand. Wie gerne würde sie allen, aber am meisten ihrem liebsten Marco sagen: „Seid nicht traurig, ich bin nicht tot, ich lebe noch, nur mein Körper ist gestorben, bitte seid nicht traurig!“ Aber das konnte sie nicht, denn keiner hörte sie, jeder von ihnen dachte, dass Annys Tod der Endgültigkeit gehörte, dass dieser schöne Körper für alle Zeiten verschwunden ist. Keiner konnte sich vorstellen, dass das Leben in Wirklichkeit erst richtig begann und das sie schöner als je zu vor war, einen schwerelosen Körper bekam, einen der nicht altert und nicht weh tat, einen Körper, der von Gott gegeben ist für die Ewigkeit.

Erst als der Pfarrer seine Trauerrede hielt, wurden alle nachdenklich und für kurze Zeit glaubten alle Trauergäste an Gott, nur Marco nicht. Für ihn gab es keinen Gott, was wäre das für ein Gott, der ihm den liebsten Menschen nahm, was für ein Gott ist denn das, der so etwas im Stande ist zu tun. Nein, für Marco gab es keinen Gott! Nur ein paar Momente ließen Marco an das Unsichtbare glauben, wenn ein zarter Wind sein Gesicht streichelte, wenn er eine Berührung auf seiner Wangen spürte, wenn er das Gefühl bekam, seine geliebte Frau stand neben ihm, nur für kurze Zeit fühlte er die Wärme in seinem Herzen. Insgeheim wünschte Marco, es gebe einen Gott, einen Besseren, der mehr Gefühl für die Menschen hat, eine höhere Macht, damit das jetzige Leben einen Sinn macht. Aber warum weiß man das nicht, was macht das für ein Sinn, wenn die Menschen leiden, was für ein Gott ist den das?

Die Gedanken kreisten nur so in Marcos Kopf, er suchte nach einer Antwort, nur keiner konnte ihm sie geben. Er wollte das alles verstehen, aber die Schmerzen in seiner Seele waren viel zu mächtig, um Verständnis dafür zu haben, dass sein Leben ohne seine Anny keinen Sinn mehr macht und ganz egal, was nach dem Leben geschieht, er weiß, das die Gegenwart und die Zukunft außer Pflichten nichts mehr bringt.

Der Pfarrer hielt die Trauerrede vor dem dunklen Loch, während der Sarg mit Annys Körper und Blumen langsam hinunter gelassen wurde. Marco sollte als

Erster den letzten Abschied von seiner großen Liebe nehmen. Nicht einmal einen Jahrestag hatten sie gefeiert, sie hat ihr Hochzeitsgeschenk noch nicht gesehen, die Liebe war noch so groß, der Alltag hat sich nicht breit gemacht. Warum ist sie tot? Sie hatten noch so viele Pläne miteinander gehabt, wer soll das alles verwirklichen? Marco hatte keine Kraft mehr, vor dem großen Loch wurde er ganz blass, vor seinen Augen war ihm schwarz geworden, ein kalter Schweißausbruch und ein Zittern am ganzen Körper zogen ihn, zu ihr in das Loch zu steigen.

Hinter Marco standen Antonio und Sandra, die ihn zu sich zogen, als sie merkten, dass Marco das Gleichgewicht verlor. Maria brach es das Herz bei dem Anblick, ihren lieb gewordenen Schwiegersohn so zu sehen, aber helfen konnte sie ihm nicht, denn Maria fühlte sich genau so wie Marco. Felix stand jetzt bei dem dunklen Loch, seine Augen voller Tränen, sein Herz tat ihm so weh, in diesem Moment wünschte Felix, er würde statt Anny in diesem kalten tiefen Loch liegen. Wie kann ein Mensch so etwas ertragen, wie ist es nur möglich, weiter zu leben und in einer Woche bereits so zu tun, als ob nichts geschehen wäre. Ein Leben ist ausgelöscht wie eine Flamme im Wind, wie eine Rose, die gerade aufgeblüht ist und jetzt verwelken sollte. Annys Körper wird langsam verwesen, sie hatte dasselbe Blut in den Adern gehabt wie ich, warum ist mir so etwas nicht passiert, fragte sich Felix, während die Tränen auf Annys Sarg hinunter fielen.

Die Trauer schlich sich in alle Herzen, jeder, der bei diesem Begräbnis war, fühlte den tiefen Schmerz von Marco, Felix und Maria. Und keiner ging vom Grab mit trockenen Augen weg. Langsam fiel Erde auf Annys Sarg hinunter, das Geräusch im Hintergrund wird Marco nie vergessen. Zwischen so vielen Menschen, alle gingen in zwei Reihen, musste er weiter, sie alle erwarten sich trotz Trauer und Bedauern für die Familie ihr wohlverdientes Essen, denn so ist die Tradition schon immer gewesen. Marco ist nicht nach Essen zu Mute, am liebsten würde er sich in eine Ecke stellen, keine Menschenseele sehen, nur weinen, bis der schwere Stein von seinem Herzen fällt, aber das war leider nicht möglich, denn die Pflicht und die Tradition verlangten Konzentration und eine gute Mine zum bösen Spiel.

Anny hat sich bereits von allen Trauergästen verabschiedet. Von ihrem Liebsten verabschiedet sie sich seit einer Woche und der Zeitpunkt ist gekommen, wo sie die Erde verlassen muss. Engel Gabriel sagte zu Anny: „Komm, nimm meine Hand, ich führe dich in das Paradies.“ Anny war noch nicht bereit und sagte: „Bitte lass mich noch eine Weile, ich kann meine Familie nicht so einfach verlassen. Was ist mit meinen Babys? Von ihnen muss ich mich noch einmal verabschieden, sie sind ganz alleine zuhause!“ Gabriel lächelt sie lieb an und sagte: „Anny, du hast sie vor deinem Begräbnis besucht, sie gestreichelt und geküsst, sie wissen schon, dass du nicht mehr kommst. Ich verspreche dir, nichts ist so schlimm wie es dir im Moment vorkommt.“

Noch ein Mal spannte Engel Gabriel seine Flügel und streckte seine Hand Anny entgegen. „Komm, nimm meine Hand“, sagte er liebevoll. Anny schaute ihn traurig an, nicht wissend, was mit ihr geschieht, streckte sie ihm die Hand entgegen und schaute noch ein Mal ihren geliebten Marco an. Engel Gabriel spannte seine großen Flügel über Anny und sie hoben sich in die Lüfte, hinter ihnen Silberstaub, der den Trauergästen und den Angehörigen unsichtbar blieb, nur ein Hauch Wind war zu spüren und eine kleine Erleichterung in allen Herzen. Anny schaute hinter sich, die Menschen wurden immer kleiner, dann die Häuser und zum Schluss sah sie nur eine runde bunte Kugel, die wie ein Spielzeug aussah. Das Gefühl, mit Engel Gabriel hinauf zu fliegen, war so überwältigend, dass sie ihre Traurigkeit für einen kurzen Moment vergaß und den Flug Richtung Sonne genoss.

Das Licht, in dessen Richtung sie flogen, war so strahlend, aber es blendete sie nicht, es war angenehm warm und wärmte Annys Seele. In kurzer Zeit standen sie vor einem riesigen Tor, durch den man in diesen schönen Garten sehen konnte. Zwei Wächter in Silber gekleidet, standen dort und fragten: „Wer ist diese Seele?“ Engel Gabriel antwortete: „Das ist Anny Kristen, sie ist bereits für heute vorgemerkt, lasst uns herein.“ Die Wächter traten zur Seite und das Tor öffnete sich langsam und Anny sah in den Garten hinein. Sie hatte schon auf der Erde, wie sie noch mit ihren Eltern in der Kirche die Messe besuchte, vom Paradies gehört, aber das es so schön war, hatte sie nicht gewusst. Sie konnte es nicht erwarten, hinein zu kommen, es war wie ein Magnet, der sie in den Garten hineinzog. Sie wäre sehr traurig, wenn sie nicht hinein dürfte. Als sie eintrat, hatte sie das Gefühl, vor lauter Freude zu weinen, etwas in ihrem Herzen löste sich wie eine schwarze Wolke auf. Sie wusste ganz genau, dass sie ihren geliebten Marco und ihre Babys zurück ließ und dass sie traurig sind. Sie war es einerseits auch, aber sie wusste jetzt, dass sie sich alle irgendwann in diesem schönen Garten wieder treffen werden und dafür wird sie alles tun, um das zu erreichen.

Wo Anny hinschaute, sah sie nur Wunder, die auf der Erde undenkbar wären. Tiere spielten miteinander, Tiger mit Rehen, auf einer Katze lag eine kleine Maus, die sich sonnt und die Katze lag gemütlich und streckte alle vier Pfoten nach vorn, die Maus auch. Tiere, die zufrieden und glücklich waren, das hatte Anny noch nie gesehen, die Menschen lachten miteinander, sie tanzten und sangen, Kinder badeten im Meer, die Blumen hatten die schönsten Blüten, keine einzige Blüte war verwelkt, die Farben so kräftig. Das Rot war nicht wie auf der Erde, es war viel kräftiger und klarer, aber auch die Luft war anders als auf der Erde, sie hatte einen Glitzer ohne ein einziges Staubkorn.

Die Menschen hatten eine besondere Ausstrahlung und keine einzige Falte im Gesicht, alle waren jung, sogar Menschen. die alt starben, sind dort jung geworden. Es gab keinen, der übergewichtig war, alle schlank und gut gekleidet. Anny war begeistert von dem Reichtum, sie kam sich wie in einem Diamanten vor, kein Schmutz, keine verwelkten Blumen, keine Menschen, die leiden. Alles, wofür man auf der Erde Tag für Tag kämpfte, um zu überleben und ein ganzes Jahr hart arbeitete, um dann in den Urlaub zu fahren, um sich vom Stress auszuruhen, Geld verdienen, um sich ein Auto und eine bessere Wohnung oder Haus zu leisten, war dort umsonst. Man konnte meinen, alle dort hatten Urlaub auf ewig gebucht, wo es darum geht zu lieben, zu leben und zu genießen. Man hatte dort nicht das Gefühl, unbedingt ein Auto besitzen zu müssen, auch wollte man keine Wohnung oder Haus kaufen, denn jeder hatte, wenn er wollte, sein eigenes Reich, wohin er sich zurückziehen konnte und jeder von ihnen besaß ein Haus. Ein Auto war dort nicht notwendig, denn jeder konnte fliegen, wohin er nur wollte, nur eines war verboten. Neid hatte dort keinen Platz, die göttlichen Gesetze mussten streng eingehalten werden, dann hatte jeder einen Platz im ewigen Paradies.

Es gab nur einige Seelen, die frisch hinein kamen, so wie Anny auch, sie mussten auf das Jüngste Gericht warten, sie alle sollten vor Gott treten. Die Seelen werden geprüft, erst dann wird festgestellt, was mit den Betroffenen geschieht, ob er das ewige Leben verdient hat, oder wieder auf die Erde zurück muss., um seine Aufgabe, die er nicht auf der Erde erfüllt hat, dieses Mal richtig zu machen, oder auch die letzte Aufgabe, man nannte sie „Seelenreinigung", erfüllen muss. Engel Gabriel sah Anny an und spürte ihre Begeisterung. Wie sie den Weg Richtung Jüngstes Gericht hinauf gingen, um Annys Seele zu übergeben, sagte Gabriel: „Ich werde dich jetzt einem Seelenwächter übergeben, der wird auf dich aufpassen und dir alle deine Fragen, die du hast, beantworten, es wird nicht lange dauern, bis du drankommst. Anny schaute Gabriel fragend an und sagte: „Wo gehst du jetzt hin, was passiert mit mir?"
Engel Gabriel durfte ihr nicht verraten, wie es weiter geht und sagte: „Habe noch Geduld, es liegt an dir, wie es weitergeht, du hast noch einen schweren Weg vor dir, aber habe keine Angst, nichts ist so schlimm wie es dir

vorkommen wird. Wenn du das Gefühl hast, dass du alleine bist, vergiss nie, ich werde immer bei dir sein und jetzt muss ich dich verlassen, auf mich wartet die nächste Aufgabe unten auf der Erde."

Anny verstand kein Wort, was Gabriel zu ihr sagte. Was für eine Aufgabe, sie war bereits tot, was wartete noch auf sie? Anny wurde neugierig und fragte wieder: „Bitte sage mir, was noch auf mich wartet, warum musst du mich verlassen? Ich habe niemanden außer dir, kaum habe ich mich an dich gewöhnt, gehst du wieder und lässt mich hier ganz alleine." Engel Gabriel streichelte Anny mit einer Hand über die Haare und sagte: „Habe keine Angst, du wirst nur auf das ewige Leben vorbereitet, bitte glaube mir, nichts ist so schlimm wie es dir im Moment vorkommt." Anny war etwas traurig darüber, aber sie wusste, dass sie Engel Gabriel vertrauen konnte. Er brachte sie in einen Garten voller Blumen, mitten drinnen ein großer weißer Pavillon, davor ein Springbrunnen, darin badeten kleine Elfen, unter dem Pavillon saßen die Seelen, die auf das Jüngste Gericht warteten und jeder hatte seinen Seelenhüter dabei, auch Anny bekam ihren, er hieß Samuel.

Während sie sich unterhielten, war es unten auf der Erde bereits Herbst geworden, oben im Paradies gab es keine Zeitbegrenzung, was oben eine Minute war, ist auf der Erde mehr als ein Tag. Anny erinnerte sich daran, als ihr Gabriel sagte: „Alles was du wissen willst, wird dir dein Seelenhüter beantworten." Sie wollte wissen, wie es ihrem geliebten Marco geht und was ihre Babys machen, überhaupt wie es allen dort unten geht. Anny fragte danach und überraschender Weise sagte Samuel: „Ich habe schon darauf gewartet, dass du mich danach fragst, ich werde dir zeigen, wie es deiner Familie unten auf der Erde geht. Aber du musst mich zu dem großen Teich da unten begleiten, nur dort können wir einen Blick auf die Erde werfen." Samuel zeigte mit dem Zeigefinger auf eine Stelle, wo viele Menschen versammelt waren, einige von ihnen kamen mit Tränen zurück, die anderen verließen den Ort mit lachender Miene.

Anny war so froh, dass sie ganz laut schrie: „Wirklich!!! Ist das wirklich war, ich kann meinen Marco und meine Babys sehen?" „Ja", sagte Samuel lächelnd, „komm mit, beeile dich" und nahm sie an der Hand. Als sie dort standen, fragte Samuel: „Was willst du als erstes sehen, du hast mehrere Möglichkeiten. Du kannst den jetzigen Zustand beobachten, das heißt, jetzt nachschauen, was deine Familie macht. Du kannst auch sehen, was bis jetzt geschehen ist und du kannst deine Post anschauen, was soviel bedeutet, als was deine Lieben auf der Erde dir in Gedanken schicken. Also schöne Anny, was willst du als erstes tun?"

Anny wollte als erstes sehen, was ihr geliebter Marco macht und danach, wie es ihren Tieren geht. Sie war ziemlich nervös und voller Freude, dass sie Marco sehen kann und mit strahlenden Augen sagte sie zu Samuel: „Ich will als erstes meinen Marco sehen, was er im Moment macht." Samuel sagte freundlich: „Dein Wunsch ist mir Befehl." Er hob beide Hände, machte eine kreisende Bewegung und aus dem blauen Wasser wurde ein Spiegel, der zuerst die kugelrunde Erde zeigte, dann eine Stadt und zum Schluss die Tierpraxis. Annys Herz schlug immer schneller, die Sehnsucht nach Marco war sehr groß, ihn zu sehen war fast so schön, wie der erste Kuss, den sie von Marco bekam. Marcos Bild war da, es zeigte ihn, wie er mit Daniel einen Hund behandelte. Marco sagte gerade zu Daniel, wie wenn er wusste, das ihn Anny in diesem Moment zuhörte: „Weißt du Daniel, immer wenn wir zusammen ein Tier behandeln, glaube ich, dass Anny hier steht und immer, wenn ich in Gedanken bin, habe ich das Gefühl, sie ist bei mir und wir arbeiten wie früher zusammen." Daniel lächelt freundlich und sagte: „Ich weiß Marco, du hast sie sehr geliebt, ihr ward ein Traumpaar und ihr habt die gleichen Gedanken gehabt. Wenn ich daran denke, was ihr für herrenlose Tiere getan habt. Alle Achtung, das kann euch niemand nachmachen."

Marco atmete tief ein und sagte sehnsüchtig: „Ich werde sie nie vergessen!" Daniel drehte sich zu Marco, legte die Hand auf seine Schulter und sagte: „Mein Freund... Ich weiß, dass du Anny geliebt hast, aber du musst dich damit abfinden, dass Anny tot ist und dass sie nicht mehr kommt, aber dein Leben geht weiter Marco. Du musst endlich anfangen zu Leben, du kannst nicht nur arbeiten und dann nach Hause gehen und dich einsperren, du bist schließlich ein Mann. Und ein Mann in deinem Alter braucht auch Sex." In Marcos Augen sammelten sich Tränen, er schaute Daniel traurig an und sagte: „Auch wenn ich wollte, kann ich mir keine andere Frau vorstellen. Annys Platz kann keine andere einnehmen, ich kann nicht aufhören, an sie zu denken, sie war die Frau meiner Träume, nicht nur, dass sie die Schönste war, sie war intelligent und gutherzig, meine schöne Anny hat jeden Menschen respektiert und alle Tiere geliebt. Wer kann je ihren Platz einnehmen, kennst du so einen Menschen Daniel?" sagte Marco, während er die Tränen nicht mehr halten konnte.

Anny weinte mit Marco und sagte zu Samuel: „Warum, warum nur??? Was hat das alles zu bedeuten, wer will uns Beiden weh tun, wen haben wir verletzt, was für eine Sünde haben wir begangen, dass man uns getrennt hat! Bitte gib mir eine Antwort." Samuel sah Anny mit seinen großen grünen Augen an, sein Gesicht war engelhaft und bei dem Anblick konnte man Samuel nicht böse sein.

Er konnte ihr die Antwort nicht geben, aber einen liebevollen Blick und Trost. „Habe Geduld schöne Anny, du wirst sehen, alles wird wieder gut", sagte Samuel lächelnd. Anny wischte sich die Tränen vom Gesicht und bat Samuel, ihr ihre Katzen und den Hund zu zeigen. Samuel erfüllte Anny diesen Wunsch und schon erschienen die Bilder, klar und deutlich. Annys Babys fühlten sich wohl, sie lagen im Garten und genossen die letzten Sonnenstrahlen, bevor der kalte Herbst hereinbricht, sie sahen wie immer aus, keiner ist dünner geworden, ihr Fell sah glänzend aus, ihre Näpfe voll mit Futter, die Wohnung sauber. Marco kümmerte sich um alles, sogar bei Maxis Urne brannte ein ewiges Licht.

Anny gab es einen Stich ins Herz, als sie sah, dass ihr Marco sogar an Maxi dachte, ihren geliebten Kater, der auch gestorben war. Aber wo ist er, warum konnte sie ihn nicht sehen. Anny fragte Samuel: „Sage mir bitte, wo mein Maxi ist, er muss doch auch hier sein, aber ich sehe ihm nicht, wo ist er?" Samuel musste sie wieder enttäuschen und sagte: „Ich weiß, wie sehr du ihn geliebt hast, aber die Zeit ist noch nicht reif, du wirst ihn noch sehen, aber im Moment musst du noch Geduld haben." Anny war einerseits erfreut, dass es ihren Babys unten gut geht und Marco auf sie schaute, als ob sie dabei wäre, aber diese Gesetze oben machten sie traurig, keiner gab ihr eine offene Antwort auf ihre Fragen, jeder sagte: „Du musst noch Geduld haben." Das verwirrte sie und machte sie traurig, aber sie hatte keine andere Wahl als das zu tun, was man ihr sagte.

Anny besuchte visuell ihr Elternhaus und ihren Bruder, der bereits ein Kind hatte, ein Mädchen namens Anny. Ihre Freundin Sandra besuchte sie auch und erwischte sie, als sie ein Foto von Marco auf ihrem Schreibtisch präsentierte. Als letztes wollte Anny sehen, wie Claudias Leben geworden ist, denn es lag ihr im Magen, dass sich Marco von seiner Frau wegen ihr scheiden ließ. Sie dachte, dass sie eine große Sünde begannen hatte. Samuel erfüllte ihr auch diesen Wunsch. Anny sah Claudia, die sich gerade hinsetzte und mit einer Hand ihren Rücken stützte. Als Anny genau hinschaute, sah sie Claudia mit einem großen Bauch, sie war schwanger. Alexander kam gerade ins Zimmer und brachte Claudia einen Kaffee. Anny war froh, dass Claudia ein normales Leben führte und dass sie ein Baby erwartet. Es tat ihr nur leid, dass sie Marcos Leben ruiniert hat und er unten auf der Erde keine andere Frau mehr anschauen konnte und elendig traurig weiter leben musste. Wenn sie gewusst hätte, dass sie sterben wird, hätte sie sich mit Marco nie eingelassen, aber das konnte sie nicht wissen.

Anny fragte Samuel: „Kannst du mir eine ehrliche Antwort auf diese Frage, die ich dir stellen werde, geben?“ Samuel antwortete: „Wenn ich die Frage beantworten kann, dann gebe ich sie dir.“ Anny wollte wissen, ob sie eine Sünde begangen hat, weil sie sich mit Marco eingelassen hat und er sich wegen ihr von Claudia scheiden ließ. Samuel lächelte und antwortet: „Also auf diese Frage darf ich dir eine klare Antwort geben. Du hast keine Sünde begangen. Als du Marco kennengelernt hast, war es vorgesehen, ihr musstet zusammen kommen, es war euer Schicksal und du brauchst dir keine Vorwürfe zu machen, du hast keine Schuld daran. Anny war für kurze Zeit sprachlos geworden, dann fragte sie: „Wir waren für einander bestimmt?“ Samuel antwortet: „Ja, es musste so sein!“ Anny griff sich auf den Kopf und fragte: „Wo bin ich hier? Wird man hier gefoltert, bin ich in der Hölle gelandet, warum tut man uns so etwas an?“ Samuel sah, dass Anny nicht wusste, was mit ihr passiert und sie total verwirrt war, er verstand sie auch sehr gut, denn Samuel konnte nachfühlen, wie es in Annys Seele aussah und er beschloss, ihr etwas mehr als er durfte zu erklären.

Samuel nahm Annys Hand und sagte: „Komm setzt dich hier auf diesen Stein, ich werde dir einiges erklären, du musst mir nur genau zuhören.“ Samuel setzte sich neben Anny und schaute ihr in die Augen, die ihn neugierig und wissbegierig anschauten. Er fragte Anny: „Was ist die Erde für dich?“ Anny sah ihn fragend an und sagte: „Mittlerweile weiß ich nicht mehr, was die Erde ist, ich dachte immer, ich wusste es, aber jetzt bin ich nur verwirrt.“ Samuel antwortete für Anny und sagte: „Die Erde ist nur ein Ort, wo die Seelen einer Prüfung unterzogen werden. Du musst dir eine Schule vorstellen, dort muss man lernen und zum Schluss wirst du geprüft, so ähnlich ist die Erde, von wo du gerade kommst. Anny begriff einen Teil, aber das reichte ihr nicht, sie fragte: „Heißt das, dass alle Menschen, die unten leben, einer Prüfung unterzogen werden?“ Samuel antwortet: „Nicht nur die Menschen Anny, auch die Tiere werden geprüft, so wie bei Menschen auch. Ihr glaubt, dass es keine Gesetze für Bösartiges gibt, aber man täuscht sich, denn für jedes Tier und für jeden Menschen gibt es dieselben Gesetze. Glaube mir. Jeder muss hier her kommen, früher oder später steht jeder vor Gott.“

Anny fragte: „Aber warum ist das so kompliziert? Wenn die Menschen wüssten, dass es ein Paradies gibt, würden sie aufpassen, was sie tun und außerdem sagt man, dass es auch eine Hölle gibt. Man würde vielen Unschuldigen ein langes und qualvolles Leben auf der Erde ersparen, wenn man die Guten gleich ins Paradies lassen würde und die Bösen in die Hölle verbannen würde.“ Samuel lachte herzlich und antwortete: „Aber Anny, die Hölle ist doch die Erde. Hast du dich nie gefragt, warum die Menschen Fleisch essen, warum die Tiere einander fressen? Ist es nicht so, dass die Tiere denselben Schmerz wie die Menschen empfinden und sie genau wie die Menschen aus Fleisch und Blut sind? Hast du nie gefroren auf der Erde, war dir nie so heiß, dass du nicht wusstest wohin? Hast du dir je die Frage gestellt, warum ein unschuldiges Kind missbraucht und vergewaltigt wird? Du hast doch eine Tierklinik geführt unten auf der Erde?“

Anny antwortete etwas nachdenklich: „Ja!“ „Wie oft musstest du Tiere behandeln, die von Menschen böswillig verletzt oder sogar getötet worden sind?“ Anny sah Samuel fragend an, woher wusste er das nur alles und sagte: „Sehr oft!“ Samuel fragt weiter: „Hast du dir in deinem tiefsten Inneren eine Gerechtigkeit für die armen Tiere, Kinder oder überhaupt für die Schwächeren gewünscht?“ Anny wurde es warm in der Seele, sie erinnerte sich an die Erlebnisse auf der Erde, die sie so schmerzten und sie nichts dagegen tun konnte und antwortete: „Ja, darauf habe ich gehofft, dass es irgendwo eine Gerechtigkeit gibt!“ Samuel sagte lächelnd: „Hier bist du richtig, hier haben die Seelen einen Platz, die keinen Neid, keinen Hass, keine Machtgier in sich tragen, jeder der je einem anderen Unrecht getan hat, wird dasselbe erleben müssen und ganz besonders werden diejenigen bestraft, die Unschuldigen ihre Macht demonstrieren. Solche sind nur zu bedauern und werden sehr schwer das Glück kennenlernen und nie die wahre Liebe so wie du und Marco. Auf deine zweite Frage muss ich noch antworten, du fragtest, warum Gott den Menschen nicht sagt, dass es ihn gibt und die guten Seelen in sein Reich aufnimmt, ich sage dir warum. Wenn Gott jedem sagen würde, dass es ihn gibt und wenn sie keine Sünde begehen, ins Paradies kommen, was glaubst du, wie viele falsche und böse Seelen wir im Paradies hätten? So wird jeder Mensch und jedes Tier einer Prüfung unterzogen, die Entscheidung liegt bei jeden einzelnen, was er daraus macht und wie er sein Leben da unten meistert. Aber glaube nicht, dass wir sie ganz im Stich gelassen haben. Wie du selber gesehen hast, hat jeder irdischer Bewohner einen Schutzengel, der ihn auf Schritt und Tritt begleitet und jeder seiner Schritte wird bewertet, alles Gute kommt ihm zugute, alles Schlechte wird gegen ihn selbst verwendet.“

Anny verstand jetzt einige Dinge besser, aber was sie noch nicht verstanden hat ist, als Samuel ihr sagte, dass die Erde die Hölle ist. Einerseits war alles richtig, was er ihr sagte, andererseits, wo sind dann die Dämonen, von denen man sagte, dass sie hässlich und bösartig sind? Warum ist sie nie einem begegnet? Anny musste das wissen und fragte Samuel vorsichtig: „Wenn die Erde die Hölle ist, wo ist dann der Teufel, wo sind die Dämonen?“ Samuel antwortete sehr ernst: „Ich lese deine Gedanken, ich weiß, welche Bilder du siehst, wenn du mich danach fragst. Du denkst, dass Dämonen sichtbar sind, aber ich kann dir mit Sicherheit sagen, dass sie mitten unter den irdischen Bewohnern leben und sie können in jeden Menschen eindringen. Wenn er sich nicht unter Kontrolle hat, jeder nach Reichtum jagt und jeder immer mehr erreichen will, dabei kann man seine Seele an den Teufel verlieren. Wenn man aufhört Mitleid, Freude und Liebe zu empfinden, je mehr man Macht haben will, desto mehr gibt man seine Seele dem Teufel und wird selber zu seinem Diener. Aber du brauchst nicht denken, dass diese Menschen glücklich sind, denn das Glück gehört den Lichtmenschen und das Unglück den Schattenmenschen."

Anny schaute Samuel verständnisvoll an und fragte noch: „Was sind Licht- und Schattenmenschen?" Samuel schaut Anny liebevoll an und sagte: „Lichtmenschen sind wie du Anny, sie lieben ohne Bedingung, sie fühlen von jedem seinen Schmerz, sie helfen ohne sich zu bereichern, sie beurteilen nicht nach dem Aussehen, sie sind positiv eingestellt, sie haben keine dunklen Gedanken. Schattenmenschen sind Menschen, die immer nur ihr wohl im Kopf haben, sie sind Egoisten, sie fühlen kein Mitleid, sie wollen die Macht um jeden Preis, sie sehen kein Leid und kein Elend. So sterben die Gefühle in ihnen und sie werden wie Maschinen, die keine Gefühle in sich tragen, nur noch funktionieren. Sie merken aber selber nicht, dass sie sich verlieren und keine Liebe mehr empfinden können. Sie werden unglücklich und unzufrieden, wissen aber selber nicht warum sie so sind, sie verfallen in depressive und dunkle Gedanken, deshalb ziehen sie die Schatten hinter sich und werden von Dämonen beherrscht. Aber auch solche Menschen werden von Gott nicht im Stich gelassen, sie bekommen mehrere Chancen, um ihre Sünden gutzumachen."

Anny verstand jetzt einiges besser, aber sie wollte wissen, was man mit solchen Sündern macht und warum sie noch eine Chance bekommen. Sie fragt Samuel: „Ich habe noch eine letzte Frage an dich, dann gebe ich Ruhe." Samuel sagte: „Frage nur, dafür bin ich da!" „Wie geht man mit solchen Menschen um, die eine Sünde begangen haben, wie zum Beispiel, die einen anderen Menschen oder ein unschuldiges Tier umgebracht haben, um seine Macht zu demonstrieren? Was für eine Chance verdient so ein Mensch?"

Samuel schaute Anny traurig an und antwortete: „Ich weiß, dass diese Taten nicht zu entschuldigen sind, aber der irdische Bewohner wird täglich einer teuflischen Versuchung ausgesetzt. Seit ich dir die Schattenmenschen beschrieben habe, weißt du, dass diese nach Macht streben und wenn sie nicht erreichen, was sie sich vorgenommen haben, wächst ihr Hass auf alle anderen, von denen sie glauben, dass sie glücklicher sind als sie selbst. Wenn er verletzt oder tötet, glaubt der Sünder, dass er Macht demonstrieren kann und fühlt sich wie Gott, diese arme Seele weiß aber nicht, dass er eines Tages vor Gott selbst stehen muss, und seine Sünde wie bei einen Gericht untersucht wird. Das schlimmste, was so ein Sünder erfahren muss ist, dass er genau dasselbe erleben muss, was er den anderen angetan hat. Er wird im neuen Leben kein Glück finden, viel arbeiten und nichts besitzen, krank und immer von anderen abhängig sein und das ist schlimmer als Folter. Er wird sich täglich fragen, ob es irgendwo einen Gott gibt und warum ihm keiner hilft. So wird er alt, arm und hilflos, bis er begreift, was seelische Schmerzen sind und langsam beginnt er, sich nach Glück, Liebe und Geborgenheit zu sehnen. Wenn er solche Gefühle entwickeln kann und er bereit ist, bedingungslose Liebe und Mitleid für andere Lebewesen zu empfinden und zu geben, dann befindet er sich mitten in einer Prüfung Gottes.

Neun irdische Leben sind dazu notwendig, um festzustellen, ob der Sünder wirklich und wahrhaftig sich zu einem Lichtmenschen entwickelt hat und auch dabei bleibt. Nach jedem Leben, das er auf der Erde verbracht hat, steigt er eine Stufe höher. Er kann bis zu der höchsten Stufe gehen und die höchste Stufe bedarf mehrerer Leben. Wenn er die höchste Stufe erreicht hat, dann wird seine Seele von allem schlechten gereinigt und er muss noch ein letztes Mal auf die Erde zurück. Diesmal erwartet ihn die schwerste Prüfung, die jetzt auch dir liebe Anny bevorsteht, aber wenn die letzte Prüfung vollendet ist, dann ist die Seele bereit und wird eine von uns! Du darfst mich aber nicht fragen, welche Prüfung dir bevorsteht, denn darauf darf ich dir keine Antwort geben, aber eines kann ich noch für dich tun", sagte Samuel lächelnd zu Anny, die ihn etwas erschrocken anschaute.

„Was ist das, fragte Anny vorsichtig?" Samuel fragt sie: „Willst du wissen, welche Post du von deiner Familie bekommen hast?" Anny stand auf, ihre Augen glänzen vor Freude und sie sagte: „Ja, das will ich!!!" „Dann komm mit", sagte Samuel freundlich und nahm sie wieder bei der Hand. Anny ließ sich von Samuel zu einem anderen Ort entführen. Leicht und unbeschwert flogen sie über das Meer, dann über Blumenwiesen, trafen auf fröhliche Menschen, spielende Tieren und unendliche Glücksgefühle, bis sie auf einen hohen Berg gelangen. Auf diesem Berg wohnten Seelen, die die höchste Stufe erreicht hatten, sie waren Heilige. Anny staunte, als sie deren Gesichter sah, alle hatten ein strahlendes Licht rund um sich, ihr Gesicht so klar wie Wasser, ihre Körper groß und schlank, ob männlich oder weiblich, alle hatten dichte glänzende

Haare, ihre Kleider schimmerten in allen Farben, strahlendes Lächeln und Fröhlichkeit zeichnete ihre ewige Jugend. Vorsichtig begleitet Anny Samuel in einen Palast, sie gleiten durch einen Korridor. Engel brachten Botschaften von der Erde und übergaben es an die Heiligen, die Informationen wurden in einem Speicher versperrt und die Seelen, die frisch herein kamen, konnten die Informationen ähnlich wie ein Video anschauen, dort nennt man es Post von Angehörigen.

Samuel brachte Anny in einen Raum, der so wie auf der Erde mit Bildschirmen ausgestattet war, nur dass die Bildschirme in der Luft hangen und keine Materie waren. Diese Technologie gibt es auf der Erde noch nicht. Jeder Bildschirm bietet zwei Sitzplätze, die ebenso in der Luft hangen und dort nahmen Anny und Samuel Platz. Eine Fernbedienung oder Knopfdruck war nicht notwendig, es reichten die Gedanken, um sich die Post anzuschauen. Anny wusste das nicht und fragte Samuel: „Wie schaltet man dieses Ding hier ein?“ Samuel lächelte und kreuzte die Hände vor sich, lehnte sich zurück und sagte entspannt: „Denke an das, was du dir am meistens wünscht und du wirst deine Post öffnen können.“

Anny brauchte nicht lange zu denken, denn der liebste Mensch war immer in ihren Gedanken. Das Bild von Marco zeichnete sich auf dem Bildschirm und Annys Herz schmerzte sehr. Ihr Verlangen, dieses Gesicht zu streicheln, seine Lippen zu küssen, war unendlich stark. Traurig sah er aus, der Körper von Marco schrie nach Streicheleinheiten und Liebe, die ihm keiner geben konnte außer Anny, doch sie war nicht mehr da. In seinen Augen liegt sie unter der Erde, wo er gerade das ewige Licht anzündete, in seiner Seele ist sie ein Engel geworden und hörte ihm zu, wie er mit ihr sprach. Marco stand vor Annys Grab, welches er fast täglich nach der Arbeit besuchte und jedes Mal schmerzte sein Herz so sehr, dass er glaubte, jemand reißt es bei lebendigem Leibe aus seiner Brust heraus. Aber er konnte nichts anderes als sie täglich zu besuchen, um ihr zu erzählen, was er am Tag erlebt hat und wie er sich ohne sie fühlt.

Während Marco die verwelkten Blumen entfernt, sagte er lächelnd und mit Tränen in Augen: *„Du hast das immer gehasst meine Schönste, wenn die Blumen so verwelkt sind. Ich muss dir erzählen, dass dein bester Freund Patrick seine Arbeit gekündigt hat und bei uns als Tierarzt angefangen hat. Du hast die Klinik geliebt und ich werde dich so lange ich lebe dort vertreten und dafür sorgen, das die Katzen und Hunde, die du so sehr geliebt hast, so behandelt werden als wärst du da, meine geliebte Anny. Weißt du, wie dankbar unsere Babys sind? Wenn ich nach Hause komme, begrüßen sie mich schon bei der*

Eingangstüre, am Abend liegen alle bei mir, als wäre ich eine wärmende Decke. Ah ja, du weißt es noch nicht, deine Eltern und dein Bruder haben unterschrieben, dass die Tierklinik auf mich übergeht. Ich verspreche dir Liebste, dass ich das nie vergessen werde, was es für dich bedeutet hat und ich werde dich immer lieben so lange ich lebe. Wir hatten nicht viel Zeit miteinander verbracht und doch haben deine Eltern Vertrauen zu mir, so als kannten sie mich ein Leben lang, ich weiß nicht wie ich das je gut machen soll. Deine Mutter lädt mich ständig zum Essen ein, dein Bruder ist immer noch besorgt um mich, dein Vater will mich ständig finanziell unterstützen. Sie sind zu mir wie meine eigene Familie. Ich habe meine Eltern früh verloren und weiß nicht, wie es ist, eine richtige Familie zu haben. Manchmal ist es mir richtig peinlich, denn ich will sie auf keinen Fall enttäuschen, aber ich weiß nicht, ob ich so viel Liebe verdient habe. Ach Liebste", seufzte Marco, „mir fehlt es jetzt an nichts, ich habe Geld und eine Familie, die mich sehr schätzt, ein tolles Auto, eine eigene große Wohnung und doch fühle ich mich, als wäre ich der ärmste Mensch auf der Welt. Ohne dich hat das alles keine Bedeutung für mich, ich würde alles dafür geben, noch einen einzigen Tag mit dir verbringen zu dürfen. Es gibt so viel Unterschiede bei den Menschen, aber du hast den besten Charakter der Welt gehabt. Wer dich geliebt hat, kann keine andere Frau mehr lieben. Ich bekomme ununterbrochen Angebote von Frauen, die mit mir eine Beziehung eingehen wollen, sogar deine beste Freundin Sandra will mit mir gehen, aber ich kann das nicht. Ich will nur dich, ich denke nur an dich und ich könnte nur weinen, wenn ich daran denke, mit einer anderen Frau ins Bett zu gehen. Nicht nur, dass es mir vorkommen wird, wie wenn ich dich betrügen würde, sondern weil ich auch keine Lust an Sex mehr verspüre, ich habe das Gefühl, dass dies so bleiben wir, so lange ich lebe."

Anny weinte still, als Marco sagte, dass er keine Frau will, es tat ihr weh. Sie schaute Samuel an und fragte: „Ist das wahr? Marco will keine andere Frau mehr haben?" Samuel antwortet: „Das ist wahr Anny, die Liebe zu dir ist nach wie vor sehr groß!" „Aber er ist noch so jung, ich will nicht, dass mein Marco so unglücklich ist", sagte Anny traurig. Samuel nahm Annys Hand und tröstete sie: „Anny.... Anny..... wie gutmütig du bist, du denkst nicht an dich, du bist nicht eifersüchtig. Willst du, dass dich Marco vergisst und sich mit anderen Frauen vergnügt?" Anny schaut Samuel etwas unsicher an und sagte: „Nein.... Ja.... Ich weiß es auch nicht. Ich will nur, dass er glücklich ist, denn es tut mir so weh, wenn er traurig ist. Was ist mit Sandra? Sie könnte ihn doch glücklich machen, immerhin ist sie meine beste Freundin gewesen, sie hat einiges von mir. Kannst du nicht dafür sorgen, dass Marco und Sandra zusammen kommen?" Samuel fragte: „Willst du das wirklich?"

Anny senkte den Kopf und antwortet etwas zögerlich. „Was schlägst du denn vor, was soll ich deiner Meinung nach tun? Eifersüchtig zu sein, dazu habe ich kein Recht, ich bin doch die, die gestorben ist. Was soll mein Liebster denn machen, er ist der, der noch lebt, ich darf nicht eifersüchtig sein. Marco muss wieder lieben können und Sandra ist die einzige, die ihn glücklich machen kann, denn sie ist mir so ähnlich. Sie ist die einzige, die mich gut kennt, wir sind wie Schwestern gewesen.“ Samuel lächelt Anny an und sagte: „Er wird wieder mit einer Frau zusammen sein, aber glücklich wird er nicht mehr, das ist sein Schicksal. Die Frau, die ihn einige Jahre begleiten wird, ist Sandra, sie ist schon lange verrückt nach ihm, aber er sieht sie nicht, noch nicht. In einem Jahr wird Marco Gefühle und Sehnsüchte bekommen, dann wird Sandra für ihn da sein. Marco wird betrunken sein und dich für kurze Zeit vergessen, dann landen sie zusammen im Bett, das bringt sie zusammen. Bist du jetzt beruhigt?“

Anny tat es weh zu wissen, dass Marco mit ihrer besten Freundin schlafen wird, aber was konnte sie machen? Sie war nicht da für ihn und sie wusste ganz genau, dass er aus Fleisch und Blut ist und den Sex für sein seelisches Wohlbefinden dringend brauchte, um wieder glücklich zu sein.

Anny schaute ihre Post weiter an. Sandra besuchte ihr Grab, sie gestand ihr die Liebe, die sie für Marco empfand. Ihre Eltern besuchten ihr Grab und erzählten ihr das Neueste. Ihr Bruder war sehr oft mit seiner kleinen Tochter da. Sabine, ihre Tierarzthelferin mit ihrem Kind, auch Patrick, ihr bester Freund kam öfters vorbei. Viele die sie kannte, besuchten ihr Grab und sogar Claudia. Aber sie kam nicht, um sie zu bedauern, sondern um ihr zu sagen, dass sie gestorben ist, weil sie ihr Marco wegnahm und dass sie eine Sünde begangen hat. Claudia wollte sich nur an Anny rächen, sie wollte nur loswerden, dass sie nicht mehr schön ist und jetzt unter der Erde liegt. Was Claudia nicht wusste war, das Anny schöner als vorher war und ihre Worte Anny nicht trafen. Denn sie nahm ihr Marco nicht weg, sondern das Schicksal hat sie zusammen gebracht, aber das wusste Claudia nicht und deshalb verstand sie Anny sehr gut und war ihr nicht böse deswegen.

Langsam versammelten sich die Seelen, die auf das Jüngste Gericht warteten und jeder hatte seinen Seelenhüter dabei, auch Anny und Samuel gingen mit den anderen den Weg, der zum Jüngsten Gericht führte mit. Links und rechts wünschten ihnen die Bewohner des Paradieses Glück und lächelten sie an. Der Weg schien sehr weit, vor ihnen sieht Anny von weiter Ferne eine große Kugel, die aus Glas war. „Dort müssen wir hinein“, sagte Samuel. Während Anny den

Weg zu der Kugel ging, bewunderte sie die Pracht in dem Paradies. Es sah alles so aus wie auf der Erde, große prachtvolle Bäume, Parks mit farbenprächtigen Blumen, Wasserfälle, Vögel die zwitschern, saftiges Gras, jeder Grashalm gleich hoch, die Bäume trugen Früchte, die die Menschen, die dort lebten, essen durften. Diese Früchte hatte Anny noch nie gesehen. Samuel merkte, das Anny so eine Frucht probieren wollte, er hob ab, flog zu einem Baum und brachte Anny so eine Frucht. Sie war überglücklich und probierte die Frucht. So etwas hat sie noch nie gegessen, sie fand keinen Vergleich mit irdischem Essen, es war süß, hatte einen Geschmack, der einem alle Sinne raubte. Eine Erinnerung an diese Frucht sollte sich ihr für alle Zeiten einprägen.

Alle standen vor dieser riesigen Kugel aus Glas, der Eingang wurde von zwei Engeln bewacht, aus der Kugel kam strahlendes Licht. Die Engelswächter, die den Eingang bewachten, riefen jeden einzelnen mit Namen auf, dann trat derjenige mit seinem Wächter in diese Kugel hinein. Drinnen ein Farbenspiel der verschiedensten Lichter, ein großer Saal und ein Podest, wo Gott saß. Ihn konnte man im ersten Moment nicht sehen, denn dort, wo er saß, war ein strahlendes Licht, das jeden, der es sah, ein Glücksgefühl vermittelte. Alle nahmen Platz, zwischen mehreren Seelen saß Anny in der zweiten Reihe, neben ihr Samuel. Eine tiefe Stimme, die jedem unter die Haut ging, war zu hören und Gott sprach zu ihnen:

„Ich habe auf euch gewartet, habt keine Furcht vor mir, ich kenne jeden einzelnen von euch wie mich selbst. Heute ist für jeden von euch ein neuer Anfang. Der eine wird für alle Zeiten erlöst und einen Zugang in die Ewigkeit erlangen, der andere wird mich wieder verfluchen, aber trotzdem muss jeder denselben Weg gehen, der das qualvolle Leben hinter sich lassen möchte und dem die Leichtigkeit in die Ewigkeit gewährt werden soll. Ich weiß, was ich von Euch erwarte und das diese Aufgaben, die ich euch gebe, nicht leicht sind, aber so sind die Himmelsgesetze. Wer nicht gelitten hat, kann keinen Anderen verstehen der leidet, wer nicht geliebt hat, kann keinen Anderen verstehen der liebt, wer nicht verloren hat, kann keinen Anderen verstehen der verloren hat. Wenn alle bereit sind, sich in den Anderen hinein zu fühlen und jeder den Anderen wie sich selbst achtet, und ich rede von allen, von der kleinen Maus bis zum Menschen, dann ist er bereit für das Ewige Leben. Heute werdet ihr euren Sünden gegenüber stehen und selber beurteilen, ob ihr in eurem Leben das Richtige getan habt, am heutigen Tag werdet ihr gemessen, wie viel Liebe ihr in euch trägt. Ich fange mit der ersten Reihe an“, sagte Gott, während die Wartenden sich kleiner als eine Maus fühlten, denn desto liebevoller Gottes Stimme klang, desto ernster und bestimmender war sie. Anny sah einen

Mann, der ihr so bekannt vorkam, sein Gesicht strahlte Sympathie, Geborgenheit, Liebe und Glück aus, er war nicht sehr groß, auch nicht zu klein. Gott hatte einen langen weißen Bart, in seinem Gesicht keine einzige Falte, gekleidet in einem silbernen Anzug, das Material sehr dünn und fließend und in seiner Hand hält er einen großen silbernen Stab. Das war Gott. Anny ging ihr ganzes Leben durch den Kopf, sie fragte sich: „Habe ich alles richtig gemacht, was wartet auf mich?“ Doch sie musste sich gedulden, bis sie dran war.

Als erstes rief Gott einen Mann mit Namen Carlos auf. Dieser Mann kam aus Brasilien und war in seinem vergangenen Leben, bevor er starb, ein Geschäftsmann. Gestorben ist Carlos, als er ein erfolgreiches Geschäft abgeschlossen hatte. Gott sagte zu ihm: „Nimm Platz auf dem Sessel“. Carlos stand auf, langsam und unsicher setzte er sich in den Sessel und es kam ihm vor, als ob er vor Gericht stand. Gott fragte Carlos: „Was hast du zu beichten, welche Taten waren deiner nach Meinung gut und welche schlecht?“ Carlos antwortete unsicher: „Na ja…. Ich habe nie gelebt, habe immer meine Pflicht getan und nie an mich gedacht, ich war meiner Frau immer sehr treu, meinen Kinder ein guter Vater, ich habe meine Eltern geachtet und die Tiere geliebt. Ich habe immer die Tiere verstanden und wenn ich konnte, sie gefüttert und ihnen Wasser gegeben. Aber wenn ich Fehler gemacht habe, bin ich bereit, sie wieder gut zu machen“, sagte Carlos und war vorbereitet für die Strafe, die ihm Gott auferlegte.

Gott fragte Carlos: „Weißt du, warum du mit dreiundfünfzig Jahren gestorben bist?“ Carlos schüttelte nur den Kopf. Gott sagte: „Du hast deine Aufgabe in dieser Stufe erfüllt, du warst ein guter Mensch, warst immer für alle da und hast nie an dich gedacht, du hast die Tiere geachtet und sie nicht als eine Sache gesehen, du hast ein Herz für Schwache gehabt und dich an ihnen nicht bereichert, du hast gern geholfen und das Geld war dir nicht so wichtig. Du wolltest mit dem Geld, welches du verdient hast, dass Leben deiner Familie etwas leichter machen. Du stehst vor einer Stufe zur ewigen Erleuchtung, aber auch dich erwartet noch eine Aufgabe auf der Erde. Du hast Fleisch gegessen, aber du bist nicht alleine, das machen fast alle Menschen unten auf der Erde. Das ist auch eine Sünde, denn die Tiere, die unten Leben, sind genauso aus Fleisch und Blut. Sie haben einen Körper, der ihnen weh tut und haben Nerven genau wie die Menschen, sie spüren die Kälte und die Wärme, sie haben Hunger und sie spüren dieselben Schmerzen wie die Menschen auch, sie haben eine Seele. Du hast deren Fleisch gegessen und weißt nicht, dass sie auch einmal Menschen waren. Um deine Seele davon zu reinigen, musst du auch ein Nutztier werden, ich werde dich noch einmal zur Erde schicken und du wirst als ein Schwein geboren werden, um die zu verstehen, die du gegessen hast. Dein Leben auf der Erde wird nicht lange dauern, mit einem Jahr wirst du geschlachtet und dein Fleisch werden Menschen und Tiere verzehren, danach bist du für das ewige Leben bereit!"

Nach dem Gott die Strafe für Carlos beschloss, kamen zwei Engel, nahmen ihn unter die Arme und flogen aus der Kugel hinaus und auf einer Seite der Kugel konnten die anderen Anwesenden beobachten, was mit Carlos geschah. Sie kamen auf der Erde an, in einem Stall wurden gerade kleine Ferkel zur Welt gebracht, Carlos war eines von ihnen. Engeln besiegelten sein Leben als Nutztier und flogen wieder hinauf. Carlos fühlte, wie wenn er ein Mensch wäre, doch keiner sah ihn als solchen.

Die nächste Seele war dran. Gott rief Heinrich auf, er nahm auf dem Sessel Platz, doch Heinrich blickte Gott sehr selbstsicher an und hatte keine Furcht vor ihm. Gottes Stimme wurde bei Heinrich sehr streng, er fragte ihn: „Was hast du zu beichten, oder soll ich dich fragen, was hast du nicht zu beichten!!!" Heinrich antwortete frech und selbstgefällig: „Habe nichts zu beichten!" Gott fragte ihn noch einmal: „Hast du nichts zu beichten?!" Heinrich wieder: „Ich wüsste nicht was." Gott wurde zornig: „Kann es sein, dass du dir zu gut vorkommst mit mir zu reden?!" Heinrich immer noch selbstsicher: „Ich wüsste nicht, was ich reden sollte." Gott antwortete für ihn: „Weil du zu viele Sünden begangen hast, weil du ein böser Mensch unten auf der Erde warst. Hast du eine Ahnung, was du alles getan hast, weißt du, wie vielen unschuldigen Tieren du grauenvolle Schmerzen zugefügt hast, wie viele wehrlose Kinder und Frauen du gequält und umgebracht hast?" Heinrich gab keinen Ton von sich und Gott schrie ihn an: „Antworte mir, wenn ich mit dir rede!!!!!!!!!" Heinrich hob den Kopf, sah Gott an und sagte: „Ich weiß es nicht. Ich wollte nur wissen wie es ist, mächtig zu sein." Gott schrie immer lauter: „Du wolltest Gott sein. Die Tiere, die du umgebracht, bei lebendigem Leibe aufgeschlitzt hattest, wie hast du das empfunden, wenn sie vor Schmerzen ohnmächtig geworden sind und mich um Hilfe angefleht haben? Wie war das, als du die Kinder, die du entführst und vergewaltigt hast, sie lebendig begraben hast, hast du je Mitleid empfunden?!!! Rede mit mir!", schrie ihn Gott weiter an. „Nein, habe ich nicht, es hat mir Spaß gemacht mächtig zu sein", sagte Heinrich, ohne es zu bereuen.

Gott fragte die Anwesenden: „Was für eine Seele hat dieser Mensch, welche Strafe kann ihn zu einem guten Menschen machen? Ich habe an ihm unzählige Leben verschwendet und habe nie erreicht, dass er einer von uns wird. Er hat seine Seele an den Teufel verkauft und ich kann nicht riskieren, dass er noch einmal als normaler Mensch auf die Welt kommt, denn er wird nie lieben lernen, bis er nicht am eigenen Leib die Schmerzen erfährt, die er Unschuldigen angetan hat. Ich muss ihm die höchste Strafe geben, die ich zur Verfügung habe", sagte Gott und sprach sie aus: „Du wirst als Baum geboren, du wirst menschliche Gefühle besitzen, alles riechen, sehen und fühlen, aber dich nicht von der Stelle bewegen können, du wirst für die Zeit stumm bleiben, der kleinste Wind wird dir Schmerzen zufügen, jeder Sonnenstrahl und jede Bewegung der Vögel, die auf dir sitzen. Nach fünfhundert Jahren werden wir uns wieder sehen, dann prüfe ich noch einmal, ob du Gefühle und einen Hauch Liebe in dir hast. Wenn du es verstehst zu lieben und zu fühlen, dann wirst du als behinderter Mensch auf die Welt geschickt, du wirst von Anderen abhängig sein, du wirst stumm sein und jeden Schmerz, den du Anderen zugefügt hast, wirst du doppelt am eigenen Leib verspüren. Du wirst 95 Jahre alt werden, das wird die erste Stufe sein, aber wenn du versagen solltest und dich selber umbringst, dann wirst du für alle Zeiten als ein Stein enden, der immer an der selben Stelle steht und du wirst jeden Tag Schmerzen haben." Gott sprach die höchste Strafe aus und die Engel kamen, nahmen Heinrich unter den Armen und trugen ihn zur Erde, wo gerade eine Eiche eingepflanzt wurde. Die Seele von Heinrich kam in den Baum und alle in der Kugel waren Zeuge davon.

Dai war als nächste dran. Sie war aus China und wurde sehr alt. Als sie in das Paradies kam, wurde sie für kurze Zeit wieder jung. Gott befahl ihr, sich zu setzen! Sie ging in kleinen Schritten zu dem Sessel und setzte sich nieder, unschuldig und mit versecktem Blick sah sie zu Gott hinauf. „Was hast du zu beichten, wie war dein Leben unten auf der Erde, was hast du gelernt?" Dai antwortete etwas zögerlich: „Na ja... ich war ein guter Mensch... glaube ich, ich habe nach der Tradition gelebt, hatte nicht viel Geld, habe ein armes Leben geführt, aber ich war eine gute Mutter und eine gute Tochter. Ich habe meine Mutter bis zu ihren Tod gepflegt und sie nicht alleine gelassen. Ich denke, dass ich ein guter Mensch war." Gott sah Dai an und fragte: „Bist du dir ganz sicher, dass du alles richtig gemacht hast?" Dai antwortete etwas unsicher: „Ich glaube schon, oder?" „Was hast du mit den Katzen und Hunden gemacht?" Dai wusste, was Gott von ihr wissen wollte und sie antwortete mit Reue: „Lieber Gott, bitte verzeih mir, aber wir hatten nichts zu essen, da musste ich die Hunde und die Katzen schlachten, das machen alle bei uns in der Umgebung." Gott sagte zu den Anwesenden: „Schauen wir uns an, wie die arme Katzen und Hunde geschlachtet wurden, danach werden wir weiter reden."

Gott hob die Hand und auf einer Seite der Kugel sah man das vergangene Leben von Dai. Ein altes Haus, davor ein großer Holzhaufen und Armut, wohin man schaute. Dai nahm einen kleinen Hund und eine Katze aus einem engen Käfig heraus, die beiden waren so zutraulich und hatten keine Ahnung, was ihnen bevorsteht. Die Katze wollte noch schmusen, sie war voller Sehnsucht, dass sie eine menschliche Hand streichelte, der junge Hund war voller Treue und vertraute den Menschen, bis sie beide an den Hinterpfoten mit einer festen Schnur an einen Pranger angebunden wurden. Sie hangen kopfüber. Dai kam mit einem Knüppel auf sie zu, sie dachten sich noch nichts dabei bis sie anfing, auf sie zu schlagen. Unschuldig und hilflos weinten sie und flehten um Gnade in ihrer Sprache, doch ihre Schmerzen wurden nicht erhört. Keiner kam, um ihnen zu helfen. Die Schreie gingen unter die Haut, die gesamte Ortschaft hörte ihr Jaulen, doch keiner fühlte ihren Schmerz. Stundenlang schlug man sie, um ihr Fleisch besser verzehren zu können. Ihr Körper war bereits so schwach, dass sie keine Regung mehr zeigten, nicht einmal ein Jaulen kam aus ihnen heraus, nur noch die Augen sahen alles und ihr Herz lässt sie weiteratmen. Als sie nicht mehr konnten, bekamen sie einen heftigen Schlag auf den Kopf, bis sie endlich erlöst waren.

Anny sah das, sie weinte dabei bitterlich. Ihr ganzes Leben widmete sie den Hunden und Katzen. Sie sah sie als Menschen, sie behandelte sie und machte sie wieder gesund, wenn sie krank waren. Dass so etwas gibt, dass die Katzen und Hunde in China so grausam gefoltert werden, hatte sie gehört, aber so etwas hatte Anny noch nie gesehen. Was für eine Seele kann der Mensch haben, wenn er dieses Jaulen und Schreien der Tiere ertragen kann, was für ein Mensch ist denn das, fragte sie sich, was für eine Strafe konnte das wieder gutmachen? Anny wartete sehnsüchtig auf das Urteil Gottes für Dai.

Gott fragte Dai: „Was hast du dabei empfunden, als du ihnen die Seele aus dem Leib geprügelt hast? Hat es dir leid getan, oder hast du nur an das Essen gedacht?“ Dai merkte, dass sie eine Sünde begangen hatte und antwortete: „Meine Mutter hat das auch gemacht, ich bin mit diesen Schreien aufgewachsen und hörte sie nicht mehr.“ Gott fragte Dai: „Hast du jemals der Katze in die Augen geschaut?“ Sie antwortete etwas zögerlich: „Nein.... mir wurde beigebracht, dass ich ihnen nie in die Augen schauen soll.“ Gott beugte sich nach vor: „Das ist traurig. Wenn ich dir die Katze noch einmal zeige, schaust du ihr dann in die Augen, während sie um Gnade bettelt und sagst du mir dann, was du siehst?“ „Ja...“, antwortete Dai.

Gott zeigte das Geschehen noch einmal. Dai schaute der Katze in die Augen. Gott fragt sie: „Was hast du gesehen Dai?“ Dai schaut Gott an und wusste nicht, was sie darauf antworten soll. „Ich habe gesehen, dass sie große

Schmerzen hat.“ Gott fragte, was sie noch gesehen hat. Dai war das ein Rätsel und sie wusste keine Antwort darauf. „Sonst habe ich nichts gesehen.“ „Nichts?“, meinte Gott, „dann werde ich dir sagen, was du getan hast. Es ist nicht der blind, der nichts sieht, sondern es ist der blind, der nicht sehen will. So ist das mit Menschen, die auf der Erde ihre Zeit verbringen, sie haben es in ihren Händen, alles Schlechte zu ändern. Ich gebe euch die Möglichkeit, ein Lichtmensch zu werden, aber ihr seid zu blind, um meine Botschaften zu verstehen, egoistisch und hartherzig. Ihr wisst alles besser, dabei ist es so einfach. Ihr braucht nur ein wenig Liebe und Gefühl in eurem Herzen zu tragen, das habe ich euch mitgegeben, aber ihr besiegt die Liebe und lasst euch von dunklen Schatten leiten und deswegen wird die Kette nie reißen. Ihr werdet so lange eure Strafen bekommen, bis ihr endlich auch mit eurer Seele sehen könnt. Ich werde dir sagen, was du getan hast. Die Katze, die du so grausam umgebracht hast, war deine Mutter“, sagte Gott zornig.

Dai verbarg ihr geschocktes Gesicht nicht, die Tränen ließen auch nicht lange auf sich warten. Sie liebte und ehrte ihre Mutter und weinend fragte sie Gott: „Warum ist meine Mutter eine Katze gewesen?“ Gott antwortete: „Deine Mutter hat auch dasselbe mit den Tieren gemacht wie du und auch ihre Mutter hat die selben Erfahrungen wie du gemacht. Das geht schon einige Generationen so, aber dabei wäre es so einfach gewesen. Ihr hättet den Tieren nur in die Augen schauen müssen, dann hättet ihr erkannt, welche Seele sich darin befindet. Deine Mutter hat wie du eine Sünde an Tieren begangen, die meine Seelenprüfer sind. Nicht nur, dass ihr Fleisch gegessen wird, sie werden von euch so grausam missbraucht, dass sie dieses Erlebnis nie vergessen werden.

Weil du die Katzen und Hunde so herzlos umgebracht hast, wirst du auf der Erde in deinem alten Haus als eine Katze auf die Welt kommen. Wenn dein Sohn und deine Schwiegertochter mit diesen grausamen Morden an meinen Tieren aufhören, dann hast du Glück gehabt. Wenn sie das weiter verfolgen, was du ihnen beigebracht hast, dann wirst du genau dasselbe erleben wie die anderen Katzen und Hunde, die du umgebracht hast. Wenn du von deinen Kindern verschont wirst und dein Leben als Hauskatze zu Ende ist, dann wirst du als Mensch wiedergeboren. Jeden Schlag, den du den Tieren gabst, wirst du als Mensch ein Leben lang spüren, du wirst Schmerzen haben und keiner wird dir glauben, du wirst sehr alt und einsam werden. Du wirst mich um Gnade anflehen, dich von deinem Leid zu erlösen. Wenn du achtundneunzig Jahre alt bist, dann werde ich dich erlösen. Bist du ein guter Mensch geworden, dann bist du eine Stufe weiter.“ Gott hob die Hand und wie bei den Vorigen kamen zwei Engel, nahmen Dai unter die Arme und trugen sie hinunter auf die Erde, wo gerade die Katze von Dais Sohn drei Babys auf die Welt brachte. Die Seele von Dai kam in den Körper von einer Babykatze, die Engel besiegelten ihr Leben und flogen wieder hinauf.

Anny war dran. „Setz dich mein Kind“, sagte Gott zu ihr. Anny setzte sich auf den Sessel wie ihre Vorgänger. Gott sagte zu Anny voller Freude: „Ich bin froh, dass du da bist liebe Anny. Ich habe lange auf so eine Seele wie dich gewartet, du bist eine der Wenigen, die meine Gesetze immer mit ganzem Herzen geachtet haben, du hast keine Sünden mein Kind, du hast es bis zu der höchsten Stufe geschafft, weißt du was du alles getan hast?“ fragte Gott. Anny saß vor der größten Macht, die sie gerade als eine gute Seele bezeichnet hat und wusste keine Antwort darauf. Sie ist sich wie ein Sandkorn in der Wüste vorgekommen, wie konnte er wissen, das sie eine gute Seele ist, Anny konnte darauf nur ein „Nein“ als Antwort geben.

Gott lächelte sie immer noch an und sagte: „Hab keine Furcht vor mir, mein Kind, denn du hast keinen Grund dazu. Du warst eine Tierärztin unten auf der Erde?“ Anny sammelte sich: „Ja das war ich.“ Gott fragte: „Wie vielen Tieren hast du Leid erspart, wie vielen hast du die Schmerzen gelindert?“ Anny ging ein kleiner Film durch den Kopf, sie erinnerte sich an die vielen Katzen und Hunde, die herumirrten, verletzt und hungrig waren. Sie nahm sie in die Tierklinik und pflegte sie wieder gesund, suchte ihnen einen guten Platz und half ihnen, glücklich zu werden. Anny antwortet mit einem Lächeln: „Sehr vielen!“ „Du hast dich nicht bereichern wollen, du hast nicht an dich gedacht, als du den vielen Tieren geholfen hast, du hast nicht nur mit den Augen gesehen, du hast mit deiner ganzen Seele hingeschaut. Du bist eine der Wenigen, die es erkannt haben, dass nicht alles, was es auf der Erde gibt, mit Geld zu kaufen ist. Die Liebe... die wahre Liebe liegt in den Seelen meiner Tiere, die ich den Menschen mitgab, um die wahre Liebe zu erkennen und mit seinen inneren Auge das Reich und die göttliche Macht zu entdecken.

Die meisten sehen es nicht, sie sind blind, denn alles was ihnen nicht hilft, ihr Geld zu vermehren, ist für sie wertlos, dabei werden sie in ihrer Seele arm bleiben. Sie suchen immer nach einen Ersatz, der sie in ihrem tiefsten Inneren glücklich macht und verlieren sich immer tiefer in Gegenständen, die sie noch mehr unglücklich machen. Du hast ein gutes Herz gehabt, mein Kind. Den Katzen und den vielen Hunden, denen du geholfen hast, ein glückliches Leben zu geben, sie waren meine Seelenprüfer. Sie sind von mir auf die Erde geschickt worden um zu prüfen, wer von den Menschen Leid erkennt, wer mit seiner Seele sehen kann. Die Augen meiner Prüfer erzählen eine Geschichte, die nicht jeder verstehen kann, nur ein Mensch, der eine reine Seele hat und einer der lieben kann, sieht den Tieren an, wenn sie Schmerzen, wenn sie Hunger haben oder wenn sie einen Menschen suchen, der sie streichelt. Wer in der Lage ist, diese Augen, die sie anflehen, zu ignorieren, der hat es nicht verdient, in meinem Reich zu wohnen. Sie werden so lange geprüft, bis sie erkannt haben, dass sie Liebe und Glück nicht mit Geld bezahlen können. Du mein Kind, hast das erkannt und du hast die wahre Liebe kennengelernt. Ich weiß, dass du noch nicht vollkommen glücklich bist und ich weiß, was du gerade denkst, aber ich verspreche dir liebe Anny, du wirst eine von uns. Aber auch dir steht eine letzte Aufgabe bevor und danach bist du von allem erlöst. Die letzte Aufgabe, die ich für dich habe ist Folgende:

Du hast wie fast jeder Mensch auf der Erde Fleisch gegessen, dass haben einige Tiere mit ihrem Leben bezahlt. Ich weiß es auch, dass du es immer bereut hast, aber du hast weiter gegessen, trotzdem ist das eine Sünde. Und um diese wieder gut zu machen, musst du als Solches noch einmal geboren werden. Um dich von all deinen Sünden zu befreien, wirst du als Nutztier auf die Erde geschickt, du wirst als Kuh auf die Welt kommen. Dein Leben wird ganz einfach sein, du wirst Kälber gebären und Milch geben, du wirst schön sein, das zeigt deine gute Seele. Dein Leben wird irdische zehn Jahre dauern, danach wirst du geschlachtet und dein Fleisch werden die Menschen und Tiere essen. Du sollst nicht leiden und dein voriges Leben wirst du nicht vergessen, du wirst dich an alles erinnern. Danach werden wir uns wieder sehen, dann sage ich dir, wie dein ewiges Leben hier sein soll."

KAPITEL 4

LETZTE PRÜFUNG

Die Engel kamen, nahmen Anny an den Händen und trugen sie hinunter auf die Erde in einen Stall, wo eine Kuh gerade ein Kalb auf die Welt brachte. Als das Kalb das Licht der Welt erblickte, kam Annys Seele in das Kalb hinein, sie fühlte sich schwach, die angenehme Wärme war weg. Ihr war kalt, die Augen konnte sie noch nicht ganz öffnen, da kamen schon die Kinder angelaufen, um sie zu streicheln. Der Bauer rief laut: „Es ist gesund, es ist ein Weibchen!!!"

Anny hatte noch nicht einmal stehen können, da kam schon der Doktor, um sie zu untersuchen. Die lauten Stimmen störten ihr zartes Gehör, Anny suchte verzweifelt nach ihrer Mutter, aber erst nach einer halben Stunde schaffte sie es, zu ihrer wohlverdienten Mahlzeit zu kommen. Anny fühlte sich als Mensch, nur die Geschmacksnerven hatten sich verändert, Fleisch wollte sie nicht essen, nur das, was alle Rinder fressen war, für sie geschmacksvoll. Die Erinnerung an ihr früheres Leben war voll da, sie war sich ihrer Strafe bewusst und erinnerte sich auch an ihr letztes Gespräch mit Gott und die Strafe, die sie bekommen hat. Doch das half ihr nicht, sie wurde als ein Kalb von den Menschen gesehen und auch als Solches behandelt. Eigentlich hatte Anny kein so schlechtes Leben als Rind, täglich kam sie mit den anderen Kühen auf die Weide, Wasser hatte sie immer frisch, der Bauer behandelte sie sehr gut, die Kinder streichelten sie täglich, Katzen und Hunde liebten sie. Das einzige, was sie vermisste, war ihr geliebter Marco, den sie nicht vergessen konnte. Sie dachte ständig an ihn und an die schöne Zeit, die sie miteinander verbracht hatten, aber Anny wusste auch, dass es noch nicht vorbei war. Sie hoffte, dass sie sich eines Tages wieder treffen und für immer zusammen bleiben werden. Die zehn Jahre wird Anny mit Würde bestehen und dann ist alles, wie sie es sich erträumt hat.

Während Anny die ganze Erlebnisse oben durchgemacht hat und mittlerweile wieder auf der Erde lebt, sind in irdischer Zeit bereits drei Jahre vergangen. Marco sind die drei Jahre wie drei Monate vorgekommen, seine Liebe zu Anny ist immer noch so stark wie eh und je. Was kleiner geworden ist, war sein Schmerz und mit der Zeit sind auch die Wunden verheilt, die aber mit jeder Erinnerung wieder reißen können. Aber Marco weiß auch, dass er weiterleben muss, aber dass er das Leben nicht mehr so liebte wie mit Anny, blieb tief in seiner Seele verborgen. Marco hat eine Beziehung mit Sandra, sie hilft Marco, die schwere Zeit durchzustehen und Marco hat das zugelassen. Genauso wie Samuel bereits Anny prophezeit hatte, ist es eingetroffen.

Marco ist eines Tages müde und angeschlagen nach Hause gekommen, voller Sehnsucht nach einem Menschen, der ihn zärtlich berührt und ihn in die Arme nimmt. Eine andere unbekannte Frau konnte ihm das nicht geben, was er mit Anny erlebt hatte, aber sie war nicht da, sie lag unter der Erde. Er war jung, sein Verlangen, mit einer Frau zu schlafen, wurde nach längerer Zeit sehr stark. An diesem Abend besuchte ihn Sandra, die keine Mühe gescheut hatte, Marco zu verführen. Sie wusste, dass er eines Tages schwach wird und sie bemerken würde. Wenn seine Sehnsucht nach Sex stark genug ist, wird Sandra da sein, denn sie ist die einzige Frau, die mit Anny aufgewachsen ist und ihren Charakter gut kannte, um ihn zu benützen, Marco zu imponieren.

Sandra brachte das Abendessen mit, sie saßen auf der Terrasse, tranken ein paar Gläser zu viel, und nach einem harmonischen Gespräch und ein paar Stunden später landeten sie im Schlafzimmer. Marco vergaß Anny dabei nicht, in seinen Gedanken war er an diesem Abend mit Anny zusammen, das Parfüm von Sandra war dasselbe, welches Anny immer benützte. Er brauchte nur die Augen zu schließen und war ganz intim mit Anny und als es vorbei war, schlief Marco tief und fest ein. In der Früh, als er die Augen aufmachte und Sandra neben sich sah, tat ihm das alles sehr leid, aber auch sehr gut. Einerseits war Marco erleichtert, diesen Schritt gewagt zu haben, andererseits kam er sich wie ein Betrüger vor. Nach dieser Nacht trafen sie sich sehr oft, die Eltern von Anny haben es auch erfahren. Sie konnten nicht einmal böse auf Marco sein, denn sie kennen seine lange Trauer um Anny und konnten es nicht mehr mit ansehen, wie er leidet. Sie waren froh, dass die neue Frau die Freundin von Anny war. Marco hatte Sandra sehr gern, aber Annys Platz konnte sie nicht einnehmen, er lebt mit ihr, aber heiraten will Marco nie mehr.

ZEHN JAHRE SPÄTER.

Annys Leben als Kuh ist bald vorüber, die zehn Jahre sind aber nicht gerade schnell vergangen. Tagein, tagaus immer dasselbe, dies wurde sogar Anny fad. Sie verstand jedes Wort, was der Bauer redete, auch die Tiersprache verstand Anny, aber sie konnte sich mit niemand unterhalten, außer mit Ihresgleichen. Das schlimmste war für sie, dass sie menschliche Gefühle und die Erinnerung an ihr früheres Leben mit ihren Babys und Marco so stark beschäftigt haben, dass sie kein glückliches Leben als Kuh in den zehn Jahre erlebte. Nun sind sie bald vorbei, aber das, was auf sie zukommt, ist von Gott nicht gewollt.

Früh am Morgen kam der Bauer in den Stall, ging direkt auf Anny zu, streichelte sie lieb und sagte: „Du warst eine meiner besten Kühe und so leid es mir tut, aber ich kann dich nicht mehr erhalten. Du kostest mich zu viel, das Futter ist knapp und du gibst keine Milch mehr, ich musste dich an den Schlachter verkaufen.“ Als der Bauer zu Anny sprach, verstand sie jedes Wort, was er sagte und es fiel ihr nicht leicht. Obwohl sie von Anfang an wusste, was auf sie zukommt, hatte sie dennoch Angst um ihr fades Leben, aber sie musste da durch. Ein paar Stunden später kam ein Mann in den Stall und nahm Anny mit, er zwängte sie in einen engen Transporter, wo sie dachte, die Luft zum atmen geht ihr aus. Ein paar Stunden später übersiedelte sie in einen großen Transporter, der voller hungriger, durstiger und unglücklicher Rinder war. Anny wollte nicht hinein, aber sie wurde mit Gewalt hineingebracht, dabei verletzte sie sich am Fuß und hinkte mit großen Schmerzen in den dunklen und feuchten Transporter.

Nun war sie zwischen den anderen Rindern, es waren viel zu viel auf einem Fleck. Sie stiegen ihr ständig auf die Füße und die Fahrt nahm kein Ende. Sie hatte Durst und Hunger, die Schmerzen in ihrem Fuß wurden immer schlimmer, einen Tropfen Wasser zu trinken wäre wie ein Traum, der in Erfüllung geht, doch es kam keiner, der ihr dieses erfüllen würde. Die Klagen der anderen Rinder machten sie noch zusätzlich traurig, es waren kleine Kälber dabei, die nach ihrer Mutter rufen und alte Rinder, die genau so wie Anny Schmerzen hatten. Ihre Klagen und Bedürfnisse hörte niemand, sie waren nur Lebensmittel, die frisch am Teller landen müssen, alles andere war unwichtig.

Endlich war kein Geräusch vom fahrenden Auto zu hören, jemand machte die Türe des Transporters auf und einer nach dem anderen wurde in den Schlachthof gebracht. Zwei Männer, die etwas grober waren, übernahmen die Rinder, der Fahrer des Transporters stieg in seinen Lkw und fuhr weg. Es blieben nur die zwei Männer und die durstigen und hungrigen Geschöpfe, die in den Töpfen landen sollten. In der Luft lag ein riesiger Schatten, den die Tiere spürten und der ihnen Angst machte. Sie wurden panisch und je panischer die Tiere reagierten, desto grober benahmen sich die zwei Männer. Sie schlugen auf die Rinder ein, die Schreie der Tiere hörte niemand, ihr Durst und Hunger wurde nicht gestillt, man behandelte sie wie einen Gegenstand, der keine Gefühle hatte, dabei wollten sie nur Wasser trinken und hatten starke

Schmerzen. Sie brachten alle bis auf Anny mit Gewalt in den Warteraum, wo es dann am nächsten Tag zum Schlachten geht. Anny hatte starke Schmerzen in ihrem verletzten Fuß und konnte nicht gehen, die zwei Männer fanden Gefallen daran, mit ihr zu spielen. Einer sagte: „Soll ich dir Beine machen, du dumme Kuh?“ Der Andere meinte: „Was glaubst du, wie sie ohne Ohren ausschauen würde?“ Anny packte die Angst, denn sie verstand jedes Wort, was sie sagten. Die zwei Männer lachten wie verrückt, einer holte das Messer und sagte zum Anderen: „Na komm... machen wir eine Schönheitsoperation, die Ohren müssen kleiner werden.“ Annys Augen wurden immer größer, sie schrie so laut sie konnte, doch die beiden Männer lachten noch mehr und sagten: „Keiner hört dich, du wirst sowieso auf dem Teller landen und wen interessiert es, ob du Ohren hast oder nicht?“ Sie versuchten, ihr die Ohren bei lebendigem Leibe abzuschneiden, doch Anny wehrte sich mit ganzer Kraft und ließ die Männer nicht an sich heran. Als sie merkten, dass sie sich wehrte und sie ihr die Ohren nicht abschneiden konnten, holte einer ein dickes Seil und bindet es ihr an die Hinterbeine. Sie hatten einen Lift, der die Rinder hochheben konnte, nachdem man sie geschlachtet hatten.

Anny lebte noch, hatte Durst, Hunger und Schmerzen. Ein paar Minuten später hang sie kopfüber an einem Seil angebunden und ihre Stimme ließ sie auch im Stich, keiner war da, der ihre Hilferufe hörte. Auf einmal spürte sie starke Schmerzen am Kopf, das Lachen der Männer tat ihr in der Seele weh und das war die schlimmste Erfahrung, die sie je gemacht hatte. Anny hing hinunter, die Kraft hat sie verlassen, die starken Schmerzen an ihrem Fuß und ihrem Kopf waren unerträglich. „Wie viel Schmerz kann eine Seele ertragen“, fragte sie sich, „warum sterbe ich jetzt nicht, wie lange willst du mich noch leiden lassen? Gott hörst du mich!!!!!!!!! Bitte erlöse mich von meinen Leiden!!!!!!!!!“ schrie Anny, aber kein Gott erhörte sie, kein Engel half ihr.

Langsam wurde es hell, die zwei Männer kamen in der Früh zur Arbeit, sie lachten, als sie den leblosen Körper, der nur noch atmete, sahen. Einer ließ sie vom dem Seil hinunter, doch Anny konnte nicht stehen, sie fiel wie ein nasser Sack auf dem Boden und jeder einzelne Nerv in ihr tat weh. Ein Tropfen Wasser würde ihr helfen, nur ein kleiner Tropfen Wasser. Ihr Körper schrie danach, doch ihr Wunsch wurde nicht erhört, stattdessen zwangen die Männer sie aufzustehen. Aber Anny konnte nicht, sie hatte keine Kraft, sie schaute die Beiden mit ihren traurige Augen an, flehte um Gnade, doch sie schrien sie an, sie traten sie mit den Füßen und schlugen sie mit einer Eisenstange. Einer der Männer holte einen Bagger und schob sie bis zu der Tötungsstation, dabei brachen sie ihr die Füße. Kraftlos, durstig und hungrig stand Anny angebunden vor dem Schlachtschussapparat, sie zitterte am ganzen Körper, aber nicht mehr aus Angst, sondern vor lauter Schmerzen. Endlich setzten sie ihr die Pistole auf den Kopf, einer drückte ab, doch sie war nicht gleich tot. Im Hintergrund hörte sie die anderen Rinder schreien, einige Minuten war sie in der Dunkelheit, bis sie endlich aus ihrem Körper herauskam.

In einer Ecke hockend und weinend saß Anny, sie zitterte immer noch. Gedemütigt und müde beobachtete sie die leblosen Körper, den sie zehn Jahre getragen hatte. Ein angenehmes Licht bestrahlte sie, das gleiche, das sie bestrahlte, als sie starb, wie sie Anny war. Langsam und unsicher schaute sie das Licht an, ihre Seele erwärmte sich langsam, die Schmerzen, die sie spürte, sind verschwunden. Hunger und Durst hatte sie auch nicht mehr, dieses Licht gab ihr ihre Kraft wieder und vor ihr stand ihr Engel Gabriel. Er schaute sie mit seinen strahlenden blauen Augen an, lächelnd streckte er ihr seine Hände entgegen und sagte: „Es tut mir so leid! Glaube mir bitte, das ist von unserem Gott nicht geplant. Du solltest nicht leiden. Die zwei Männer werden dafür büßen, alles was sie dir angetan haben, werden sie dreifach zurückbekommen, auch sie werden die Schmerzen ertragen müssen, die du erfahren hast, nichts bleibt unbestraft."

Anny war so froh, Gabriel zu sehen, dass sie vor lauter Freude weinte. Sie stand auf und streckte ihm auch die Hände entgegen und sagte weinend: „Danke, danke, dass du mich nicht vergessen hast!" Gabriel umarmte sie fest und sagte: „Ich bin doch dein Schutzengel, wie kann ich dich je vergessen? Aber hier konnte ich dir nicht helfen, zu viele Schatten standen mir im Weg, aber ich habe alles gesehen und mit dir gelitten. Jetzt hast du es geschafft, du wirst nie wieder leiden müssen. Ab heute wirst du diejenige sein, die Gut und Böse bewerten wird und uns hilft, solchen wie die Beiden, die dich so seelisch missbraucht haben, die richtige Strafe zu erteilen. Komm, gehen wir nach Hause", sagte Gabriel und umarmte Anny und sie flogen Richtung Sonne.

Leicht wie eine Feder und schön wie eine Göttin erreichte sie die höchste Stufe der Ewigkeit. Endlich hat sie es geschafft, die schwerste Prüfung lag hinter ihr und es war mit Abstand das Schlimmste, dass sie je erlebt hatte. Wie grausam Menschen sein können, hatte sie am eigenen Leib verspürt, diese paar Stunden hatten sich tief in ihrer Seele eingebrannt. Wie es wohl anderen wehrlosen Geschöpfen geht, wenn sie missbraucht werden? Anny konnte es genau nach vollziehen und ihr größter Wunsch war, solchen Lebewesen zu helfen und die zu bestrafen, die in der Lage sind, Macht an Unschuldigen auszuüben.

In ihrem ewigen Zuhause angekommen, fühlte sich Anny wie ein neugeborenes Kind. Die Fröhlichkeit und Glückseligkeit stand jedem dort ins Gesicht geschrieben, die strahlenden Menschen und die glücklichen Tiere, die miteinander spielten, heilten Annys verletzte Seele. Die Blumen, die ihren Duft in alle Richtungen verbreiteten und die Bäume, die Blüten in verschiedenen Farben trugen, waren wie ein Wunder der Natur. Die Luft dort war so rein, dass die Strahlen sichtbar waren, alles war dort gesund und prachtvoll, kein einziges Staubkorn, nichts war vergänglich. Jeder Mensch, jedes Tier, jede Blume und jeder Baum war in ihrer jüngsten und schönsten Zeit geblieben, keiner musste sich um den nächsten Tag Sorgen machen, alles was man brauchte, war einfach da. Keiner hatte das Verlangen nach Fleisch, das gibt es nur auf der Erde, in der Ewigkeit war es genau so, wie wenn man auf der Erde einen Kadaver essen würde. Das Essen im ewigen Paradies wuchs auf den Bäumen, die nie aufhörten, Blüten und Früchte zu tragen. Jeder hatte sein eigenes Reich, wo er sich zurück ziehen konnte, Depressionen kennt man dort nicht, jeder trug ein Glücksgefühl in sich, wie auf der Erde der schönste Moment, den man nie vergisst, in der Ewigkeit dauert dieser Moment für immer an. Lachen, tanzen und singen war das einzige was dort zählt, Humor war an der Tagesordnung. Alle, sogar die Tiere, fühlten sich wie Kinder, die miteinander spielten, so lange sie Spaß daran fanden.

Lächelnd beobachtete Gabriel Anny, sie strahlte Liebe und Fröhlichkeit aus, ihre Schönheit blendete sogar Gabriel, ihr Lachen und ihr strahlendes Gesicht brannten sich in seiner Seele hinein. Er kannte sie als Baby, er begleitete sie ihr Leben lang, sie war immer schön, aber jetzt bekam Anny ein Strahlen, das nur Götter hatten. Während sie über die Wiesen schwebten, fragte Gabriel Anny: „Bist du bereit für die schönste Überraschung, die du nie gehabt hast, schöne Anny?“ Sie strahlte ihn an und fragte: „Was für eine Überraschung?“ Gabriel lachte herzlich und fragt sie wieder: „Bist du bereit?“ Anny antwortet etwas zögerlich, denn sie wollte gerade fragen, ob sie Marco besuchen könne. Aber so, wie Gabriel sie gefragt hat, gab es keine Zeit dafür, denn anscheinend hatte er etwas anderes vor. Sie antwortete: „Ja... aber ich wollte noch wissen, wie es Marco geht, was meine Babys machen? Aber wenn das jetzt nicht geht, dann bin ich für die große Überraschung bereit.“

Gabriel nahm ihre Hand und sie landeten mitten in einer Blumenwiese, er schaute ihr in die Augen und sagte: „Ich habe dir versprochen, dass nichts so schlimm ist, wie es dir im Moment vorkommt. Du hast auf mich gehört und du hast deine Aufgaben sehr gut gemacht, du hast die höchste Stufe erreicht und jetzt ist die Zeit gekommen, deine Belohnung und deinen Lohn für all das, was du durchgemacht hast, abzuholen." In Annys Seele machte sich eine angenehme Wärme breit, sie fühlte Schmetterlinge in ihrem Bauch, ein Gefühl, als ob sie verliebt war. Aber nicht in Gabriel, sie war in das Leben da oben verliebt und Anny wünschte, der Einzige, der Wahre, ihre große Liebe wäre bei ihr, um mit ihr dieses schöne Gefühl zu teilen. Das Schönste wäre, wenn ihre Katzen und Hund Niko bei ihr und Marco mit in der Ewigkeit leben würden. Aber das wäre zu viel Glück auf einmal, aber sie wusste auch, dass sie eines Tages alle wieder zusammen sein werden. Doch was meinte Gabriel mit dem, als er sagte – „Die Zeit ist gekommen, deinen Lohn zu holen".

Anny dachte an ihren geliebten Maxi, ihren Kater, den sie so geliebt hatte. Ist das ihr Lohn? Samuel hatte ihr versprochen, dass die Zeit kommen wird, wann sie ihn sehen kann. Anny schaute Gabriel mit ihren großen blauen Augen an und fragte: „Werde ich meinen Maxi sehen?" Gabriel streichelte mit seiner Hand Annys langes Haar und sagte: „Meine schöne Anny, das was jetzt auf dich zukommt, wird für alle Zeiten in deiner Seele bleiben, du wirst es sehen. Die Zeit ist gekommen dich glücklich zu machen!" Gabriel nahm sie wieder an der Hand und lächelnd sagte er: „Lass dich überraschen." Anny fragte Gabriel, während sie flogen: „Bitte sag mir, was mich erwartet?" Gabriel lacht etwas lauter und antwortete: „Lass dich überraschen!" Anny gab keine Ruhe und fragte: „Dann sage mir, wohin du mich bringst?" „Das kann ich dir sagen", meinte Gabriel, „wir gehen ins Gotteshaus. Unser Vater wartet dort, um dich für alles Schlechte, was du bis jetzt erlebt hast, zu entschädigen."

In Annys Kopf herrschte Freude, Liebe und auch Verwirrtheit. Was erwartet sie dort, was könnte ihr große Freude bereiten? Sie war sich sicher, es kann nur ihr Maxi sein, der dort auf sie wartet. Die Schmetterlinge in ihrem Bauch wurden immer unruhiger, bis sie vor Gott stand, dem Größten, dem Allmächtigen und dabei sah er gar nicht so allmächtig aus. Ja... vielleicht sehr Weise, Klug, Sympathisch. Sein Gesicht war nicht sehr alt, er hatte nur einen langen weißen Bart, einen silbernen Anzug und er hatte einen silbernen Stab in seiner Hand. Er sah sehr weise aus, aber nicht böse, im Gegenteil. Gott erweckte Vertrauen und strahlte Güte und Liebe aus, er konnte jedem in die Seele blicken, so auch Anny, als sie ihn unsicher anschaute.

KAPITEL 5

DIE EWIGKEIT

Gott lächelte Anny an und sagte: „Setzt dich mein Kind, ich freue mich dich wieder zu sehen. Du hast eine schlimme Erfahrung gemacht und glaub mir, das wollte ich nicht. Es war nicht vorgesehen, dass du zum Schluss so leidest, ich habe jeden Schmerz mit dir gefühlt, aber die zwei Männer, die dich so missbraucht haben, werden das Doppelte an Schmerzen ertragen müssen. Jeder kommt hierher, keiner ist unsterblich, sie werden sich für diese Taten verantworten müssen. Aber du hast es geschafft, du hast die höchste Stufe erreicht und ich bin stolz auf dich, nun bist du eine von uns, wie fühlst du dich?“ Anny ist etwas lockerer geworden und antwortete: „Ich habe mich schon lange nicht so gut gefühlt wie heute, mir geht es sehr gut. Aber es würde mir noch besser gehen, wenn ich wüsste, was mein Marco macht.“ Gott schaute sie an und fragte: „Liebst du diesen Mann denn immer noch?“

In Annys Augen sammelten sich die Tränen, sie versteckte ihren Blick vor Gott und antwortet mit zitternder Stimme: „Marco ist das Schönste und das Beste, was mir je im Leben passiert ist, ja ich liebe ihn immer noch und ich kann ihn nie vergessen!“ Gott lächelt Anny an und sagte: „Weine nicht mein Kind, die Liebe, die du für Marco empfindest, ist die wahre, die reine Liebe. Ein Geschenk von mir, für deine Treue und deine Ehrlichkeit. Ich weiß, dass ihr nur kurze Zeit miteinander verbracht habt und ich weiß auch, wie sehr ihr gelitten habt, aber du wirst es bald verstehen, warum das alles notwendig war. Sage mir, was dein größter Wunsch ist?“ Anny schaute Gott an und wusste sofort, was ihr größter Wunsch war. Aber konnte er das erfüllen, ist die Zeit gekommen, ihr Leid zu beenden.

Anny nahm die Hände zusammen, presste ihre Finger aneinander und sagte etwas unsicher: „Mein größter Wunsch wäre, dass Marco, ich und unsere Babys hier zusammen leben und nie wieder auseinander gehen.“ Gott lachte und fragte: „ Deine Babys? Sind das deine Katzen und dein Hund?“ Anny lacht: „Ja... so nenne ich meine Katzen und meinen Hund. Ich habe sie sehr lieb, sie waren wie meine Kinder“, antwortete Anny etwas beschämt. Gott sagte zu Anny: „Du brauchst dich für deine Gefühle nicht zu schämen, du kannst stolz darauf sein. Denn die Katzen und Hunde unten auf der Erde sind meine Seelenprüfer, sie sind keine Nutztiere. Du hast keinen Profit von ihnen gehabt, dennoch hast du sie wie deine Kinder geliebt. Weißt du, warum du das getan hast?“ fragte Gott.

Anny meinte: „Weil sie die Menschen brauchen, weil sie ohne Menschen nicht leben können, weil sie Liebe und Trost in allen Lebenslagen geben können." „Du hast es erkannt, du hast die bedingungslose Liebe kennengelernt, du hast Liebe gegeben und hast dafür nichts erwartet, weißt du warum?" Anny, mittlerweile schon viel fröhlicher: „Weil sie unschuldig sind. Weil sie die Menschen lieben, auch wenn sie sie von sich wegstoßen. Weil sehr viele unten auf der Erde leiden, hungrig, durstig und krank sind. Weil viele Menschen sie ignorieren, manche sie sogar mit Steinen bewerfen. Weil sie keinen Nutzen von ihnen haben, hat mir die Seele wehgetan. Ich konnte nicht allen helfen, aber einigen habe ich helfen können und das hat mir gut getan."

Gott beugte sich nach vor und sagte zu Anny: „Du hast ihnen geholfen, weil du eine reine Seele hast, weil du jeden Menschen und jedes Tier mit deinem göttlichen Licht in die Seele blicken konntest. Du hast jeden Schmerz und jede Freude am eigenen Leib verspürt. Diese Tiere sind heilig, sie prüfen die menschliche Seele, denn wer einen hungrigen Hund oder eine Katze mit Steinen bewirft, der wird unten auf der Erde kein Glück kennenlernen. Seine Seele ist für die nächste Stufe nicht reif genug und er muss die erste Stufe wiederholen. Was die erste Stufe bedeutet, werde ich dir zu einem späteren Zeitpunkt erklären. Kein Mensch darf meine Tiere quälen, sie sind meine Geschöpfe und kommen an erster Stelle. Der Mensch hat die Aufgabe, ihre Bedürfnisse zu erkennen und sie mit Würde zu behandeln, jeder der sie achtet und sie schätzt, hat eine gute Seele und einen Platz in meiner Ewigkeit. Du hast nichts erwartet, du hast dieses Gesetz nicht gekannt und trotzdem hast du vielen Tieren geholfen und sie geliebt. Du verdienst das Beste und es ist Zeit, dir deine Belohnung zu geben, du hast sie verdient", sagte Gott und hob die Hände.

Annys Herz schlug immer schneller, sie war so neugierig, was auf sie zukommt, dass sie auf ihrem Sessel keine Ruhe finden konnte. Im Raum, wo Gott und Anny saßen, erschien Engel Michael, er brachte Marco mit. Als Anny Marcos Gesicht erblickte, zitterte sie am ganzen Körper, sie sprang von ihrem Sessel auf und vergaß, dass sie vor Gott saß. Weinend schrie sie: „Marco, Liebster!!!" Marco erstarrte, als er Anny vor sich sah, er konnte kein Wort sagen, nur die Tränen erzählten Geschichten. Zum ersten Mal seit Annys Tod konnte Marco wieder weinen, seine Beine lassen ihn im Stich, er konnte keinen Schritt mehr machen. Seine Arme wollten sie umarmen, doch er konnte sie nicht heben, seine Stimme wollte ihr sagen, wie schön sie ist, doch sie versagte, seine Lippen wollten ihre Küsse, doch der Schock sitzt tiefer als alles andere.

Anny schaute in Marcos Gesicht. So viel Zeit ist vergangen, seit sie tot war, doch er sah jünger und schöner aus als je zuvor, kein Gesicht der Welt machte ihr so viel Freude als Marcos Gesicht, kein Mann der Welt brachte ihr Herz so zum rasen wie Marcos Gesicht. Mit offenen Armen rannte Anny zu Marco, weinend umarmten sie einander ganz fest, die Füße haben bei Beiden versagt. Umarmt setzten sie sich auf den Boden, nur Weinen war noch zu hören und die Namen „Anny!!!“ „Marco!!!“

Gott stand auf, Gabriel und Michael schauten einander an, Gott lächelte sie an und sagte: „Endlich sind sie wieder vereint, sie haben sehr gelitten!“ Gabriel sagte leise zu Michael: „Das ist die wahre Liebe!“ Marco und Anny vergaßen, wo sie waren, für sie gab es niemanden mehr in diesem Raum. Sie vergaßen die Zeit, die Welt und die Ewigkeit. In diesem Moment der Begrüßung fühlten sie sich so, als ob sie über das Paradies fliegen würden, sie küssten einander und vergaßen, dass sie von Gott, Gabriel und Michael beobachtet wurden. Nach einiger Zeit musste Gott sie unterbrechen, indem er leicht hustete: „Ich kann euch gut verstehen, ihr habt euch lange nicht gesehen und ihr seid hungrig nach einander. Aber alles zu seiner Zeit. Zuerst will ich Marco begrüßen, der auch eine sehr schwere Zeit durchgemacht hat und dann wartet auf euch eine schöne Überraschung. Bitte setzt euch neben einander.“

Anny und Marco hielten sich an der Hand und langsam näherten sie sich ihrem Platz. Ununterbrochen schauten sie einander an und konnten es nicht fassen, dass sie wieder vereint waren. Sie hatten so viele Fragen, die sie einander stellen würden, gleichzeitig so eine starke Sehnsucht, einander zu lieben und zu küssen, dass sie sich kaum konzentrieren konnten. Gott fragte Marco: „Wie fühlst du dich in diesem Moment Marco?“ Marcos Blick wanderte zu Anny, seine Augen füllten sich wieder mit Tränen, er antwortete: „Ich bin der glücklichste Mensch in dem ganzen Universum, ich habe meine geliebte Frau wieder.“ Gott lächelt sie Beide an und sagte; „Ich habe auch nicht vor, euch je wieder zu trennen. Ich habe eine Aufgabe für euch, aber keine Angst, ihr müsst nie wieder auf die Erde zurück. Aber zuerst will ich euch noch glücklicher machen als ihr im Moment seid.“ Marco und Anny schauten einander an, es fehlte tatsächlich noch etwas zum vollkommenen Glück und in diesem Moment öffnete sich eine Türe.

Samuel stand mit Maxi im Raum, Anny sprang wieder von ihrem Sitz, rannte zu ihrem Kater und nahm ihn in die Arme, sie drückte ihn fest an sich und küsste ihn. Weinend schrie sie seinen Namen: „Maxi!!! Mein geliebter Maxi..., ich habe dich so sehr vermisst“ und in diesem Moment legte Maxi seine Pfoten auf

Annys Schultern und sagte: „Es tut mir so leid, ich war kein guter Kater, ich habe dir viel Kummer bereitet." Maxi weinte ebenfalls. Annys geschockten Augen schauten alle Anwesenden an, sie fragte Gott: „Ist das möglich, mein Maxi kann reden?" Gott lachte und sagt: „Mein Kind... du bist hier in der Ewigkeit, hier versteht jeder jeden, da finden keine Prüfungen mehr statt. Alle Seelen, die hier leben, haben eine Prüfung hinter sich gebracht und nun darf jeder glücklich und zufrieden sein. Ja er kann dich verstehen." Anny rief Marco: „Komm Liebster, du musst mein Baby kennenlernen. Er war etwas Besonderes für mich, ich habe dir so viel von Maxi erzählt."

Marco näherte sich den Beiden, er streichelt Maxi und sagte: „Anny hat dich täglich vermisst, bei deiner Urne hat Tag und Nacht eine Kerze gebrannt." „Danke, das habe ich mitbekommen, eure Liebe hat mich begleitet", sagte Maxi leicht schnurrend. Gott fragte: „Vermisst ihr noch jemanden?" Marco schaute traurig: „Ja... Niko und die anderen drei Kater." Gott, wie konnte er noch anders: „Die bekommt ihr auch!" Im Raum erschienen die drei Kater und Hund Niko. Mit großer Freude und unendlicher Liebe begrüßten sie einander, die Freudentränen hörten nicht auf zu fließen. So viele Fragen sind noch offen. Wie war ihr Weg bis hierher, hatten sie gelitten, wie sind sie gestorben, mussten sie wieder geboren werden? Gott sah ihre Neugierde, aber auch die Freude, als sie einander trafen und sagte: „Nun seid ihr alle wieder zusammen. Ich habe noch einiges mit Marco und Anny zu besprechen, aber das kann jetzt warten. Als erstes werde ich euch ein Heim geben, ihr solltet euch von euren Reisen erholen. Gabriel wird euch euer neues Haus zeigen, das gehört euch alleine, das soll euer neues Reich sein. Ihr solltet für alle Zeiten glücklich und zufrieden sein, eure Liebe wird alle Zeiten überdauern, die Gefühle für einander werden immer bestehen wie zur schönsten Stunde eurer Liebe. Ihr solltet nie die Langeweile kennenlernen, eure Seele wird für alle Zeiten vereint sein. Jetzt geht und liebt euch, eure Liebe soll das Licht noch mehr zum Strahlen bringen!"

Anny und Marco gingen gemeinsam mit ihren Babys aus dem Gotteshaus, unendlich glücklich und lebensfroh, dass sie alle wieder vereint sind, sahen sich ununterbrochen an und lächelten voller Liebe und Glücksgefühle. In ihren Köpfen so viele Fragen, in den Herzen eine nie endende Liebe, so stark, dass sie das Gefühl hatten, sie verbrennen vor lauter Verlangen nach einander. Annys Herz schlug wie verrückt, denn ihr Marco strahlte sie an wie am ersten Tag, als sie ihn das erste Mal küsste, seine Augen schenkten ihr ein warmes Glücksgefühl, seine Lippen sahen so erotisch aus, dass sie am liebsten alles rund um sich vergessen würde und nur ihren Marco küssen möchte, bis sie ihr Verlangen nach ihm gestillt hatte. Marco fühlte dasselbe wie sie und auch die

Kater und Hund Niko freuten sich, dass sie alle wieder zusammen sind, sie spielten und jagten sich durch eine saftige Wiese voller Blumen, sie fühlten sich wie neu geboren, voller Lebenskraft und Energie, in allen Herzen herrscht unendliche Liebe und Frieden.

Begleitet vom Engel Gabriel und seinen Helfer flogen alle in Richtung zu ihrem neuen Heim, gar nicht weit vom Gotteshaus. Gabriel zeigte auf ein kleines Paradies: „Das ist eure neue Heimat, da seid ihr ab sofort zu Hause.“ Gabriel flog vor und setzte sich mitten in den Garten, lächelnd und erlöst fragte Engel Gabriel: „Wie gefällt euch euer neues Zuhause?“ Anny und Marco setzten sich ebenfalls ab neben Gabriel, Marco legte seine Hände auf die Hüften und betrachtete mit offenem Mund die Umgebung, Anny umfasste mit beiden Händen ihren Kopf und genau wie Marco mit offenem Mund betrachtete sie den prachtvollen Garten und das Haus, dass ihr neues Heim sein soll. Wo sie hinschauten, sahen sie ein Pflanzenmeer, die Farben raubte ihnen den Verstand, verschiedene kleinwüchsigen Bäume, die Blüten aber auch Früchte trugen, verschiedene färbige Vögel saßen in die Bäumen. Die Melodien, die sie sangen, taten ihrer Seele gut. Ein Wasserfall, daneben ein Pavillon mit Bänken und einem Tisch am Rand vom Garten, die Wege waren weiß und glitzerten vor lauter Sauberkeit, mitten drinnen ein Haus aus Materialien, die man auf der Erde nicht kennt. Es sah aus wie Glas, aber ein Glas, das weiß schien und Strahlen warf und beim Betrachten dieses Hauses blieb Anny und Marco für einen Moment der Atem stehen vor lauter Begeisterung.

Gabriel sah die Freude von Anny und Marco, dennoch fragte er: „Na wie gefällt es euch hier?“ Anny strahlte und antwortete: „Das ist das Schönste, was ich je in meinem Leben gesehen habe!!!“ Marco umarmte Anny und gab ihr einen Kuss und sah Gabriel voller Dankbarkeit an und sagte: „Das ist ein Paradies!“ Gabriel lachte herzlich und antwortete: „Du hast es erkannt Marco, das ist ein Stück vom Paradies, ihr habt hart dafür gearbeitet. und ihr habt euch das verdient. Gemeinsam mit euren Katzen und eurem Hund sollt ihr hier für immer glücklich Leben, das gehört ab jetzt euch alleine! Ins Haus findet ihr auch ohne mich, ich werde mich verabschieden, aber ich komme wieder. Wenn der Baum mit den rosa Blüten sich rot färbt, komme ich um euch zu holen, denn Gott will euch noch einmal sehen“, sagte Gabriel und verließ Marco und Annys kleines Paradies.

Marco und Anny umarmten sich fest und küssten sich innig. Die Katzen und der Hund spielten miteinander im Garten, wo sie von anderen Bewohnern des Paradieses begrüßt worden sind und eingeladen wurden mitzuspielen. Anny und Marco gingen in ihr neues Haus, drinnen die Böden aus Marmor, mitten im Raum ein großes Sofa mit vielen Polstern, auf einer Wand ein Kamin, darin loderte das Feuer, auf einer anderen Wand ein Monitor, der fast so groß wie diese war. Dieser Raum sah so aus wie in den schönsten Träumen von Anny und Marco, auf der Erde gibt es diese Pracht nicht. Was sie an diesem Tag bekamen, jeder einzelne Raum so vollkommen und jeder Designer, der so eine Einrichtung entwickeln würde, würde auf der Erde den Preis für seine Leistung bekommen, hier gab es das ohne Geld.

Nach dem Anny und Marco ihr neues Zuhause angeschaut hatten, wollten sie nur noch eines, einander lieben, miteinander verschmelzen. Sie legten sich auf das Sofa, langsam näherten sie sich einander, ihr Atem wurde tiefer, das Verlangen nach einander war groß, ihre Liebe unendlich. Marco flüsterte ihr ins Ohr: „Ich liebe dich meine Schönste.“ Anny erwiderte seine Liebe. Er küsste ihren Hals, sie bekam nur Gänsehaut und ein Verlangen nach mehr. Zärtlich streichelten sie einander, Marco küsste jeden Zentimeter ihres Körpers, Annys Atem wurde immer schneller und tiefer, ihre Haut genoss jeden einzelnen zärtlichen Kuss, ihre Seele hatte das Gefühl, als ob sie über dem Universum schwebt. Wie in Trance fühlten sie sich, wie in einem Rausch der Liebe, wie frisch verliebt und unendlich durstig nach einander liebten sie sich auf dem Sofa. Diese Nähe und die Gefühle füreinander waren so stark, dass ihre Körper zitterten und ihr Liebesspiel dauerte lange, danach schliefen sie umarmt tief und fest ein. Nach und nach kamen auch schon die Kater und Niko, alle waren müde und erlöst von ihrer lange Reise, sie schliefen auf dem großen Sofa ein.

Glücklich und zufrieden sahen alle aus, den lange Weg der Schmerzen und der Enttäuschungen hatten alle hinter sich gelassen, jeder von ihnen hatte einen harten Weg hinter sich gebracht, jeder von ihnen hatte erfahren, was Leid, Schmerz, Hunger, Durst, Kälte, Wärme und Sehnsucht bedeutet. Das ist die Erfahrung, die jedes Tier und jeder Mensch auf der Erde erfahren muss, damit ihre Seele reift und sie rein und unschuldig das Paradies betreten dürfen, um für immer glücklich zu sein und das auch zu schätzen wissen. Weil Anny und Marco jede Aufgabe, die sie von Gott bekamen, so gut gemeistert hatten und sich nicht umbrachten, als es ihnen am schlechtesten gegangen ist, hat Gott ihr vollstes Vertrauen gewonnen und wollte sie als seine Helfer haben, denn solche Seelen wie Anny und Marco waren gab es nicht viele. Marco, Anny und auch die Katzen und Hund hatten ihre ganzen neun Leben im Schlaf durch geträumt, zwar nur die wichtigsten Abschnitte, sowohl die guten als auch die schlechten Erlebnisse. Auf der Erde würde es ein Jahr dauern, im Paradies nur einen Tag, aber das musste sein, um alles Erlebte hinter sich zu lassen, die Träume waren für die Seelen aller reinigend.

Als die Zeit gekommen ist, Anny und Marco aus ihrem tiefen Traum zu erwecken, schickte Gott Gabriel, um sie zu sich zu holen. Gabriel brauchte sich nur dort hin zu denken und er stand schon vor ihrem Bett, wo sie schliefen. Gabriel holte glitzernden Staub aus seiner Tasche und streute es über Marco und Anny. Alle wurden munter, in diesem Moment wussten sie nicht, wo sie sich befinden und mussten sich die Augen reiben, um richtig munter zu werden. Gabriel wusste, dass diese Prozedur eine Weile dauert, er stand daneben und lächelte sie an. Leise sagte Gabriel: „Ich bin gekommen, um euch zu holen, Gott will euch sprechen.“ Anny sprang auf, erschrocken fragte sie: „Was hat er mit uns vor, werden wir wieder auf die Erde geschickt?“ Gabriel klopfte ihr auf die Schulter und sagte: „Hab keine Angst, er will euch nie wieder auf die Erde schicken, Gott hat eine Aufgabe für euch.“ Marco fragte: „Müssen die Kater und der Hund auch mit?“ Er war froh zu hören, dass es nicht so ist.

Aber nehmt meine Hand und macht eure Augen zu, wir werden gleich bei Gott sein. Anny und Marco sahen sich unwissend an, dennoch nahmen sie Gabriels Hand. Kaum angegriffen, waren sie auch schon bei Gott. Derselbe Raum, die gleichen Sesseln und die angenehme Melodie, die ihre Seelen beruhigte. „Setzt euch meine Kinder“, sagte Gott mit seiner beruhigenden Stimme. Anny und Marco hielten sich an der Hand, vorsichtig und voller Respekt setzten sie sich vor Gott, der sie lächelnd ansah und gleich die erste Frage stellte: „Habt ihr gut geträumt?“ Anny und Marco hatten nicht einmal die Gelegenheit, über ihre Träume nachzudenken, sie hatten fast vergessen, was sie geträumt hatten. Marco sah Anny an, dann drehte er sich zu Gott und antwortete: „Lieber Gott, ich kann mich an meinen Traum nicht einmal mehr erinnern, ich weiß, dass ich vieles träumte, aber ich weiß nicht mehr, was ich geträumt habe!“ Anny bestätigte Marco und sagte dasselbe wie er.

Gott lachte herzlich. „Das ist gut so, ihr habt alles hinter euch gelassen, jede Erinnerung, alles was ihr Schlechtes erlebt habt, wird euch nie wieder belasten, in euren Seelen ist nur reine Liebe geblieben und diese Liebe brauche ich, um das Richtige zu tun.“ Marco und Anny waren froh, das von Gott zu hören, er brauchte sie, um das Richtige zu tun. „Was kann das sein, was für eine Aufgabe war das, dass Gott sie dafür brauchte“, fragten sich Anny und Marco. Sie sahen sich nur an und dachten dasselbe. Gott konnte ihre Gedanken lesen und sagte: „Ich weiß, was ihr denkt. Ihr denkt, dass ihr nicht gut genug seid für die Aufgabe, die ich euch erteilen werde, aber ihr irrt euch. Ohne eure Hilfe bin ich nur ein halber Gott! Ich brauche jeden einzelnen Helfer, um jede Seele gerecht zu behandeln. Alle, die eine Seele besitzen, werden gerecht behandelt, auch wenn mich einige verfluchen und nicht so recht an mich glauben, auch die werden gerecht behandelt, denn sie wissen nicht, dass es mich gibt und ich mache es ihnen nicht gerade leicht, aber ich werde euch Beiden jetzt die ganze Wahrheit über das himmlische Reich erzählen. Wollt ihr das?" „Ja" antworteten Anny und Marco fast gleichzeitig. „Gut", sagte Gott und setzte sich aufrecht. „Ich werde euch die ganze Wahrheit über unsere Gesetze hier erklären und wenn ihr Fragen an mich habt, dann fragt mich ruhig, ich habe ein offenes Ohr für euch."

„So wie ihr von der Erde schon gelernt habt, das hat euch fast jede Religion beigebracht, dass ich die Menschen erschaffen habe, ich habe sie wie meine eigenen Kinder behandelt, bis sie mich enttäuscht haben, denn in jedem Menschen lauert ein wenig das Böse, gibst du ihnen einen Finger, wollen sie die ganze Hand. Als sie versuchten meinen Platz einzunehmen, habe ich sie auf die Erde verbannt, denn was ein Mensch sich nicht schwer erarbeitet hat, wird er nie zu schätzen wissen und so werden sie einer harten Prüfung unterzogen. Aber nicht nur die Menschen, sondern auch die Tiere müssen lernen. Die Prüfungen sehen so aus: Jede Seele, sei es ein Mensch oder sei es ein Tier, wird neun Mal geboren. Ihr habt euch sicher gefragt, warum es zwischen den Menschen so viele Unterschiede gibt, einer hat alles, der andere hat gar nichts oder sehr wenig. Ein Tier lebt ein Luxusleben, ein anderes kämpft um das Überleben. Anny, hast du das nie verstanden? fragte Gott.

Anny brauchte darauf nicht lange zu überlegen. „Das ist wahr, ich habe es bis heute nicht verstanden, warum manche Menschen nicht einmal genug zum Essen haben. Am meisten haben mir die Tiere leid getan, warum.... warum lieber Gott lässt du sie so im Stich, siehst du nicht, wie sie leiden? Spürst du nicht ihre Schmerzen?..." „Und ob ich das sehe... ich weiß, wie ihnen zumute ist, aber hör mir erst einmal zu, dann wirst du verstehen, warum das so ist." Marco wollte auch etwas loswerden und sagte: „Lieber Gott, ich habe oft an dir gezweifelt und dich sehr oft verflucht... das tut mir leid. Ich weiß, dass du der beste Gott bist, denn du hast mich wieder mit meiner geliebten Anny und meinen Katzen und dem Hund vereint. Aber was auf der Erde für Ungerechtigkeit herrscht, wie oft habe ich mich gefragt, was das für einen Sinn macht, aber ich hoffe du weißt, was du tust!" Gott sah Marco verständnisvoll an und sagte: „Ich verstehe dich Marco, du hast viel durchgemacht, du hast deine Eltern als kleines Kind verloren, du bist bei deinen Großeltern aufgewachsen, bist oft hungrig zu Bett gegangen und als junger Mann hast du deine große Liebe verloren. Ich weiß, was du erlebt hast, aber glaube mir, du wirst für alles entschädigt und deine Eltern und Großeltern wirst du auch bald sehen. Jetzt lasst mich euch erklären, warum das alles notwendig ist. Auf der Erde muss der Mensch neun Mal Leben, das sind die neun Stufen, die er bestehen muss. Jede Stufe kostet Kraft und Anstrengung, alles Gute kommt dafür doppelt zurück und auch wenn es nicht gleich geschieht, langfristig wird jeder, der etwas Böses getan hat, bestraft und jeder, der etwas Gutes getan hat, belohnt", sagte Gott und rief seinen Erzengel Michael, um die neun Stufen Anny und Marco zu erklären.

Michael kam zu Gott, nahm das Buch und fing an, die neun Stufen für Anny und Marco vorzulesen.

„DIE ERSTE STUFE"

Das waren die ersten Menschen, die gelebt haben. Einige von ihnen waren gute Seelen und haben die nächste Stufe erreicht, die Anderen waren böse und mussten die erste Stufe wiederholen. Die erste Stufe bedeutet, neu anzufangen. Armut, viel Arbeit, wenig zu besitzen, wenig Wissen, aber hat man diese Stufe geschafft, ohne den Anderen Unrecht zu tun, ohne Hartherzigkeit und Gier, darf die erste Stufe verlassen werden und die Seele wird in der nächsten Stufe geboren

„DIE ZWEITE STUFE"

Die Seele wird in einem neuen Körper geboren. Jener, der die erste Stufe hinter sich gebracht hat, wird als neugeborenes Kind wieder auf die Erde geschickt. Von seinem ersten Leben weiß das Neugeborene gar nichts mehr. Die Prüfung beginnt von neuem, alles was man in der ersten Stufe nicht erreicht hat, muss man in der Zweiten wiederholen. Glück hat er wenig, alles was er sich erschaffen will, kostet ihm viel Kraft und viel Geduld, er wird viel arbeiten und wenig besitzen. Viele Türen bleiben ihm verschlossen, die wahre Liebe trifft er, doch er kommt mit ihr nicht zusammen. Wenn er es schafft, dieses Leben mit Würde und Liebe in seinem Herzen zu überstehen, wartet auf ihn die dritte Stufe, aber wenn er verzweifelt und seine Seele durch materielle Dinge verschmutzt, ja sogar verkauft und hartherzig zu schwachen Menschen ist oder seine Wut auf den Tieren auslässt, dann wird er die zweite Stufe wiederholen müssen, nur dass sie dieses Mal noch härter als die Erste wird.

„DIE DRITTE STUFE"

Das Leben wird etwas leichter, mit mehr seelischer Erfahrung schafft er die Mittelschule, wenn er in der zweiten Stufe vorgesorgt hat und vielen Menschen und Tieren geholfen hat, wird er in der Dritten belohnt. Die Belohnung trägt er an seinem Körper, in den Augen spiegelt sich die Liebe seiner Seele wieder, seine Schönheit blendet viele Menschen. War er hartherzig und kalt in der zweiten Stufe, ohne etwas Böses getan zu haben, wird er bestraft, indem er ein Zeichen auf seinen Körper trägt, welches ihn von anderen Menschen unterscheidet. Sein Blick schaut leer aus, in seinem Gesicht trägt er kein Strahlen, sein Körper wird verformt sein, er wird sich nach Liebe und Geborgenheit sehnen, er wird wenig Erfüllung finden. So oder so wartet auch in dieser Stufe viel Arbeit und viel Geduld auf ihn. Dies ist alles notwendig, um die Seele reif an Erfahrung und Erlebnissen zu machen, um für die nächste Stufe bereit zu sein, denn aus Niederlagen und Enttäuschungen wird die Seele reifer und kann sich in den anderen Menschen hinein versetzen, um seinen Schmerz und sein Leid mitzufühlen.

„DIE VIERTE STUFE"

In der vierten Stufe wird das Leben etwas leichter. Viele Türen, die verschlossen waren, öffnen sich wie von selbst, alles wonach man sich in der ersten, zweiten und dritten Stufe gesehnt hat, geht in Erfüllung. In der Schule ist man ein guter Schüler, die Intelligenz ist deutlich zu erkennen, jede Prüfung wird ohne große Anstrengung geschafft, im späteren Leben wird er wichtig für die menschliche Entwicklung. Auch in dieser Stufe sehnt er sich nach der Liebe. Alles was er erreicht, ist nicht gut genug, in seiner Seele bleibt eine Leere, die ihn sein ganzes Leben begleitet. Kein Geld, kein materieller Reichtum und das, was ihm fehlen wird, ist die wahre Liebe, die er nicht bekommt. Das ist notwendig, damit er die wahre Liebe, die ihm später begegnet, erkennt und nicht als selbstverständlich annimmt. Hat er alles richtig gemacht, kommt er in die fünfte Stufe, hat er eine Sünde begangen, seine Seele verkauft, das Talent, welches ihm gegeben ist, missbraucht, die Schwachen ausgenützt, Tieren keine Beachtung geschenkt, sie verachtet, kann er sich auf die erste Stufe wieder freuen!!!

„DIE FÜNFTE STUFE"

In der fünften Stufe wird die menschliche Seele in ein Tier geboren. Ein nicht nützliches Tier, es wird ein Hund oder eine Katze sein, das vierte Leben bleibt vollkommen in Erinnerung, man versteht alles, was der Mensch redet, auch die Gefühle und die Sehnsüchte bleiben ihm erhalten. Diese Erfahrung ist notwendig, damit er lernt, die verschiedenen Menschen kennenzulernen, denn als eine Katze oder ein Hund ist man auf die Menschen angewiesen, ganz besonders der Hund. Wenn ihm der Mensch etwas zu essen oder zum trinken gibt, wird er dankbar sein, wenn ihn der Mensch schlägt, wird er wehmütig weggehen und den Menschen nicht verurteilen. Der Hund kann sich nicht selber helfen, er ist der beste Freund des Menschen. Wenn ihn der Mensch nicht beachtet und seine Liebe nicht erkennt, hat dieser Mensch keine Liebe in seiner Seele und wer keine Liebe hat, hat auch keinen Platz im Paradies und seine Seele muss weitere Schicksale erfahren, damit er lernt, auch einen Hund oder eine Katze zu schätzen, auch wenn sie nicht nützlich sind. Der Mensch, der in der fünften Stufe als Katze oder Hund lebt und schlimme Erfahrung machen muss, wird in der sechsten Stufe für alle Leiden entschädigt, sie werden vom Leben verwöhnt und jene, die ein leichtes Leben führen, werden ein mittelmäßiges Leben haben. Insgesamt wird die sechste Stufe die Leichteste von allen Stufen sein, denn die Seele hat in der fünften Stufe die größte Erfahrung an Freude, Liebe, Leid und Hass durchgemacht!

„DIE SECHSTE STUFE"

Wer die sechste Stufe erreicht hat, hat auch große Erfahrung mitgebracht. Diese Menschen werden in dieser Stufe reichlich belohnt. Sie sind musikalisch oder künstlerisch begabt, unzählige Menschen werden ihnen zu Füssen liegen, ihre Ausstrahlung wird sich in die Herzen schleichen, ihnen wird es an nichts fehlen. Außer an der wahren Liebe die sie verzweifelt suchen werden, damit ihr Glück vollkommen wird, doch auch in dieser Stufe bleibt ihnen die wahre Liebe verborgen. In dieser Stufe werden sie viel Geld verdienen, viel mehr als sie es je brauchen werden und das müssen sie mit anderen Bedürftigen teilen. Dies müssen Menschen oder Tiere sein, denn alles was arm ist, braucht die Hilfe eines Mächtigeren, teilt er das mit den Schwächeren nicht, übersieht er die armen Menschen und die Tiere, die seine Hilfe nötig haben, ist diese Stufe seine Beste gewesen, denn die Nächste, die auf ihn wartet, wird wieder die erste Stufe sein. Er wird intelligent sein, doch alle werden ihn auslachen und keiner wird glauben, was er sagt, seine Seele wird wissen, dass er es einmal besser hatte, doch dafür gibt es keinen Beweis. Alle Türe bleiben vor ihm verschlossen.

„DIE SIEBTE STUFE"

Der Mensch, der in diese Stufe geboren wird, ist von hoher Intelligenz. Sein Können wird schon in der Kindheit erkannt, er wird später als Erwachsener für die Forschung und Wissenschaft von großer Bedeutung sein, alles was es noch nicht auf der Erde gibt, wird von diesem Menschen erfunden. Das ist wichtig, damit sich die menschliche Seele weiter entwickeln kann. Dieser Mensch hat wenige Gefühle, für ihn zählen nur die Taten und je mehr er erforscht, je mehr er erreicht, desto glücklicher ist er in seiner jetzigen Welt. In seiner Welt gibt es nur das JETZT, er wird unermüdlich arbeiten, um allen zu beweisen, über welche Intelligenz er verfügt. Sein Leben besteht aus Zahlen und wenig Liebe. Auch in dieser Stufe findet er die wahre Liebe nicht, sie wird ihm auch nicht wirklich fehlen, denn das ist wichtig, um seine Konzentration zu behalten. Auch hier darf er keinen Schwächeren als sich ausnützen, er muss stets ehrlich zu den Anderen sein und die Tiere ehren. Hat er sich grobe Fehler erlaubt, wird er wieder in der zweiten Stufe geboren.

„DIE ACHTE STUFE"

Menschen, die in der achten Stufe geboren sind, haben einen Fuß in das Paradies gesetzt, sie tragen ihre Seele bereits in den Augen. Diese Menschen haben fast alle Niederlagen, Enttäuschungen, Krankheiten, und Demütigungen hinter sich, so dass sie auch die unwichtigsten Lebewesen verstehen können. Sie fühlen die Schmerzen von Jedem, sei es ein Mensch oder ein Tier, sie haben die Gabe, jedem in die Seele zu schauen. Diese Menschen sind sehr feinfühlig, Geld ist ihnen nicht wichtig, sie leben für die anderen Menschen und Tiere. Das einzige, was sie glücklich macht, ist dass die Anderen glücklich sind. Ihr Leben ist nicht von großem Reichtum, aber auch nicht von Armut geprägt, sie fallen dadurch auf, indem sie die Welt verbessern wollen. Sie versuchen, so viel Liebe zu geben, um die menschliche Seele zur Erleuchtung und zum Frieden zu bringen. Wer ihnen zuhört und sie versteht, wird in der nächsten Stufe belohnt. In der achten Stufe treffen sie ihre langersehnte wahre Liebe und sie gehen ihren Weg mit Würde, sie erlauben sich keinen Fehler, aber nicht weil das Gottes Wille ist, sondern weil sie die Ewigkeit fühlen und wahre Liebe in ihrer Seele tragen.

„DIE NEUNTE STUFE"

Die neunte Stufe ist die Schwerste von allen, denn in dieser Stufe muss die Seele sich von allen Sünden reinigen, die noch vorhanden sind. Man wird als ein Nutztier geboren, Schwein, Huhn, Rind oder ein anderes Tier, das zum Verzehr von Menschen oder Tieren dient, denn jeder, der je Fleisch gegessen hat, hat eine Sünde begangen, indem er einem Lebewesen das Leben genommen hat. Auch wenn man das nicht selbst gemacht hat, hat man sich mit dem Verzehr von Fleisch versündigt und wenn man in der Lage war es zu essen, muss man bereit sein, gegessen zu werden. Ein Mensch wird nie einen Menschen essen, denn das erlaubt ihm das irdische Gesetz nicht, aber ein Tier darf er essen. Dass in diesem Körper sich auch eine Seele befindet, sieht der Mensch nicht. Dass dieses Tier Kälte, Wärme und auch Schmerzen fühlt, übersieht der Mensch gerne und das nur, weil er sich mit dem Tier nicht unterhalten kann. Dadurch will er es auch nicht verstehen und deswegen wird der Mensch die neunte Stufe am eigenen Leib und bei vollem Bewusstsein auch erleben dürfen, um zu sehen wie es ist, wenn ein Tier hilflos um Hilfe bettelt und ihn keiner versteht! Nach der neunten Stufe ist die Seele rein und hat einen Platz im ewigen Paradies!

Als Michael mit dem Vorlesen fertig war, sah er in Marco und Annys Augen die Tränen, denn während Michael das Buch las und die Stufen erklärte, erlebten Marco und Anny alle neun Leben in einem schnellen Durchlauf wieder. Die schlimmste Stufe war für Beide, wie man sich leicht denken kann, die Neunte. Anny fühlte die Schmerzen in der Tötungsstation, als sie die Männer misshandelt hatten. Marco fühlte die Klinge des Messers an seiner Kehle, als er als Schwein geschlachtet wurde. Sie fühlten die Schmerzen, als würde es in diesem Moment geschehen! Sie hielten einander an den Hände fest und sprachen kein Wort, zu schmerzhaft war die Erfahrung, die sie in der letzten Stufe gemacht hatten.

Gott sprach zu ihnen: „Habt keine Angst! Ich bin bei euch und ich habe euch hier her gerufen, weil ich eure Hilfe brauche. Ich will, dass ihr die Schmerzen, die ihr erlebt habt, für alle Zeiten aus eurem Herzen verbannt, ich möchte, dass in euren Herzen nur Liebe bleibt, ich will euch zu meinen Kindern machen, ihr sollt Menschen und Tiere ehrlich für mich beurteilen, seid ihr dafür bereit?"
Marco und Anny sahen Gott an und antworteten fast gleichzeitig: „Ja... was sollen wir tun lieber Gott?" Gott lachte und sagte mit ruhiger Stimme: „Das

freut mich, dass ihr Beide gleich denkt. Also die Aufgabe, die ich für euch habe, schaut so aus…

Das irdische Leben ist sehr vielseitig, es kann so viel passieren, alles hat seine Ordnung und jeder bekommt seine Belohnung oder Bestrafung. Ich brauche euch dazu, ihr habt ein Stück vom Paradies bekommen, in eurem Haus habt ihr einen großen Monitor bekommen. Eure Aufgabe wird sein, einen Teil der Menschen in einem Gebiet, welches ihr euch aussuchen könnt, zu beobachten, jede gute Tat aufzeichnet und jede böse Tat ebenso. Jedes Leben, welches ihr euch anschaut, wird wie ein Film sein. Ihr könnt alles wiederholen, wenn ihr etwas verpasst habt und wenn der Mensch stirbt, brauche ich die Aufzeichnung, um diesen zu verurteilen oder zu belohnen. Wenn ihr seht, dass ein Mensch zu sehr leidet, dann gebt mir Bescheid, wenn ein Mensch zu böse ist, dann ebenfalls. Wir werden uns bemühen, dass ihm Gerechtigkeit widerfährt, jede gute Seele bekommt einen Schutzengel und jene, die sich dunklen Mächten angeschlossen haben, bekommen keinen. So können wir feststellen, welche rein und welche Seelen dunkel sind. Auf jeden Menschen kommen zwei Tiere, die ihr ebenfalls mit beobachtet. Ihr solltet euch eure Zeit so einteilen, dass ihr glücklich seid und vergesst nie, ich bin bei euch. Seid nur Ehrlich und reinen Herzens, aber ihr dürft nie eigenmächtig handeln, egal wie sehr euch das Schicksal des Menschen bewegt. Kommt immer zu mir, wir finden gemeinsam eine Lösung. Bevor ihr diese Aufgabe übernehmt, müsst ihr wissen, welches Schicksal dieser Mensch bekommen hat und warum dies so ist wie es ist, dann versteht ihr die Situation besser. Seid ihr dazu in der Lage, diese Aufgabe zu erfüllen?“, fragte Gott mit ernster Miene.

Anny und Marco sahen sich an… Anny nickte, aber Marco war etwas unsicher, denn er hatte Gott verflucht, wie Anny starb. Eine lange Zeit glaubte Marco nicht mehr an Gott. Warum hatte er jetzt so viel Vertrauen von Gott bekommen, obwohl er an ihn nicht so recht geglaubt hatte? Als Marco so in Gedanken versank, hatte Gott seine Gedanken gelesen und sagte: „Marco… Marco… habe Vertrauen in mich, ich weiß was du denkst, aber du bist im Unrecht mein Sohn. Ich vertraue dir, weil du eine reine Seele hast, weil du mitfühlend bist. Auch wenn du mich verflucht hast, weiß ich dennoch, dass du das nicht so gemeint hast, denn du hast nach einer Erklärung gesucht, aber keiner war da für dich, keiner gab dir eine Antwort auf deine Fragen. Ich kann sehr gut verstehen, wie du dich gefühlt hast, aber das musste so sein. Jetzt verstehst du, was Liebe ist, dass sie nicht selbstverständlich ist. Ich habe Vertrauen zu dir, ich weiß dass, du die richtige Entscheidung treffen wirst!“

Marco sah Gott an, seine Seele fühlte pure Liebe, er schaute seine Frau an und sagte: „Danke, danke lieber Gott für dein Vertrauen, ich verspreche dir, dass ich dich nicht enttäuschen werde."

Gott lacht: „Das ist schön. Gabriel wird euch alles erklären, aber ich habe noch eine Überraschung für euch. Marcos Eltern und Großeltern warten auf euch, sie haben ein Haus in der Nähe von euch bekommen, geht und besucht eure Familie!"

Marco bekam eine Gänsehaut. So lange hatte er den Wunsch gehabt, seine Mutter und seinen Vater zu umarmen, seine arme kranke Großmutter und seinen geliebten Großvater noch einmal zu sehen und sich bei ihnen zu entschuldigen, dass er nicht da war, als sie ihn gebraucht hätten. Marco stand auf und nahm Anny an der Hand: „Komm Liebste, gehen wir", sagte Marco voller Freude.

In Begleitung von Gabriel standen sie vor dem Garten seiner Eltern und die Freude war groß und die Liebe unendlich, als Marco sah, wie glücklich und gesund seine Familie war. Die Gesichter waren nicht die selben, die Marco kannte, sie waren alle jung und voller Kraft, keine graue Haare auf dem Kopf seiner Großeltern, keine Schmerzen in den Füßen, bei seinem Großvater ist der Buckel, den er von der schweren Arbeit hatte, verschwunden. In dem unendlichen Garten voller Blumen und Tieren saßen sie und lachten. Als Marco und Anny mit Gabriel vor ihnen standen, sprang zuerst die Großmutter von Marco auf und umarmte ihren Enkelsohn, so wie sie es immer tat, wenn er sie besuchte, die Eltern von ihm mussten erst einmal überlegen, wer das war, dann begrüßten sie sich mit Freudentränen. Anny war etwas traurig, denn ihre Familie war noch nicht hier, nicht einmal ihre Großeltern, an die sie sich kaum erinnerte, denn sie hatten noch einige Stufen vor sich, erklärte ihr Gabriel.

Marco und Anny hatten ihr Haus, ein Stück vom Paradies bekommen, sie hatten einen Teil ihrer Familie und ihre Babys bei sich, ihre Liebe war vollkommen. Aber das Wichtigste war, dass sie sich wieder hatten. Ihre Liebe hatte so viele Hürden überstanden und sie haben nie die Hoffnung aufgegeben, dass sie sich eines Tages wieder finden und für alle Zeiten zusammen bleiben. Aber dass es so gekommen ist, hätten sie nie im Leben geglaubt. Da sie nun Gotteshelfer sind und auch Teil der Gerechtigkeit werden, dazu beitragen können, dass Unrecht zu bestrafen und Recht zu belohnen, hat sich die Mühe und das Leid, welches sie erfahren haben, gelohnt. Jetzt hatten Marco und Anny verstanden, warum es auf der Erde so viele Unterschiede zwischen den

Menschen gibt, warum manche Menschen so arm sind, dass sie sich ihr tägliches Brot nicht leisten können, obwohl sie viel Arbeiten und warum manche so reich sind, dass sie in Luxus baden. Jetzt erst haben sie verstanden, warum Gott nicht hilft, wie der Mensch immer sagt, wenn er sich in Not befindet, denn Gott lässt jeden Menschen seinen Willen. Es kommt dann auf den Menschen an, was er aus seinem Leben macht und was er in das nächste Leben für eine Last oder Erleichterung mitnimmt.

Dabei ist das Leben so leicht, wenn der Mensch in der Lage wäre, Neid, Gier, Stolz, Rache, Selbstsüchtigkeit beiseite zu legen und statt dessen Liebe zuzulassen und mit dem Herzen hinzuschauen und Bedürftigen und Hilflosen zu helfen. Denn dies wird von Gott großzügig belohnt, wenn nicht in diesem Leben, dann in dem Nächsten!

E N D E

Die Autorin

Silvia Gössinger wurde am 13.01.1964 in Tolic, Serbien, geboren. Nachdem sie Jahre ihres Lebens damit verbrachte, mit Menschen zu arbeiten und beratend tätig war, hatte sie die Eingebung, die sie dazu veranlasste dieses Buch zu schreiben.

Die Autorin dieses einzigartigen Buches hat in ihr Werk Herzblut, Persönlichkeit und ihre ganz eigenen Ansichten verpackt, die so manchen zum Nachdenken bringen sollen.

Hauptanliegen ist es dabei, das Augenmerk auf das positive im Menschen und die Belange der Tiere dieser Welt zu legen. Der größte Traum der Autorin ist es mit dem Erlös des Buchverkaufs den vergessenen Tieren zu helfen und ihnen die Liebe zu schenken, die sie verdienen.

Silvia gehört zu den herzensguten Menschen, die noch daran glauben, dass man diese Welt besser machen kann und genießt ein idyllisches Leben mit ihrem geliebten Mann Hansi und natürlich ihren Tieren, in der Nähe von Wien.

Geschrieben, voll Zuneigung und Respekt, von einer guten Freundin der Autorin.

Daniela Kainz

Danksagung:

Ich danke den folgenden Personen, die mich unterstützt haben:

Herr Johann Gössinger – Manager

Herr Ronald Böhme – Grafiker

Frau Claudia Brameshuber – Lektorin

Frau Daniela Kainz - Assistentin